KB275137

김완하의 버클리 통신

김완하의 버클리 통신

김완하

시와정신사

떠남은 진실로 돌아오기 위한 길이다

2009년 8월 6일 UC 버클리로 연구년을 가기 위해서 온 가족이 콜밴을 타고 인천공항으로 떠나던 순간을 잊지 못한다. 이민가방으로 꾸린 짐 여덟 개를 싣고 뒷 좌석에는 아내가 가운데 그리고 왼쪽에는 작은아들이 오른쪽에는 큰아들이 앉아 있었다. 조수석에 앉아 좌석벨트를 당기며 '출발하세요' 하던 순간에 밀물처럼 밀려오던 격정을 나는 잊지 못하고 있는 것이다. 낯선 땅 미국으로 온 가족이 1년을 살기 위해 아파트 한 채를 빌려놓고 이제 짐을 꾸려 떠나는 것이었다. 서툰 언어와 낯선 문화 그리고 아는 이가 없는 곳으로 간다고 하니, 호기심보다 조금은 두려움도 몰려오는 것이 사실이었다.

그렇게 하여 오늘까지 나는 미국의 여러 곳으로 문학 활동을 펼치게 된 것이다. 2009년 12월 24일에 시작된 버클리문학과, 시카고문학, 텍사스문학, 미주문인협회, 재미시인협회, 미주기독문인협회, 미주시조협회 등으로 이어지는 문학적 교류도 그렇게 시작되었다.

'김완하의 버클리 통신'은 2009년 10월부터 2010년 10월까지 13개월에 걸쳐서 월간 『문학사상』에 연재한 내용이다. 낯선 곳에서 호기심에 찬 눈빛으로 바라본 미국 사회와 문화, 그것은 실로 벅찬 감동으로 다가오기도 하였다. 미국에 도착한 2009년 8월 6일부터 정착과정에 만나게 된 사람들과 다양한 교류가 시작되었다. 내가 미국 사회를 새롭게 바라보며 매달 그 내용을 원고로 정리하여 몇 장의 사진과 함께 문학사상사로 전달하면 출판사에서 『문학사상』에 수록하여 미국으로 보내왔던 것이다. 미국에서 쓴 글을 한국으로 보내고 한국에서 편집된 책이 미국으로 배달되어 오면 펼쳐들던 순간의 설렘도 대단히 큰 것이었다.

UC 버클리의 세계적 명문으로서의 위엄과 풍모는 실로 감동적인 것이었다. 학생들이 보여주었던 열정과 학문적 분위기는 가히 대학의 상아탑으로서의 품격 그것이었다. 또한 버클리 지역의 문인들이 간직하고 있는 문학에 대한 순수성은 맑고도 따뜻한 것이었다. 텅 빈 아파트에 채워가는 가족의 온기와 소소한 일상은 재미를 넘어서 새로운 가족의 발견과 소중함으로 다가왔다. 콘트라 코스타 한인장로교회에 온 가족이 함께 나가 드리던 예배는 한국에서의 분위기와는 또 다른 것이었다. 미국의 여러 곳으로 가족들이 함께 여행하며 새로운 기쁨과 감동을 찾아다녔다. 틈이 나면 새로운 것을 좇아서 언제나 가족이 함께하였던 것이다. 이러한 시간은 한국에서는 경험하지 못한 또 다른 기쁨이었다. 그 과정에서 나는 여러 편의 시를 쓸 수도 있었다.

또한 UC 버클리를 중심으로 펼치던 비지팅 스칼라들과의 새로운 만남은 흥미진진하고 감동으로 다가왔다. 각자의 전공을 집약해서 나누는 콜로키엄에서 새로운 세계에 대하여 눈뜨게 되는 체험도 할 수 있었다. "역사는 아쉬움에 대한 기록이다"라고 말한 어느 대학의 역사학과 교수의 메시지가 아직도 인상적으로 남아 있다. 버클리문학협회 회원들과 만나며 펼쳤던 활동은 문학에 대한 새로운 계기를 만들기에 충분했다. 존 스타인벡 뮤지엄, 유진 오닐의 타오하우스, 젝 런던 하우스 등 문학지를 방문하면서 새로운 세계를 느낄 수도 있었다.

북가주 한국학교 학생들의 백일장 심사를 맡았던 일, 한국학교 교사들의 연수를 위한 특강 등은 아직도 생생하게 기억하고 있다. 버클리에서 행한 시와정신 시상식, 강좌와 여행 그리고 문학 행사 등은 아직까지도 지속되고 있다. 또한 로스앤젤레스의 재미시협, 미주문협, 기독문협과 시카고문협, 텍사스문협의 초청으로 이어지며 그 활동은 더 활성화되어 왔던 것이다.

나의 연구년은 2016년 2월 1일부터 1년을 더 UC 버클리에서 보내게 되었다. 거듭된 버클리에서의 생활은 이전의 것에서 한 차원 발전하는 계기가 되었다. 연전에 경험한 연구년의 성과를 한 단계 업그레이드시켜, 2017년에는 시와정신글로벌센터를 열게 되었다. 이어서 2019년에 시와정신해외문학상을 제정하여 2025년에 제6회 수상자를−2020년, 2021년은 코로나19로 시행 못 함−배출하기까지 미국과 한국을 오고 갔던 것이다.

그 과정에서 우리 가족은 더 풍부한 삶의 체험을 하였다. 이역에서 가족들은 좀더 서로를 위하고 배려하는 마음이 넓어졌다. 둘째 아들은 학부 UCLA를 졸업하고 대학원 산호세주립대 석사를 마쳤다. 그러므로 아직도 우리 가족의 미국 생활은 계속 이어지고 있는 것이다.

이 책은 내가 2009년 8월부터 지금까지 경험한 미국 사회와 문화 그리고 여러 지역의 한인들과 문학적 교류를 해왔던 기록이며 그 성과라 할 수 있다. 캘리포니아 버클리 지역의 버클리문학은 어느새 16년을 넘어서고 있다. 미주에 있는 한인들의 상황이 다 그러하듯이 이제 2세, 3세로 이어지는 과정에서 한국어와 문학 활동은 점차 소강상태로 접어들고 있다. 그러므로 그것을 돌아보는 의미로 책을 발간하기에 이르렀다. 여기에 수록된 내용은 이미 수년 전의 사실이기에 현재와는 다소 동떨어진 감이 없지 않을 것이다. 그러나 그것은 그런대로, 의미와 가치가 있을 것으로 기대한다.

이 책을 엮으면서 그동안 함께해온 시간 속에 감사와 고마움을 표해야 할 분들이 너무나 많다. 가장 먼저 미국의 낯선 생활 속에서 친근감으로 우리 가족을 이끌어 주고 아들의 유학에도 많은 지혜를 주었던 오린다(Orinda)의 신영목 장로와 그 가족들을 떠올린다. 우리 가족이 신영목 장로를 만난 것은 대단한 행운이라 생각하고 있다. 이어서 버클리문학협회를 함께 창립하여 지금까지 이끌어오고 있는 김희봉 회장과 강학희 시인, 정은숙 시인, 김복숙 시인을 비롯한 회원들, 특히 『버클리문학』의 한 시적 성과를 일구고 2022년 타계한 유봉희 시인에게도 감사를 전한다. 로스앤젤레스의 미주문인협회와 재미시인협회의 이윤홍 소설가, 오연희 시인, 전희진 시인, 정국희 시인, 기독문인협회의 방동섭 목사와 정지윤 목사 그리고 시카고문학의 김영숙 시인, 박창호 시인과 여러 회원들에게도 깊은 감사를 드린다. 나아가 텍사스 문협과 보스톤, 라스베이거스 등에서 문학 활동을 하는 여러분의 얼굴도 떠올린다.

아직 '김완하의 버클리통신'은 끝난 것이 아니다. 앞으로도 그것은 버클리를 넘어 더 넓게 퍼져 나아갈 것이다. 그러므로 '김완하의 버클리 통신'은 이제 새로운 문을 미는, 단지 시작일 뿐인지도 모른다.

2025년 10월

김완하

차례

1부   시

버클리 시편

영역시

2부   김완하의 버클리 통신

1부

시

버클리 교정에서

나무도 빈둥대지 않는다
나무들이 독서를 한다
둥글게 모인 삼나무 열띤 토론하고
오크나무 읽던 책 놓고 기지개 켠다

낙엽이 땅에 떨어져 있다고 말하지 말라
그것은 나무의 사유가 종결된 토픽
바람에 구르는 나뭇잎
이제 폐기처분된 나무들의 철학이다

가느다란 잔디 잎
사색과 독서와 명상 어우러진
하나의 비망록이다

내년에 다시 솟는 풀잎은
올해의 풀빛이 아니다
그것은 새로운 사상과 철학이 싹트는 것,
저 낙엽은 형이상학의 높이에 완성되어
이제 바닥으로 내려 닿는다
비로소 현실과 만난다

붉게 물이 든 담쟁이 잎은
사고의 끝자락,
대학에서는 돌도 뜨거운 가슴과
차가운 머리로 더 단단해진다
도랑물 허투루 소리 내며 구르지 않는다
작은 돌도 대지의 평화를 꿈꾼다
바람조차 빈둥거리지 않았다

순간

― 월넛 크릭에서

하늘에 해가 없어도
블라인드를 조정해보면
방안의 밝기는 다 다르다

블라인드 칼날의 각을
조금만 바꾸어 놓아도
밝기는 분명 다르고
구석까지도 환한 순간이 온다

그 어디에 숨어서
짙은 심연을 울리는 그대
내 방으로 오는
빛과 어둠의 간격을
칼날 하나로 고르는가

돌아 뒤돌아서도
내 중심에 와 꽂히어
절절히 저미는 저 빛의 속살

닫힌 방에서 그대 향해
살며시 블라인드를 열 때

가장 환한 순간을 위하여
사랑의 각을 고를 때

모국어

월넛 크릭 세이프웨이에서
빵과 우유를 사가지고 큰 길 따라 오다가
전신주 줄을 감고 끝까지 기어오른
보라색 나팔꽃을 보았다

대학생 시절 자취집 창틀을 타고
맹렬하게 기어오르던 나팔꽃,
창살을 뚫고 방안으로 들어오는
그 가녀린 줄기를 떼어
창밖으로 던지곤 하였다

길만 길이 아니고 길 아닌 곳에
더 많은 길 있다는 듯,
벼랑도 길이라는 듯 그 나팔꽃
허공을 짚어 줄기를 뻗곤 했다

버클리에 와서도
저렇듯 절박하게 안겨오는 모국어
줄기마다 치렁치렁
넘치는 햇살을 쟁여 안고
너울너울 키워내는 그늘,

나팔꽃을 보고야 알았다
너와 나 서로에게 휘감겨 하나인 것을
나 한 줄기 나팔꽃 되어
너를 타고 오른다는 것을

평창순두부

버클리대에서 텔레그래피 에비뉴*를 따라
오클랜드 다운타운을 향해 남쪽으로 달리면
제일 먼저 정답게 맞아주는 곳

평창순두부

뒤를 이어서,
전골하우스 산마루
강남월남국수
서울곰탕
깡통돼지
포장마차 단성사
삼원식당 고기타임

평창의 안부가 궁금하면 달려와
순두부 한 그릇 먹고 간다

일찍이 세계 속에 깃발을 세운 평창이
2018년 평창 동계올림픽으로
세계인을 불러들여 큰 잔치 벌인다

흥겨운 한마당 축제를 생각하면
가슴 가득 차오르는 기쁨
뜨끈한 순두부 한 그릇 후딱 먹고
평창의 힘으로 달려간다.

* 텔레그래피 에비뉴(Telegraphy Avenue) : 버클리대에서 오클랜드로 가는 큰 도로

비행기의 무덤*

모하비사막 한가운데
그대는 누워 있다

구름을 갈던 어깨도 꺾고
하늘의 꿈은 바닥난 채

발목 접힌 시간을
모래 속에 던진 채로

당나귀 풀이 바람을 따라
구르는 곳으로는 어둠이 오니

달 뜬 밤이면
여호수아 나무 두 팔을 드는 곳

꺾인 날개를 보듬어
그대는 더 낮게 엎드려 있다

모래 속에 움트는 뿌리를
새로이 수습하는

저 절대의 휴식.

* 미국 모하비사막에는 비행기 잔해를 쌓아놓은 곳이 있는데 이를 비행기의 무덤이라 한
다.

식구

버클리에 와서
세든 아파트 주방 옆에
한국서 가져온 신문지 깔고
아침상을 차린다
신라면을 끓인 냄비를 통째로 놓고
둘러앉은 가족,
한 젓가락의 라면발이
말아 올리는 힘찬 아침
우리는 비로소 정겨운 식구다
학교도 직장도 친구도
잠시잠깐 모두 끊고
오로지,
이 아침만을 위해서
둥글게 모여 앉은 우리는
오로지 참 식구
이제야 세계는 하나다

나팔꽃의 꿈

　　열심히 시를 쓰던 20대 후반 몇 년 동안 나는 나팔꽃 씨를 받아 매년 30명에게 20알씩 나누어주었지. 그들도 다음 해에 씨앗을 받아 30명에게 20알씩 나누어주라 했지. 몇 년 지나지 않아 한반도는 온통 나팔꽃으로 활짝 피어나리라는 기대감이 아침마다 치렁치렁 꽃 피어 창을 덮었다

　　그 나팔꽃들 어디까지 뻗어 갔을까

　　캘리포니아에 가서 보았다
　　2009년 여름 버클리대에 가서 1년간 월넛 크릭에 세 들어 살며,
　　가족들과 세이프웨이에서 바나나와 빵과 우유 사가지고 올 때, 길가 전신주를 맹렬하게 감으며 타고 오르던 나팔꽃.

　　희망 속에 씨를 묻는 것만큼 영원한 사랑은 없다

샌안토니오의 심 시인

미국 중남부 텍사스에서 세 번째 큰 도시 샌안토니오, 공항에 심 시인이 마중을 나왔다. 군사도시로 병원이 많고 기후가 안온해 시니어들이 살기에 좋은 곳이라고,

심 시인은 1980년 5월 광주에서 기자로 취재한 내용이 허위사실 유포죄로 군사법정에서 3년 형 언도받고, 10개월 실형을 살다 특사로 풀려나 UT 오스틴으로 유학을 왔다 시간이 지나 기자로 복직할 시점에 자녀가 대학에 입학해 등록금만 빨리 벌자고 개업한 식당이 주체할 수 없이 잘 되어 경제 활동에 전력하게 되었다 네 개로 불어난 뷔페식당이 성황을 이룰 때는 200명 직원을 관리하는데 온 정신을 빼앗겼다 멕시칸들은 자주 결근을 하고 종적을 감추어 그들 찾아다니기에 정신이 없었다고 했다

60대 중반에 식당을 정리하고 이곳으로 와 큰 프리마켓을 구입해 그 임대료로 생활하려던 차에 '아마존'으로 위기를 맞이했다고 한다 그것을 매각하려 내놓아도 너무 커 잘 팔리지 않는다고 허허허, 지나온 생을 돌아보는 그의 눈가에 서늘한 그늘이 밀려왔다 갔다 이제 30년 허송세월 돌이킬 수 없어 안타깝다며 꼭 한국 4대 혁명사를 써서 후손들에게 전하겠다는 포부로 늦게야 시인으로 등단해 기념식을 열고, 한인들 60명이 모인 자리에서 그의 지난 시간이 파도처럼 펼쳐졌다

여러분, 이 자리는 꼭 독립운동 하는 곳 같습니다 미주의 문학이 이곳에서 새

롭게 피어날 듯하네요 여러분을 성원하고 돕기 위해 1년에 한 번씩 이곳에 오
겠습니다 나의 말은 한인들의 큰 박수를 받았다 LA로 가는 유나이티드 기내에
서, 나도 올해는 꼭 좋은 시를 써야겠다고 메모지를 꺼내 몇 자 적으며 창밖을
내다보았다

귀국 전날

아침에 방 시인이 공항 근처 라마다 호텔로 찾아왔다
김 교수님 LA의 천개 얼굴을 보러 가지요
그는 차에 내비게이션 끄고 아무 길이나 따라 달린다
저는 LA에서 유학하고 30년 살았지만 날마다 이곳은 새 모습입니다
차가 달리는 도로 앞으로 수많은 길들이 달려들었다

미국에 와서 보름 지나니 왜 이리 마음 편한가 생각하니
한국 뉴스를 보지 않아서 그런 것 같습니다
그렇지요, 이곳 사람들은 그다지 많은 뉴스를 접하지 않는 것 같아요
절벽을 감아 도는 해안도로 타고 태평양을 바라보았다
평온한 바다지만 오늘은 파도가 높은 편입니다
비탈진 해안으로 접어드니 윈드서핑 즐기는 사내 서넛
수영복 알몸으로 파도를 가르는 모습이 오똑했다

저도 젊은 날은 저런 것을 한번 해보고 싶었습니다
김 교수님 멋지지 않습니까, 잠시 나란히 걷던 길 멈추어
태평양이 감아올리는 파도 위로 사내들의 노련한 몸짓을 살폈다
그래요, 거대한 바다의 움직임도 저 사내 몇이
더 역동적으로 살려내니 한 폭의 감동으로 다가오네요

해안가로 외국인들이 웃통을 내놓고 달리고 있었다

도로를 따라 비탈로 오르니 그곳에 서 있는 등대
출입문 굳게 닫혀 인적 없이 고요하기만 했다
그 앞에서 사진 몇 장을 찍고 지긋이 내려다보는 태평양
멀리 보일 듯 말 듯 날고 있는 새들이 파도 위로
날개 휘저으며 새해의 소망을 온몸으로 새기고 있었다

10년 만
– 봉준호 감독

2010년 캘리포니아 버클리대에서 연구년을 보낼 때
3월경 버클리대 뱅크르프트 웨이 따라 내려가 닿는 셰덕 4거리 영화관에 봉준호 감독의 영화 '마더'가 왔다

며칠 전 버클리대 동아시아도서관에서 봉준호 영화 '살인의 추억'을 빌려 본 뒤였다
범인의 실체가 드러나지 않는 연쇄살인이 묘한 안개를 피웠다
살인 현장 위로 새카맣게 날던 까마귀 떼가 며칠 머릿속을 떠나지 않았다

그즈음 버클리대 학생회관 앞 광장 벤치에 앉은 송강호를 보았다
제28회 샌프란시스코 국제 아시안 아메리칸 영화제* 기간이었다
영화제를 버클리대 영화관(PFA)**에서도 진행하는 게 인상적이었다

'마더'를 보려 표를 구해 극장으로 들어가 더듬거려 앉으니
방금 시작한 영화 자막이 영어로 흐르고 있었다
김혜자가 석양 배경으로 망연자실 갈대숲에서 북소리에 맞추어 춤을 추기 시작한다
바람에 일렁이는 갈대들이 일구는 파동이 심장으로 밀려들었다
마더 김혜자가 아들 원빈의 살인을 타인에게 전가시키는 내용이 모성에 대한 의문과 묘한 여운의 꼬리를 물었다

영화의 감동은 파문을 일구며 시간을 따라 강한 마력으로 살아났다
미국에서 접한 '마더'는 대단히 낯설고 신선한 충격이었다

영화가 끝나고 불이 들어와 보니 객석에는 미국인 백발 부부
부부인 듯 중년 멕시칸 남자와 중국 여자, 그리고 나 다섯이었다
아직 홍보가 부족하고 봉 감독이 덜 알려진 이유라 다짐했다
그래도 '마더'의 감동은 사라지지 않고 여러 날 나와 동행했다

2020년 2월 열린 LA 아카데미 시상식에서 봉준호의 '기생충'은 작품상과 감
독상, 각본상과 국제극영화상을 휩쓸었다
내가 캘리포니아 버클리에서 그의 영화 '마더'를 본지 10년 만이었다

* 샌프란시스코 국제 아시안 아메리칸 영화제(San Francisco International Asian
American Film Festival)
** PFA(Pacific Film Archive) : 버클리대에 있는 영화관

별

별들이 아름다운 것은
서로가 서로의 거리를
빛으로 이끌어 주기 때문이다
하루의 일을 마치고
허리가 휘어 언덕을 오르는
사람들 발 아래로 구르는 별빛,
어둠의 순간 제 빛을 남김없이 뿌려
사람들은 고개를
꺾어 올려 하늘을 살핀다
같이 걷는 이웃에게 손을 내민다

별들이 아름다운 것은
서로의 빛 속으로
스스로를 파묻기 때문이다
한밤의 잠이 고단해
문득, 깨어난 사람들이
새벽을 질러가는 별을 본다
창밖으로 환하게 피어 있는
별꽃을 꺾어
부서지는 별빛에 누워
들판을 건너간다

별들이 아름다운 것은
새벽이면 모두 제 빛을 거두어
지상의 가장 낮은 골목으로
눕기 때문이다

STARS

Stars are beautiful
because they fill the distances
between them with light.
Starlight tumbles under the feet of those
who, after a day's work,
climb the hill, their backs bent.
At the moment of darkness, the stars throw
all of their light with abandon, and
people arch their necks sharply to search the sky.
People, walking, extend their hands to each other.

Stars are beautiful
because they bury themselves
in each other's light.
When people suddenly awaken,
tired from deep sleep in the middle of the night,
they catch sight of the stars dashing before the dawn.
Having plucked the astral flowers in their full bloom
outside the window
and lying in shattering starlight
people cross the wide open field.

Stars are beautiful
because at dawn, they gather up all their light
and recline
in the lowest alleys on Earth.

(Translation by Kyung-Nyun Kim Richards ©2017)

엄마

첫돌 지난 아들 말문 트일 때
입만 떼면 엄마, 엄마
아빠 보고 엄마, 길 보고도 엄마
산보고 엄마, 들 보고 엄마

길옆에 선 소나무 보고 엄마
그 나무 사이 스치는 바람결에도
엄마, 엄마
바위에 올라앉아 엄마
길옆으로 흐르는 도랑물 보고도 엄마

첫돌 겨우 지난 아들 녀석
지나가는 황소 보고 엄마
흘러가는 시내 보고도 엄마, 엄마
구름 보고 엄마, 마을 보고 엄마, 엄마

아이를 키우는 것이 어찌 사람뿐이랴
저 너른 들판, 산 그리고 나무
패랭이풀, 돌, 모두가 아이를 키운다

MOMMY

Just after his first birthday, when my son began to talk
as soon as he opened his mouth, Mommy, Mommy.
To his dad Mommy, to the street Mommy,
to the mountain Mommy, to the rocks Mommy.

To the pine tree next to the road, Mommy,
to the wind that blows through the trees,
Mommy, Mommy.
Sitting on a big rock, Mommy.
Looking at the roadside creek water, Mommy

My son barely past his first birthday
to the ox that passes by, Mommy
to the stream running by, Mommy, Mommy
to the cloud Mommy, to the village, Mommy, Mommy

Who says children are raised by people only
that wide field, mountains and trees
the grass blades of rainbow pink, rocks and stones--
all raise children.

(Translation by Kyung-Nyun Kim Richards @2025)

뻐꾹새 한 마리 산을 깨울 때

뻐꾹새 한 마리가
쓰러진 산을 일으켜 깨울 때가 있다
억수장마에 검게 타버린 솔숲
등치 부러진 오리목,
칡덩굴 황토에 쓸리고
계곡물 바위에 뒤엉킬 때

산길 끊겨 오가는 이 하나 없는
저 가파른 비탈길 쓰러지며 넘어와
온 산을 휘감았다 풀고
풀었다 다시 휘감는 뻐꾹새 울음

낭자하게 파헤쳐진 산의 심장에
생피를 토해내며
한 마리 젖은 뻐꾹새가
무너진 산을 추슬러
바로 세울 때가 있다

그 울음소리에
달맞이 꽃잎이 파르르 떨고
드러난 풀뿌리 흙내 맡을 때

소나무 가지에 한 점 뻐꾹새는
산의 심장에 자신을 묻는다

WHEN A LONE CUCKOO WAKES THE MOUNTAIN

There are times when a single cuckoo

can wake a fallen mountain to rise.

A pine grove burned black in a downpour of the monsoon season,

A long thin wooden log is missing a chunk,

a tangle of arrowroot washed down in the red mud

rivulets of water wrestle with rocks.

The mountain path is cut off and not a soul passes by.

A cuckoo, having struggled to cross over the steep trail on the

slope,

lets out a cry that ties up the whole mountain and unties it

and ties it up again once it is untied.

To the heart of the mountain,

torn up, revealing its gory detail

a single wet cuckoo spits blood

and gathers up the fallen mountain

to make it stand up straight.

To the sound of the cry

the petals of the evening primroses tremble, fluttering

and naked grass-roots exude the smell of earth,

the speck of a cuckoo on a pine branch

buries itself in the heart of the mountain.

(Translation by Kyung-Nyun Kim Richards ©2017)

아버지가 되어

아버지가 되어
아가야,
너에게 이름을 준다
이 세상 앞에 너를 세운다

오늘따라 짙푸른
저 산맥 위로 너를 들어 올린다
남으로,
북으로 뻗어가는 싱싱한 산줄기
앞 다투어 달려가는 곳에
길이 있다

네 울음소리 터져 나와
처음 이 세상 풀잎 흔들 때
부끄러운 삶을 묶어
나도 다시 태어난다

아가야,
저 큰 산 네가 넘어야 한다

BECOMING A DAD

Becoming a dad,

my little baby,

I give you a name.

I stand you up before this world.

I raise you up above the mountains,

which today look especially a deeper green.

To the south,

to the north, the mountain range runs with vigor

and wherever it races, there is a path.

When your first cry bursts out and shakes the blades of grass

of this world,

I, too, am reborn

tying up my shameful life.

Little baby,

you must cross those tall mountains yourself.

(Translation by Kyung-Nyun Kim Richards ©2017)

동백꽃

그대와 나

가까울수록 더욱 멀고

멀수록 너무 가깝지요

해남군 삼산면 구림리

동백 숲에 와서

그대를 생각합니다

때로는 그리움이 큰 힘 되어

비탈길 험한 산맥 버티어도

잠시 그 강물 너무 깊어

나는 동백 붉은 꽃잎에

홀로 길을 잃었습니다

봄 오기 전 먼저 피어나

이 봄 가기 전

제 꽃잎 거두어 동백꽃은 앞서 갑니다

피고 지는 꽃잎 하나 두고

저 산 이 골짜기 저리 깊은데

외로운 사람들 발자국 찍고 와서

떨어지는 꽃잎 하나

두 손으로 감싸고

기뻐 어쩔 줄 모릅니다

땅에 져서야 더 활짝 피어나는 꽃

밤이 와서

잎도 꽃도 어둠에 묻힙니다

낮에는 물이 꽃잎에 취해 흐르더니

어둠 속에선

그 물소리 곱게 감아

몇 송이고 꽃은 벙글어집니다

돌아보매 이 어두움

천길 물속이어도

그 길 우리 가야 합니다

꽁꽁 묶인 밤 속으로

길들이 지친 허리를 펴고

꽃들은 불을 밝혀줍니다

CAMELLIA

You and I,

the closer we get, the farther apart we become

the farther apart we are, the closer we become.

Having come to the camellia grove

in the village of Gu-Rim, of Sam-San town, in Hae-Nam county,

I stand and think of you.

At times longing for you gave me the strength

to endure the rugged sloping paths of the mountain.

But a moment after, the water in the river was so deep

I lost my way among the red petals of the camellias.

Camellias bloom before spring arrives

and then, before spring is over, they go away, taking

their petals with them.

For a flower that blooms and falls,

lonely people come, imprinting their footsteps on the path,

to that mountain and to this deep vale,

to cup a fallen flower petal in their hands and be so happy

that they do not know what to do.

A flower that blooms more fully after it has fallen to the ground.

When night falls, the flowers and leaves get buried in the dark.

During the day, the stream flowed, drunk on flower petals.

In the dark, the blossoms open up, as many as can be, to the gentle sound of the water.

As I look back, the darkness is like that of water a thousand fathoms deep.

But we have to travel that road.

Into a night that is tightly bound to immobility,

the roads stretch their tired backs

and the flowers light up the world.

(Translation by Kyung-Nyun Kim Richards ⓒ2017)

서해 낙조

그대 그리운 날은 서해로 간다
오가는 길과 길 사이로
초록빛 그리움 안고 달리면
내 안으로 나무 하나 깊이 들어선다
계절마다 하늘 바꿔 이는 저 느티나무도
한 생을 이렇듯 푸르게 드리우지 않는가
참매미 쓰르라미 숨찬 울음소리에
산과 강 뜨겁게 열리고
불볕 속에서도 길은 서해로 달린다
십리포, 만리포에 이르러
제 가슴 한쪽을 여는 바다
짙은 쪽빛 껴안고 섬 하나 키운다
파도는 몇 번의 물때를 바꾸며
생의 바튼 숨길 씻어 내린다
파도소리에 귀먹은 모감주나무
수천 번 푸르름 길어 올리고서야
제 가슴에 능소화 몇 송이 붉게,
붉게 꽃잎 틔운다
서해, 하루는 붉게 달아올라
큰 바다 비로소 받아 안는 해의 몸
길에서 바다로, 다시 파도 속으로

너에게로 오롯이 이어져
가슴속에 등불 하나 살아 오른다

SUNDOWN AT WEST SEA

On days when I miss you, I go to the West Sea.

In between the roads that come and go,

if I drive carrying a longing for the color green,

a tree enters deeply into me.

Doesn't the zelkova tree, which carries on its head

a different sky in each season,

drape itself in such green its whole life through?

The breathless singing of the cicadas and locusts

opens up the mountains and rivers in the heat.

Beneath the hot sun, the road runs to the West Sea.

Only when I reach the shores of Sim-ni-po* and Mal-li-po**,

do I see the ocean opening its breast on one side,

hugging dark indigo, it grows an island.

The waves change in the tide a few times

and wash away life's shortness of breath.

The golden rain tree, deafened by the sound of waves,

having drawn up the blue many thousands of times,

opens up on its breast a few blossoms of the Chinese trumpet

vines***,

their petals in deep, deep red.

At the West Sea, a day turns red hot

while the large sea at last embraces the body of the sun.

From the road to the sea and entering the waves

I am wholly tied to you.

A lamplight rises, alive in my heart.

* Literally, Ten li (2.6 mile) Inlet
** Ten-thousand li (2,600 mile) Inlet
*** Chinese trumpet vines grow climbing onto the golden rain tree

(Translation by Kyung-Nyun Kim Richards ©2017)

외로워하지 마라

네가 외롭다고 생각하는 것은
세상의 그리움이 너에게서
멀리 떨어져 있기 때문이다
이 세상의 젖은 풀잎 하나
네 등 뒤에 얼굴을 묻기 때문이다

네가 외로워하면
이 세상이 다 외로운 것이다
지상에 꺼지지 않는
마지막 등불 하나도
바람 앞에 몸을 내줄 것이다

너를 잃어버리고
세상의 손길에 모든 것을
기대어 설 때도
하늘의 별 하나는 깨어 있다

너를 모두 잃고
세상이 되돌려주기 기다리며
깊은 잠을 설칠 때
들녘에 집 잃고 헤매는

반딧불 하나 쉬지 않고 길 간다

세상의 반은 세찬 파도지만
또 나머지 반은 섬이다
사랑을 잃고, 길이 보이지 않아
몇 밤을 지새운 뒤에야
진정 이 세상을 껴안을 수 있다

DO NOT FEEL LONELY

The reason you think you are lonely
is because the world's longing
is far away from you.
The little wet blade of grass of this world
is burying its face in your back.

If you feel you are lonely,
the whole world is lonely.
The one last lamp that is
inextinguishable on this earth
will give its body to the wind

Losing yourself, and
when you stand leaning
entirely on the hands of the world,
there is a star awake in the sky.

Having lost all of yourself,
you wait for the world to return you to yourself
and lose sleep,
a little firefly, out of its nest and wandering in the field

keeps going on its way without resting.

Half of the world is rough waves
But the other half is islands.
When you have lost your love,
you cannot see your way
and have stayed awake for a few nights,
Indeed, only then, can you truly embrace this world.

(Translation by Kyung-Nyun Kim Richards ©2017)

그리움 없인 저 별 내 가슴에 닿지 못한다

네가 빛나기 위해서
수억의 날이 필요했다는 걸 나는 안다
이 밤 차가운 미루나무 가지 사이
아픈 가슴을 깨물며
눈부신 고통으로 차오르는 너,

믿음 없인 별 하나 떠오르지 않으리
그리움 없인 저 별 내 가슴에 닿지 못하고
기다림 없는 들판에서는
발목 젖은 풀 뿌리 하나에도
별빛 다가와 안기지 않으리

어둠 속 무수히 흩어지는 발자국
별 하나 가슴에 새기고 돌아가
고단한 하루에 빗장을 지를 때
지친 풀잎 허리 기댄 언덕 위로
너는 꺼지지 않는 등을 내다 건다

너와 내가 하나의 강으로 닿아 흐르기까지
수천의 날이 또 필요하리라
이 밤 네가 빛나기 위해

수억의 어둠을 뜬눈으로 삼켜야 했듯
그 눈물 어리어 흘러가는 강을 나는 본다

WITHOUT LONGING, THAT STAR WILL NOT REACH MY HEART

In order for you to shine,

countless billions of days were needed, I know.

This night, between the cold branches of the poplar trees,

biting your aching heart

you grow full with dazzling pain.

Without faith, not a star would rise.

Without longing, that star will not reach my heart,

in the field where there is no waiting,

even to a single grass-root that dampens my ankle,

no starlight would come near to be embraced.

Countless footsteps scatter in the dark

returning home, a star etched in their hearts.

When they latch their door against their tired day,

you hang up a lamp that will not go out

above the hills where tired blades of grass lean.

Until you and I reach a river to flow together

we will again need thousands of days.

In order for you to shine tonight

you had to swallow billions of darknesses with your eyes wide
open

I see the river flowing with the reflections of your tears.

(Translation by Kyung-Nyun Kim Richards ©2017)

물꽃 너머

보인다 너의 뒷모습
너와 나 사이
꽃잎과 함께 져간 그늘

잠겨 있는 물살 위로
떠난 꽃잎 가슴에 지고
네 발길 진 꽃그늘에 와 닿는 달빛
한밤 새들은 물 건너와
나무와 나무의 거리를 지운다

꽃잎 뒤척이는 심장소리
울렁이는 네 숨소리
스쳐 지나간 바람은 알고 있다

어둠속 개구리 잠든 물고랑 따라가면
밤 새워 물 위에 새겨지는
늪의 고요,
한 순간 어둠을 딛고
오리나무도 너를 그리워한다

사람들 떠난 밤

바람이 나의 팔짱을 끼며 다가온다
고요에 밀리는 젖은 몸이
우포늪 물방울 하나로 둥글게 열리면
네가 다시 돌아오고 있다

BEYOND THE FLOWERS OF WHITECAPS

I see your backside,

between you and me,

the shade cast along with the flower petals that fell.

On submerged currents

the departed petals tumble into my heart,

moonlight touches the shade of the flowers

where your footsteps no longer fall.

Midnight birds come across the water

and erase the distances between the trees.

The sound of your heart that shuffles the petals,

the pounding sound of your breath,

the wind knows as it passed you by.

If we follow the water furrow where frogs sleep in the dark,

the calm of the lake etches the surface of the water

all night long;

for a moment, stepping on darkness,

the black alder also misses you.

At night, after people have left,

the wind comes to hold my arm.

When my wet body pushed by the silence

opens up roundly as a drop of water in Woo-po Lake,

you are returning to me again.

(Translation by Kyung-Nyun Kim Richards ©2017)

2
부

김완하의 버클리 통신

떠남은 진실로 돌아오기 위한 길이다

"떠남만이 진정한 길일 때가 있다.
떠남으로써 비로소 자기에게 돌아가 깊이 닿는 또 하나의 길이 있다.
그러므로 떠남은 진실로 돌아오기 위한 길이다."

UC 버클리에 와서

나는 캘리포니아의 버클리에서 충돌하는 두 세계의 간극 사이에서 가늘고 섬세하게 떨고 있다. 한국 시인으로서의 심성과 감성과 언어를 가지고 나는 1년 동안 미국이라는 사회적 시스템과 몸으로 부딪치며 살아야 하는 상황에 놓여 있다. 문득 한국인으로서 낯선 이역 세계의 풍경 앞에 노출될 때 색다른 이미지가 일깨우는 시상詩想을 향해서 모국어가 달려오고 있다. 연구년 1년을 UC 버클리에서 보내며, 나는 낯선 세계 속으로 과감히 걸어 들어가는 경험 속

UC 버클리 서쪽 문에서

에 나를 부려두려 한다.

떠남만이 진정한 길일 때가 있다. 떠남으로써 비로소 자기에게 돌아가 깊이 닿는 또 하나의 길이 있다. 그러므로 떠남은 진실로 돌아오기 위한 길이다. 어떤 면에서 떠남은 시간과 공간의 초월을 의미하기도 한다. 시간은 일정 기간이 경과한 뒤의 망각에 의지해서 과거와 현재를 구분 짓는다. 그러나 공간은 멀리 떨어져 있다는 것만으로 시간의 변화 없이도 이전과 이후를 확연히 구분 짓게 한다. 그러기에 떠나온 지 얼마 되지 않아서 나에게 한국과 한국에서의 일들은 아주 머나먼 과거처럼 여겨지고 그리워지기도 한다.

1년간 가족들과 함께 묵게 될 월넛 크릭의 파크레이크에 도착하자 한국에서 계약해 놓은 아파트 한 채가 텅 빈 채로 우리를 맞이하였다. 이제 이 아파트에 하나하나 물건을 장만하고 채워나가며 새로운 생을 펼쳐야 한다. 지금은 무엇보다 가족들이 생활하기 위한 기본 필수품들이 너무 절실히 다가온다. 때로는 풍요가 창조를 낳는 게 아니라, 궁핍이야말로 창조의 어머니가 아닌가 하는 생각이 스쳐 갔다. 어떤 면에서 풍요는 부패를 낳을지도 모른다. 먼 거리의 비행과 시차적응의 어려움, 첫 밤의 낯섦으로 잠을 설치는 것은 통과의례처럼 나에게 다가왔다.

다음 날 아침 주변을 산책하니 온통 붉은 꽃과 흰 꽃들이 피어 있다. 우리가 세를 든 아파트는 나무들과 작은 도랑이 감싸 안고 있어 너무도 아름다운 곳이다. 이렇게 생의 주변이 너무 아름다우면 그 주변을 묘사하는 데만 우리 생을 다 바쳐야 할지도 모를 일이다. 그러기에 고행의 철학이 나오게 되는 것일지 모른다. 아름다움이나 그 배경은 단지 외양이 아닌, 그것을 떠받치고 있는 사회와 역사적인 맥락이나 관계 위에서만 가치 있는 예술로 승화될 수 있을 것이라는 생각이 들었다.

국경을 넘어서도 바뀌지 않는 것들이 있었다. 그 가운데 하나가 우리의 습관이다. 모처럼 만에 가족들이 오붓하게 둘러앉은 식탁, 거기에 앉는 위치는 이곳에 와서도 바뀌지 않았다. 바로 각자의 그 자리에 앉아 입맛도 결코 변하지 않는다. 그 점에서 우리의 습관이 곧 문화일 것이다. 식탁에 함께 둘러앉아

UC 버클리 새더 타워

밥을 먹을 때 가족은 하나의 식구다. 하나의 지붕을 쓰고 하나의 울타리를 두를지라도 함께하는 이 아침의 거룩한 공양이 없다면 절실하게 생을 나누는 식구는 아닐 터이다.

연구년을 맞아 온 가족이 이곳으로 올 때의 준비 과정에서 제일 어려웠던 것이 집이었다. 그리고 그것은 가장 나중에야 결정이 되었다. 그 이유는 누군가 살던 곳에서 다른 곳으로 가야만 내가 그곳으로 들어갈 수 있기 때문임을 알았다. 그러므로 내가 머물고 있는 이 집은 바로 누군가 머물다 떠난 곳이다. 그러기에 앞으로도 계속해서 누군가 머물 수 있는 곳이고 머물고 싶어하는 공간이다. 바로 그곳에 내가 머물고 있는 것이라는 사실을 깨달았다.

소통의 문제

멀고 먼 비행을 마치고 샌프란시스코 공항에 막 도착해서 휴대전화를 로밍하자, 가장 먼저 달려오는 것은 스팸과 문자 메시지였다. 벌떼처럼 끈질기게 이곳까지 쫓아와 액정화면에 얼굴을 들이미는 문자들, 그것은 바로 낯익은 모국어들이었다. 그것들은 질긴 생명력으로 나를 휘감으며 말을 걸어오고 있었다.

사람에게는 무엇보다 귀가 중요하다. 귀가 열려야 입이 열릴 수 있다는 사실을 미국에 와서 느낀다. 한국에서도 귀의 중요성에 대해 강조했다. 그것은 주변의 잡다한 말이나 다양한 말들 가운데 그 뜻을 잘 새겨들어야 한다는 것이었다. 그런데 일단 내 귀는 아직 영어를 능숙하게 알아듣지 못하니까 나의 입도 닫혀 있는 것이다. 영어에 아직은 내가 유아적일지 모른다. 그러므로 당분간 나의 귀도 유아적이라 할 수 있다. 미국에 와서 나에게 귀는 절대적인 운명이다. 잘 새겨서 듣는 귀, 말귀를 잘 알아듣는 귀가 나에게는 절실히 필요하기 때문이다.

가령 CKS(한국학연구소)에 앉아 책을 읽거나 글을 쓸 때에 옆방의 CCS(중국학연구소), CJS(일본학연구소)에서 방문학자들의 대화 소리가 들려도 아직은 내가 분명히 그 뜻을 새겨듣지 못하니까 전혀 소음으로만 다가오는 것은 아니다. 그들의 대화에 흐르는 리듬감이나 두 사람 대화의 호응이 신선하게 들리기도 하였다. 아울러 영어와 중국어와 일본어들이 섞이면서 묘한 느낌도 일깨워 주었다.

우리의 언어생활에서 랑그와 파롤의 관계를 새롭게 바라보았다. 머릿속의 언어인 랑그와 그것을 표현하는 파롤의 관계에서, 결국은 파롤이 랑그를 이끄는 게 아닌가 한다. 심지어 랑그를 끌어내는 게 파롤이 아닌가 싶기도 했다. 그러니까 무엇보다 행동과 실천이 중요한 것이다. 그렇지 않다면 모든 것은 느낌으로만 머물 것이다.

식료품을 사기 위해 가족과 근처의 세이프웨이에 걸어갔다 오면서 숲속으로 난 길을 따라 이어지는 주택가를 보았다. 집 앞까지 난 반듯한 길과 거기까지 닿는 승용차가 이곳의 교통수단이다. 차가 없다면 발도 묶이고 만다. 길옆의 나무를 따라 올라가고 있는 나팔꽃을 보았다. 그것은 하늘을 향해 나무를 감고 오르는 강렬한 힘으로 꽃을 피워 보여주었다. 내가 대학생 시절에 자취를 하며 시를 쓰던 창가에 피었던 바로 그 꽃이었다. 그때처럼 나는 이곳에서도 더욱 더 절실한 모국어의 그리움으로 시를 써야 한다.

한 사회로 진입하기 위해서는 소통의 문제가 핵심이다. 생각의 소통이 언어에 의한다면, 사람과의 소통은 교통에 의한다. 이동 거리가 크고 넓은 미국에서는 교통수단이 더 중요하다.

이곳의 다운타운을 걷다 보면 차는 차대로 사람은 사람대로 흐른다. 그 가운데 모든 흐름의 우선은 사람이다. 무엇보다 사람이 전체를 장악하고 주도해 간다. 미국의 교통체계는 사람이 먼저이고 상대 차량에 대한 양보와 배려가 강조되고 있다. 그러다 보니 나는 왜 그동안 한국에서 길을 건너려 차에 쫓기고 허둥대며 살아왔던가, 러시아워 시간에 줄지어 선 차량 사이로 차를 들이밀기 위해서 악다구니를 해왔던가 하는 아쉬움이 컸다.

버클리대 뱅크르프트 웨이

샌프란시스코에는 다양한 교통수단이 눈에 띄었다. 전통적인 것과 현대적인 것이 공존하고 다양한 방식이 결합되어 있다. 시내버스 앞에는 승객의 자전거를 실을 수 있는 선반을 달고 다닌다. 두 대나 세 대의 버스가 이어진 기다란 버스도 있다. 바트(Bart) 안에는 자전거를 가지고 타는 승객도 자주 볼 수 있다. 고속도로인 프리웨이를 달리다 보면 질주하는 오토바이를 자주 만났다. 하이웨이라는 명칭의 고속도로는 규모가 크고 프리웨이는 그보다 작지만 편도 4차선에 평균 시속 110~120km를 달리기도 하였다. 교통의 속도와 흐름이 매우 빨랐다.

달리는 차들도 미국, 영국, 이탈리아, 일본, 독일, 스위스제 등 다양했다. 가끔 한국 차도 있어서 그야말로 세계 각국의 자동차들이 경쟁하는 전시장을 방불케 했다. 또한 모양도 폭스바겐의 작은 방게처럼 생긴 차부터 아주 오래된 모양을 그대로 유지한 차나 세단, 벤, 지프 등으로 가지각색이었다. 그러기에 다양한 방식과 형식들이 섞여 하나의 조화를 이룬 게 바로 미국의 문화라는 생각이 든다.

미국 사회는 전체적으로 자유와 자율에 바탕을 두고 있지만, 그것들 사이의 작은 질서가 견고하게 지켜지며 전체를 밀고 나간다는 생각이다. 기초 질서랄까, 상식이나 원칙 등이 대단히 엄격하고 상대를 인정하고 배려하는 정신이 존중되는 사회가 이곳이다. 반면에 한국은 큰 틀의 질서가 작은 사회를 이끌고 가는 게 아닌가 싶다. 그러다 보니 큰 힘에 의해서 부분은 무시되고 작은 것들이 소외되는 느낌이다. 한국 사회는 작은 것 하나하나가 존중되며 그것이 모여 전체를 이루는 게 아니라, 힘과 권력 등 큰 것에 의해 작은 것이 도외시되고 있다는 안타까움이 다가왔다.

바트 타기

UC 버클리에 가기 위해서는 플레젠트힐에서 바트를 타고 다운타운 버클리에서 내려야 했다. 그곳까지 소요되는 시간은 대략 30분이다. 플레젠트힐에서 다섯 번째인 맥아더역에서 내려 리치몬드행으로 갈아탄다. 그리고 두 번째 역이 다운타운 버클리이다. 출근 시간의 인파에 휩싸여서 바트역을 빠져나오면 사람들은 사방으로 흩어지며 하루의 일상 속으로 빨려들어 간다.

지상으로 올라와 오른쪽으로 돌아 작은 길을 두 개 건너고, 길가를 따라서 동쪽으로 200여 미터를 올라가면 바로 UC 버클리 서쪽 문이 보인다. 그곳에는 양편으로 울창한 침엽수들이 서 있다. 작은 사거리를 건너서 남쪽으로 길가를 따라 150여 미터 정도 내려가면 길가에 있는 6층 건물의 5층이 CKS 사무실이다. 그 앞을 달리는 길이 힐튼 거리이고, 그 길과 왼쪽에서 내려와 코너에서 만나는 길이 뱅크르푸트 거리이다.

삼나무 숲으로 싸인 UC 버클리 건물들은 140년의 역사와 전통을 간직하고 있었다. 건물과 건물 사이 길을 따라 많은 학생들이 분주히 오고 간다. 강렬한 땡볕은 잔디밭에 가득히 깔려 있었다. 뜨거운 여름날에 개학하고 1학기를 시작하니 대학 캠퍼스가 분주하며 숲이 울창하고 잔디가 새파래도 새 학기의 활력을 느끼기엔 부족하다. 캠퍼스 군데군데는 하늘을 찌를 듯이 솟아오른 큰 나무들이 부동의 자세로 서 있다. 학생들은 벤치나 잔디밭에 삼삼오오 모여 토론을 하고 책 읽기에 몰두해 있다. 이따금 눕거나 앉았거나 혼자의 세계에 빠져 있고, 두 사람이 비스듬히 등을 기대고 대화를 나누기도 한다. 더러는 책으로 얼굴을 가린 채로 햇빛을 쪼이며 낮잠을 즐긴다.

바트는 한국의 지하철과 KTX를 결합해 놓은 것과 같다. 빠른 속도로 지하와 지상을 이어서 달린다. 한국의 KTX는 가운데 동반석이 있어 마주 보며 대화할 수 있다. 그리고 중앙을 향해서 마주 보며 양쪽으로 멀어져 간다. 그러기에 반은 순방향이고 나머지는 역방향이다. 바트 또한 순방향과 역방향이 있다. 그런데 중앙에서 서로 등을 돌린 채 양쪽으로 멀어져 가기에 반대편 사람들은 볼 수 없는 것이 우리와 다르다. 이런 것 또한 문화의 한 측면인 듯하였다. 한국의 사랑방 문화와 미국의 개인주의가 반영된 것이 아닐까.

바트는 순간 출발이 빠르고 속도는 급상승한다. 빠른 속도로 소음이 심하다. 더욱이 지하로 들어서면 그 소리는 거의 정미소 안에 있는 느낌이다. 제트기 같은 소음으로 바트 안을 휘저어 놓기도 한다. 지상으로 올라오면 소음이

UC버클리 서쪽 문 양옆의 침엽수림

버클리 교정

줄어든다. 그 속에서도 사람들은 열심히 책을 읽고 신문을 보며 자신의 생각에 몰두해 있었다. 미국인들은 소음에 대해 그다지 민감하지 않은 듯했다. 미국 냉장고는 가끔 항공모함 소리를 내고, 미국인들은 크기는 작고 엔진소리가 큰 자동차를 선호하는 경향이 있었다.

바트를 타고 밖을 내다보면 빠른 속도로 주변의 정경들이 펼쳐졌다 사라진다. 흥미로운 것은 한국에서의 산동네는 달동네라 해서 빈민촌을 의미하지만 미국에서는 전적으로 다르다. 며칠 전에 산 중고차를 몰고 달리다 길을 잃고 들어가 본 산동네는 길이 아주 넓고 집들도 화려한 곳이었다. 이곳에서는 산동네야말로 아래를 넓게 멀리 내려다볼 수 있는 곳으로 부의 상징이라고 했다.

오후 6시경에 돌아오기 위해서 버클리에서 바트를 타면 앉을 자리가 없었다. 바트 안은 인종의 전시장이다. 미국은 그야말로 백인종(百人種)의 나라인 것이다. 바트가 오클랜드에 정지했다 출발하면서 자리가 났다. 빈자리에 앉자 옆에는 히잡을 쓴 아랍계 여인이 무릎 위의 갈색 가죽가방 위에 두 손을 모은 채 명상에 잠겨 있었다. 창을 통해 들어와 그녀의 어깨를 감싸는 저녁노을은

맥아더 역에서

장엄하였다. 샌프란시스코만 위로 쏟아지는 햇빛은 강렬하고 아름답다. 이곳의 뜨는 해와 지는 해는 너무 강렬해 눈을 마주칠 수가 없었다.

저녁노을 속으로 질주하는 바트의 금속성에도 히잡을 쓴 검은 옷의 무슬림 여인은 엄숙했다. 플레젠트힐에 닿을 무렵 그녀가 손을 펴자 양쪽 손가락에 낀 반지가 번쩍하며 빛을 반사한다. 여인의 검은 옷과 양쪽 손가락에서 반짝거리는 반지는 묘한 대조를 이루고 있었다. 순간 그녀의 눈빛 속에서 알 수 없는 슬픔이 배어 나오는 듯했다.

무슬림 여성은 눈과 손을 제외한 신체의 모든 부분을 가려야 한다. 그녀는 머리카락을 가리기 위해서 쓴 히잡과 손가락에 집중되는 주변의 시선을 결코 눈치채지 못했을 것이다. 이 세상에는 히잡으로 다 가릴 수 없는 것이 너무나 많을 것이다. 그녀의 손가락에서 반짝대는 빛은 전속력으로 치닫는 바트를 차고 나가 문명 저편으로 사라져가고 있었다.

뜨거운 하루가 가고 어둠이 왔다. 또 하늘엔 하나 둘 별이 솟기 시작한다.

(『문학사상』 2009.10.)

캘리포니아의 별

"밤이 되면 우리는 다시 별의 세상 속으로 들어가곤 했다. 낮에는 구름, 한점이 없던 하늘에 어둠을 배경으로 별이 떠오르기 시작한다. (…) 나는 자주 어둠 속에서 창밖을 내다보고 윤동주 시인을 생각하며 별을 헤어 보았다. 그러나 내가 「별」 연작시를 쓰던 1990년대 초반을 떠올리게 되어서 가슴이 설레기도 하였다."

별들의 세상

캘리포니아에 와서 나는 다시 하늘의 별과 더 절실히 만나게 되었다. 구름 한 점 없이 맑은 하늘로부터 쏟아져 내리는 강렬한 태양이 지배하는 한낮이 가고 집 근처에 있는 헤더팜(Heather Farm) 공원에 어둠이 내릴 즈음이면 여지없이 하늘에는 별들의 세상이 펼쳐지기 시작한다. 그 별들은 시간이 지날수록 삼태기로 쏟아붓듯이 숫자가 불어났다. 금방 대장간에서 달군 쇠를 두들겨 만든 듯 산뜻한 별들이 하늘을 빼곡하게 채우곤 한다. 그것은 마치 누군가 하

별들의 세상

늘 밭에 별을 뿌려놓아 그 별들이 이제 막 싹을 틔우는 것 같았다. 누군가 매일 밤이면 하늘 구석마다 어둠을 일구어 부신 별빛을 키우는 듯했다.

우리 가족이 머물고 있는 월넛크리크는 그 이름에서도 알 수 있듯이 호두가 많이 나는 곳이다. 그래서 이곳의 한인들도 호두나무 골이라고 부르기도 한다. 호두나무 골이라고 부르고 나면 한결 더 정감이 들기도 하였다. 이렇게 미국의 지명은 자연물과 지형을 바탕으로 하고 있는 경우가 대부분이었다. 대충만 살펴도 파크, 레이크, 벨리, 오크, 랜드, 힐, 선, 선 셋, 선 라이즈 등이 들어가는 명칭에서 알 수 있듯이 지형이나 주변 자연의 특성을 명칭으로 부여한 경우가 많다. 그러므로 그 지명만 잘 새겨도 그 지역의 특성을 두루 알게 되는 경우가 있다.

시월 중순이 지나면서 이곳에도 많은 기후 변화가 있었다. 여름은 한낮이면 에어컨을 켜지 않고는 견딜 수 없을 정도로 더웠다. 그러나 한낮의 더위를 벗어나면 지낼 만했다. 그동안 몇 번은 한밤중에도 에어컨을 켜야 했던 적이 있었다. 낮에는 화씨 81도가 넘어가면 더운 까닭에 79도로 온도를 유지하기 위해서 에어컨을 작동시켰다. 그래도 땀은 잘 나지 않는다. 무덥지 않기 때문이다. 습도가 낮아서 불쾌지수가 높지 않은 것이 좋았다. 햇빛 속에 서면 따가울 정도로 빛이 강렬한데도, 그늘 속에 들면 서늘하게 바람 기운을 느끼기도 하였다. 모든 나무들은 키가 크기 때문에 높은 곳에서부터 땅으로 그늘을 드리우고 그 사이로 흐르는 바람이 온도를 낮추어 주기 때문이다.

그러다 해가 지고 나면 기온은 더 낮아지고 서늘하였다. 이곳은 일교차가 커서 아침이나 저녁으로는 긴 팔의 옷을 걸쳐야 한다. 바닷가 쪽으로 갈수록 기온이 더 낮아지는데 샌프란시스코에서는 반드시 긴팔 옷을 입지 않으면 견딜 수가 없었다. 그래서 이곳 사람들은 언제나 봄 여름 가을 겨울의 옷을 모두 꺼내놓고 그때그때 필요에 따라서 입는다고 말한다. 이곳의 공기는 맑기 때문에 너무 상쾌한 기분이 든다. 하루 종일 창문을 열어두어도 먼지가 들어오지 않았다.

그리고 밤이 되면 우리는 다시 별의 세상 속으로 들어가곤 했다. 낮에는 구름 한 점이 없던 하늘에 어둠을 배경으로 별이 떠오르기 시작한다. 아파트 창가에 기대어 밖을 내다보면 하늘 가득 별들이 보였다. 나는 자주 어둠 속에서 창밖을 내다보고 윤동주 시인을 생각하며 별을 헤어 보았다. 그러다 내가 「별」 연작시를 쓰던 1990년대 초반을 떠올리게 되어서 가슴이 설레기도 하였다. 그때는 첫 시집을 준비하면서 새로운 교감으로 자연과 사물을 느끼기도 하였기 때문이다. 한국에서 보던 북두칠성이 이곳에서는 그 위치가 조금 다르게 걸려 있다. 한국에서는 하늘 중앙 쪽으로 있었던 것 같은데 이곳에서는 서쪽으로 조금 더 낮게 떠 보인다. 그러나 그 일곱 개의 별들만은 아주 선명하게 드러난다.

이곳에도 보름날 밤이면 하늘에 둥근 달이 걸려서 추석을 연상시킨다. 이곳의 달은 더 크고 둥글게 다가온다. 추석이 되면 꼬박꼬박 고향에 다녀오곤 했지만, 언제 한번 가슴을 크게 펴고 달을 보며 심호흡했던 적이 있었던가 생각해 보았다. 그리고 보니 별다른 기억이 없었다. 그런데 이곳에서는 밝은 달빛

집 근처 해더팜 공원

이 사방을 비추고 고요하게 밤이 열리니 마음 그득히 풍요가 쌓이는 듯했다. 그것은 아마 내가 이곳에 멀리 있기에 고향에 갈 수 없다는 마음이 달빛을 더욱 더 절실하게 받아들이게 하는 까닭인 것 같았다.

얼마 전 저녁 식사 후 둘째 아들과 근처 공원에 가서 축구를 했다. 아들이 다니는 노스 게이트(North Gate) 고등학교에서 축구부 선수를 모집하는데 아들이 신청했기 때문이다. 이왕 신청을 했으니 결과가 좋아야 하지 않겠냐며 아들의 축구 연습을 도와주었다. 그곳에는 주민들이 라이트를 밝히고 야구를 하고 있었다. 아들과 공을 주고받다가 잠시 쉬면서 하늘을 올려다보니 이 구석 저 구석에 굵고 잔별들이 빼곡하게 박혀 있었다. 푸른 잔디밭 위로 쏟아지는 별빛은 너무 포근한 것이어서 잔디에 누우면 별들이 내려와 덮어줄 것만 같았다.

추석이 지나갔다. 그동안 내가 군대를 가서 보냈던 두 번의 추석을 빼고는 고향에 가지 못한 때가 없었다. 그런데 이번에는 부득이 이곳에서 고향을 생각하고 그 추억이나 되새기며 보내야 했다. 이제야 비로소 한국의 하늘이 보이고 그곳에 떠오른 보름달이 보인다. 뒷동산에 훤히 내걸린 추석 달빛을 안고 마을의 집집마다 찾아다니면서 거북놀이를 하던 어린 때가 생각났다. 떠나와서야 그곳이, 그때가 더 또렷이 보이는 것이다.

한글날

버클리와 인접해 있는 오클랜드에 가면 코리아나프라자가 있다. 그곳은 한국식료품 가게이다. 한국에서 직접 생산된 물건이나 미국에서 생산된 한국 제품들이 손님들을 기다리고 있다. 그곳에서는 상당수의 한국인과 동양인 그리고 외국인들을 만나기도 하였다. UC 버클리에서 뱅크르푸트 거리를 서쪽으로 따라 내려가 첫 번째로 만나는 쉐덕(Shattuck) 거리에서 좌회전하여 4킬로미터를 곧장 달려가다 보면 '깡통돼지, 평창순두부, 포장마차, 수라, 삼원식당' 등의 한국 식당과 가게들을 만나게 된다. 얼핏 보아서 1980년대 풍의 느낌을 주는 한국어 간판들을 눈여겨보면서 안으로 들어가면 주인도 종업원도 한국인인데, 더러는 외국인 종업원들이 심부름을 하기도 하였다.

오클랜드의 한국 음식점들

UC 버클리에 와서 563회의 한글날을 맞이하였다. 미국에 오면 누구나 애국자가 된다더니 한국에서는 사라진 한글날이 나에게 더 새롭게 다가오는 것이다. 이곳에서 발행되는 《중앙일보》, 《한국일보》 등에도 한글과 관련하여 여러 가지 기사가 났다. 얼마 전에는 샌프란시스코의 '한글사랑회' 모임에 초대되어 참석한 적이 있었다. 그 모임은 한국에서 이민 온 사람들을 중심으로 샌프란시스코에 거주하는 한국인들이 함께 모여서 다양한 관심사를 나누고 한글교육단체를 물질적으로도 후원하는 역할을 하였다. 이 모임에서는 지난 7월에 '윤동주문학의 밤'을 열어서 큰 호응을 받기도 했다고 한다.

당일에는 독서모임의 대표가 체험을 통한 독서와 독서모임의 중요성에 대해서 발표하였다. 이곳에 있는 분들은 독서를 많이 하는 편이며 발표 내용이 상당히 과학적이며 체계적이었다. 이어서 몇 명의 시인이 시낭송을 하였고, 나는 특별 손님으로 초대되어 글쓰기의 중요성에 대하여 간단히 이야기하고 나의 시 한 편을 낭송하였다. 나는 인간의 기억에는 한계가 있기에 결국 우리들은 기록에 의지하게 된다는 사실을 강조하고 몇 가지의 예를 들었다. 이렇게 당일의 관심 내용은 읽기와 쓰기의 중요성을 강조한 것이다. 샌프란시스코 브로드웨이에 있는 이태리 식당에서 가진 이 모임은 와인을 곁들여 분위기가 한층 화기애애했으며, 한국에서 달려온 지 얼마 되지 않은 나도 쉽게 동화될 수 있는 친화력을 가지고 있었다.

지금 미국의 곳곳에는 한국학교 또는 한글학교가 개설되어 어린이들에게 한국어를 가르치고 있다. 최근에는 한국정부의 지원으로 일부 학교에는 성인반이 개설되어 미국인에게도 한국어를 가르치게 되어 한국어의 세계화 시대가 열리고 있음을 실감하였다. 그러나 좀 더 관심을 가지고 살펴보면 우리 이민 사회 내에서의 한국어교육 현실은 실로 안타까운 점들이 많다고 할 수 있다.

이곳에서는 한인 2세들의 한글문맹에 대해서 크게 경각심을 일깨우고 있다. 내가 만났던 대부분의 UC 버클리 한인 학생들은 우리말을 잘했다. 그것은 이민을 온 그들의 부모가 한국말의 중요성을 강조하여 잘 배우고 익힌 결과일

SF 한글사랑 가을모임(2009. 9. 23. 이태리식당 '피자마켓')

것이다. 이들과는 달리 그 외의 젊은이들은 한국말을 잘하지 못하는 경우도 많았다. 그래서 그들이나 그 다음 세대에 가서는 한글이 정말 잘 전수될 수 있을지조차도 모를 일이라는 판단이 들기도 하였다.

최근 USC와 UCLA의 한국어 강의를 조사하여 "주춤하는 한국어, 열기 뿜는 중국어"라는 기사가 이곳의 신문에 났다. 한국어와 중국어의 강좌 수가 11 대 31로 열세에 놓인다는 보고도 있었다. 결과적으로 대학에서 중국어 강의의 인기는 높아진 반면에 한국어에 대한 관심은 다소 시들해지고 있다는 진단이었다.

미국에 거주하는 중국인들은 끝까지 중국어를 지킨다고 한다. 반면에 일본인들은 일본어를 버리고 영어를 사용한다고 한다. 그리고 우리 한국인들은 그 중간적 위치에 놓여 있다는 이곳 수필가 한 분의 말이 나의 귀에 오랜 여운을 남겼다.

인디언 서머

2009년 10월 11일에는 동성애 정치인 '하비 밀크' 기념일 제정안에 이곳 주지사인 아놀드 슈워제네거가 서명함으로써 한인 교계에 커다란 충격과 실망을 안겨주었다. 미국 최초의 동성애자 선출직 공직자로 활동하다가 피살된 하비 밀크 전 샌프란시스코 시의원을 기리는 기념일이 제정돼 이를 반대하던 보수단체들의 노력이 수포로 돌아간 것이다. 그동안 한인 교계는 반대 서명과 전화, 매스컴의 홍보, 광고 등으로 뚜렷한 반대의 입장을 표명해 왔었다.

그리고 이틀 후에는 북가주 지역에 47년 만의 최악의 10월 폭풍이 강타하였다. 곳곳에서 벌어진 산사태, 범람, 정전, 교통사고 등으로 피해가 속출하였다. 새벽부터 쏟아지기 시작한 비는 어제까지의 날씨와는 달리 갑작스러운 기후 변화를 실감케 하였다. 그제야 한국에서 준비해온 우산을 꺼내 들게 하였다. 이곳 사람들은 양산을 쓰지 않는다. 강렬한 햇빛도 맨살로 맞이한다. 그러나 그들도 이제는 우산을 준비해야 할 때가 도래한 것이다.

이곳에서는 연일 아주 크고 작은 사건들이 돌출하기도 하였다. 8월에는 오클랜드 지역에 사는 중년 남성이 UC 버클리 교정에서 이단 종교의 전단지를 나누어주다가 경찰에 적발이 되었다. 그것을 조사하던 과정에 경악스러운 일이 발각되었다. 그는 18년 전에 11세의 여자아이를 납치하여 집 뒤에 감금하고 살면서 그 사이에 딸 둘을 낳은 사건이었다. 더 이상한 것은 그의 아내도 그 일에 동조했다는 사실과 납치당한 여성은 그동안 충분히 탈출할 수도 있었는데 그러지 않았다는 점이다. 납치된 사람은 스톡홀름 증후군에 빠져서 자신을 납치하고 감금하는 사람을 자신의 보호자로 인식하게 된다는 것이다. 그렇다면 21세기를 사는 우리들 모두는 스톡홀름 증후군에 빠져 있는 것은 아닐까.

최근에는 UC 계열의 어느 대학에서 실험시간에 여학생과 심한 말다툼을 한 남학생이 그 여학생을 칼로 살해한 사건이 벌어지기도 하였다. 또 다른 대학

버클리 자유발언기념 공간

에서는 개강 모임에 초대되지 않은 학생들이 많이 몰려 주최 측과의 집단 난투극으로 번져 살인사건까지 확대된 경우도 있었다.

수많은 살인 사건과 사고, 폭력이 난무하면서도 태연히 유지되어 가는 것이 미국사회이며 강력한 공권력으로 통제해 가는 게 미국사회임을 알게 되었다. 지난주에는 UC 버클리의 새더 타워 뒤편에서 검은 연기가 솟아올랐다. 교정을 산책하다가 발견하고 불이 났겠거니 하며 잠시 서서 바라보는 사이 경찰차가 쏜살같이 캠퍼스를 가로질러 그쪽으로 달려가는 것이었다. 대학 내의 사건 현장으로도 언제나 경찰들이 달려왔다.

캘리포니아에서는 경제 사정이 좋지 않아서 대학 내의 강좌 수를 줄이고 주요 강의의 수강료를 높인다고 하였다. 얼마 전에는 대학등록금을 일시에 30%나 인상한다는 발표에 반발하여 학생들이 집단적으로 모여서 데모를 한 적이 있다. UC 버클리 교정에도 학생들이 운집해 집단적으로 항의하는 집회가 있어 다음날 여러 신문에 대대적으로 보도된 적이 있다.

UC 버클리에는 1991년 대학에 진입했던 공권력에 저항하고 살아있는 대학 정신에 경각심을 일깨우기 위한 자유발언 기념의 작은 공간이 지정되어 있기도 하다. 그래도 이 사회를 위해서 대학은 온전한 정신으로 깨어서 쉬지 않고 발언을 해야만 하는 것이다.

캘리포니아에서의 뜨거운 여름을 건너기 위해서 나는 이그나시오(Ygnacio) 거리에 있는 스포츠 센터에서 짙은 색 선글라스 하나를 사야 했다. 한국에서 가지고 온 나의 선글라스로는 이곳의 태양을 가리기에 역부족이었기 때문이다. 아침이면 둘째 아들을 고등학교에 태워다 주기 위해서 차를 몰고 동쪽을 향해 달려야만 했다. 그때마다 정면으로 마주치게 되는 태양은 그 빛이 하도 강렬해서 속이 들여다보이지 않는 검은 색 짙은 선글라스가 아니고서는 뚫고 갈 수가 없었던 것이다.

비 한 방울 내리지 않고 흐린 날 하루 없던 여름 속에서도 우리의 생을 끌고 가는 길고 긴 목마름이 있어 그 뜨거운 여름 하루하루의 태양은 붉게 저물어갔던 것이다.

시월의 중순을 지나며 보이는 급격한 기후 변화는 우리의 생도 이렇게 한순간에 바뀔 수 있다면 하는 부러움이 일게도 하였다. 그렇게 여름은 사라지기 전에 제 육신의 열정을 다 살라버리려는 듯 더 뜨겁게 타올랐던 것이다. 돌아보니 그것은 바로 2009년, 캘리포니아에서 우리가 맞이했던 인디안 서머였다.

(『문학사상』 2009. 11.)

버클리의 겨울

"겨울을 넘긴 풀들은 내년 5월까지 이어지다 6월말경부터 말라 죽는다. 그리고 그것들이 남긴 씨앗들은 다시 내년의 10월 중순경의 비를 맞아 파랗게 싹을 틔울 것이다. 겨울을 감싸 안은 푸른빛과 그 안에서 새롭게 초원을 펼쳐 가는 겨울, 그 산등성이를 바라보면서 이 세상 어디에도 봄은 그저 오는 것이 아님을 알게 된다."

디아블로의 푸른 빛

가을로 들어서며 디아블로(Diablo) 산등성이에는 푸른 풀빛이 번져갔다. 여름을 지나는 동안 말라 있던 풀들이 멀리서 바라볼 때 사막처럼 여겨지기도 하였는데, 지난 10월 중순에 내린 비로 서서히 싹을 틔우기 시작해 11월 중순을 넘어서면서는 푸른 초원으로 변해가는 것이다. 이제 가을이 절정에 달해서 조만간 다가올 겨울을 예감하는 시점이다. 이렇게 버클리에도 겨울 준비를 하고 있는 것이다. 그런데 신기한 점은 한국의 경우라면 모든 나무나 풀이 빛을

디아블로 마운틴(2009. 11.)

거두고 제 씨앗 하나씩을 땅에 묻고 동면으로 갈 시점에 저렇듯이 푸른빛이라
니! 그게 바로 버클리의 또 하나의 얼굴인 것이다.

　새 학기가 시작되는 9월 초에 아들이 다니는 노스 게이트(North Gate) 고
등학교로 가기 위해 차를 달리면 동쪽의 디아블로 마운틴과 마주보게 되었다.
아침 7시 30분경이면 해는 디아블로 산 위로 불쑥 솟아올라 눈에 정면으로 와
꽂혔다. 그 햇빛은 그동안 내가 이 세상에서 만났던 태양 가운데 가장 강렬한
빛이었다. 눈을 제대로 뜰 수 없었다. 그러나 10월 말경에는 아들의 등교 시간
에도 해가 산 위로 나오지 않아서 새벽의 느낌이 들기도 하였다. 11월 1일 이
곳의 서머타임이 해제되었고 1시간이 늦춰졌다. 그날부터 아침 태양은 다시
디아블로 산 위로 강렬한 얼굴을 내밀기 시작하였다.
　그랬다. 11월 중순부터 이곳에도 가을의 면모를 보여주며 아침저녁으로 싸늘
한 기온이 목덜미를 스치고 있다. 그럴수록 디아블로 마운틴의 풀빛은 더 짙어
져만 가는 것이 낯설기도 하였다. 겨울로 드는 시간을 향해서 푸른 풀들은 초록

빛을 더하며 우리에게 다가오는 것이다. 이곳의 겨울은 섭씨 영하로는 내려가지 않는다고 한다. 푸른빛으로 감싸여 있는 버클리, 바로 그것이 이곳의 겨울인 것이다.

겨울을 넘긴 풀들은 내년 4월까지 이어지다 5월경부터 말라 죽는다. 그리고 그것들이 남긴 씨앗들은 다시 내년의 10월 중순경의 비를 맞아 파랗게 싹을 틔울 것이다. 겨울을 감싸 안은 푸른빛과 그 안에서 새롭게 초원을 펼쳐가는 겨울, 그 산등성이를 바라보면서 이 세상 어디에도 봄은 그저 오는 것이 아님을 알게 된다.

한 사회를 안다는 것, 다른 사회를 겪는다는 것은 얼마나 그 바닥을 들여다보아야 가능한 것인가. 얼마나 깊이 그 바닥에 가 닿아야 실체를 파악할 수 있는 것인가. 어디까지 가야만 우리에게 버클리는 제 심장을 보여줄 것인가. 버클리에는 또 다른 하나의 버클리가 있다. 아니 여러 개의 버클리가 공존하고 있다. 버클리에는 화려함과 기쁨과 그 이면에 잠복해 있는 깊은 침묵이 함께 흐르고 있었다.

버클리는 언제나 새로운 일들이 발생할 수 있는 곳이다. 그것이 정상 범위 안에서라면 무한한 자유와 여유로 가겠지만, 그 선을 넘으면 가차 없이 다가와 티켓을 부과한다. 우리는 언제나 가능과 불가능 사이를 밟고 사는 게 아닌가. 이곳에 온 지 3개월을 지나면서 버클리는 나에게 서서히 그 이면들을 보여주기 시작하였다. 그것들은 각자에 집중해 있다가 나의 일상이 작은 규정을 벗어나는 순간, 가차 없이 다가와 티켓을 들이밀었다. 그래서 버클리인가. 그게 내가 버클리를 사랑하지 않을 수 없는 또 다른 이유인가.

오클랜드 시장후보를 만나다

UC 버클리 주변이나 다운타운에는 많은 홈리스들과 예술가들이 길거리에서 그들만의 세계를 펼친다. 대학 주변으로는 알 수 없는 말을 랩처럼 중얼거리며 지나가는 흑인들, 길거리에 앉아 색소폰을 불거나 그림을 그리는 외국인, 캠퍼스 쓰레기통을 뒤져 먹을 것을 찾는 홈리스 등 이곳에는 수많은 군상들이 함께 있다. 누군가 버클리의 홈리스들은 족보가 있다고 말하기도 했다. 버클리에 와서는 이 낯선 세계의 풍경 속에 겉모습만 보고 모든 것을 판단해서는 안 된다. 또한 속 모습을 보았다고 생각하는 순간 그것은 또 다른 모습으로 몸을 바꿀지도 모른다.

11월 초의 토요일이었다. 가족과 UC 버클리 박물관을 찾았다. 토요일과 일요일에는 많은 시민들이 전시장을 찾기도 한다. 관람료는 어른이 6달러 학생이 5달러인데, UC 버클리 방문교수증을 제시하자 나와 아내는 받지 않고, 아들만 반액으로 입장을 시켜주었다. 버클리에서는 물론 샌프란시스코 등에서도 UC 버클리 방문교수증은 매우 유용한 증명서로 쓰였다.

박물관은 사진을 중심으로 제법 짜임새 있게 전시되어 있었다. 즐겁게 전시실을 둘러보고 나와서의 일이다. 우리가 주차를 해두었던 곳으로 오니까 차가 없었다. 버클리 캠퍼스에는 사람들이 운집해서 드럼과 북을 치며 웅성거리고 있었다. 우리가 차를 주차한 쪽에는 한 대의 차도 없었다. 길가에 있는 경찰에게 가서 물어보니 우리 차는 견인되어 이곳에서 1마일 정도 떨어진 곳에 있다고 했다. 버클리에는 9, 10, 11월이면 한 달에 두 번씩 풋볼게임이 있고, 마침 그날은 풋볼게임으로 그곳에 주차를 할 수 없다는 것이다.

이곳에 오자 가장 먼저 들었던 말이 경찰과 친하지 말라는 것이었다. 그것은 경찰에 적발이 되거나 하면 벌금을 물고 번거롭기 때문이었다. 순간 이제부터 우리도 이곳의 경찰과 친해지기 시작하는구나 하는 생각이 스쳤다. 우리는 차가 견인된 곳까지 묻고 물어서 걸어 내려갔다. 그곳에는 여러 대의 차량이 견인되어 와 있었다. 우리는 160달러의 벌금을 지불하고서야 차를 찾아올 수 있었다.

일은 여기에서 그친 게 아니었다. 그다음 주 목요일이었다. 그날은 UC 버클리에 가서 강의를 듣는 날이었다. 버클리대에 가면 길가에 주차를 하곤 했다. 짧게는 12분, 1시간, 90분, 2시간 티켓을 끊어 운전석 앞 유리창으로 보이게 두어야 한다. 그리고 시간이 다 되면 일단 차를 다른 곳으로 옮겨서 다시 티켓을 뽑아 놓아야 했다. 만일 그 자리에 그대로 둔 채 티켓만 바꾸어 놓으면 적발될 때 여지없이 벌금의 대상이 되었다.

오전에 90분짜리 티켓을 끊어 시간 맞추어 차를 주차시킨 곳으로 갔다. 그때는 마침 CKS 가까이 빈 자리가 없어 뱅크르푸트 거리 건너편에 차를 두었다. 그곳에 가서 나는 황당한 일을 발견하였다. 차의 운전석 맞은 편 문의 유리창이 깨져 있는 것이었다. 아차 싶어서 안을 살피니 내비게이션도 없어진 것이다. 나는 이곳에 와서 주차할 때 내비게이션을 밖에서 보지 못하도록 숨겨두라는 교육을 받았다. 그리고 아까도 그것을 앞좌석 가운데 통에 넣어두었는데 내비게이션의 선이 밖으로 나와 있었다는 생각이 스쳤다.

유리창이 박살나서 운전석 옆 자리에는 유리조각들이 소복하게 쌓여 있었다. 순간적으로 나는 오클랜드에 있는 터보 바디샵의 신영목 사장을 생각했다. 그는 그곳에서 커다란 바디샵을 운영하고 있었고 우리가 차를 사는 일도 도와준 사람이었다. 그에게 전화로 상황을 알리니 차를 몰고 그곳으로 오라고 하였다. 사실 미국에서 내비게이션이 없다면 초행의 사람들은 누구라도 장님과 같을 것이다. 나는 유리조각들을 치우지 않은 채로 차를 몰고 그쪽으로 향했다. 신사장의 바디샵에는 몇 번 가보았기에 내비게이션이 없어도 가능할 것이라 여기고 용기를 냈던 것이다. 그리고 그 즉시 주변에서 내비게이션을 구하기는 쉽지 않았다.

오클랜드의 한국 식료품 가게인 코리아나프라자를 지나서 얼마쯤 가다가 갑자기 자신이 없어져서 유턴을 하여 되돌아가고 있을 때였다. 언제 나타났는지 차 뒤에 시그널을 번쩍대며 경찰차가 따라붙었다. 순간 나는 아무 문제가 없다고 생각했다. 이곳에서는 유턴금지 표지가 없는 곳에서는 어디서라도 유턴을 할 수 있었기 때문이다. 그리고 나는 그 규정을 지켰다고 생각했기 때문

오클랜드 다운타운

이다. 몇 블럭을 지나 신호등에 정지하며 경찰차에게 길을 양보하기 위해 2차선으로 차를 옮겼다. 파란 불이 들어와서 직진을 하였다. 그때 경찰차도 2차선으로 따라 붙으며 길가에 정차하라는 마이크 소리가 들렸다.

아차, 하는 순간이었다. 그럴 경우 이곳에서 운전자는 길가에 차를 세우고 유리창을 내리고 양손을 운전대에 올려둔 채 기다리고 있어야만 했다. 잠시 후 흑인 경찰이 다가왔다. 나중에 알게 되었지만, 차 안을 들여다본 뒤 그는 얼마나 황당했을까. 조수석의 유리창은 깨져 시트에 조각들이 쌓여 있고 불법 유턴을 한 뒤 경찰차가 따라오는데도 계속 주행을 하였기 때문이다. 거기에 면허증과 자동차보험증은 집에 두고 왔고, 영어 또한 겨우 의사소통이 되는 정도였으니 말이다.

흑인 경찰은 나의 신상 내용을 물어 경찰차로 가서 조회하고 한참 뒤에야 다시 왔다. 나는 이곳에 오고 2개월이 되지 않아 운전면허를 땄고, 자동차 보험은 들어놓았기에 조회한 결과는 하자가 없었을 것이다. 그러나 흑인 경찰은 왜 불법 유턴을 했느냐, 경찰차가 따라오면 정지해야 하는 데 왜 다섯 블록을 주행했느냐, 왜 면허증을 가지지 않고 운전했느냐며 티켓을 발부하려는 것이었다. 나는 이곳이 초행이고 누군가 나의 유리창을 깨고 내비게이션을 훔쳐 갔기에 고치기 위해서 바디샵으로 가는 중이었다, 미안하다고 사정을 해보았으나 그는 막무가내였다. 할 수 없이 나는 서류에 사인을 해야만 했다.

신 사장에게 도착할 즈음의 내 안색이 어느 정도였을 지는 짐작이 간다. 내가 받아온 티켓을 보더니 신사장은 오클랜드에 그가 아는 미국 경찰이 세 명 있다며 그들에게 전화를 했다. 그는 그곳에서 아주 큰 바디샵을 운영하고 있었기에 오클랜드의 유지이기도 했다. 이곳에 있는 방문교수 모임을 통해서 그를 알게 된 것은 나에게 큰 행운이었다. 그러나 그 흑인 경찰은 인정사정을 봐주지 않는다는 사실을 확인하였을 뿐이었다.

그동안 우리 가족은 버클리에 와서 열심히 생활했다. 첫째 아들은 커뮤니티

오클랜드 시장 후보(왼쪽 두 번째)와 신영목 장로(맨 오른쪽)와 함께

칼리지 DVC에서 강의를 듣고 둘째 아들은 노스 게이트(North Gate) 고등학교에 잘 다니고 있었다. 나와 아내도 마찬가지였다. 또한 우리 가족은 두 달째로 접어들며 토요일마다 여행을 다니고 있었다. 지난 토요일 UC 버클리 박물관 견학을 간 것도 그 하나였다. 이번 일을 겪으며 나는 너무 바삐 지내다 보니 잠시 돌아볼 시간을 요구하는 게 아닌가 하는 생각도 들었다. 신 사장은 내 기분을 풀어주려는지 그날 저녁에 함께 갈 곳이 있다고 하였다.

저녁 6시 30분경에 바디샵의 문을 닫고 신 사장의 차로 찾아간 곳은 오클랜드에 있는 차이나타운 2층의 음식점이었다. 나는 그곳에 이르러서야 그 모임의 성격을 알게 되었다. 그곳에는 많은 중국인들이 모여 있었고 이번에 오클랜드 시장으로 출마한 백인이 와 있었다. 말하자면 차이나타운의 시장번영회가 주선한 자리였는데 중국인들은 그곳에 참석한 백인 시장 후보에 대해 관심이 컸다. 그곳에서 나는 엉뚱하게도 신 사장의 소개로 시장 후보와 인사를 나누고 그와 함께 사진을 찍게 되었다.

그날 신 사장과 나는 헤이워드(Hayward)에 있는 한국 노래방까지 갔다. 나는 이번 일이 다소 번거롭게 여겨지기는 했지만 그리 크게 상심하거나 그렇지는 않았다. 이 일로 미국 사회를 좀 더 깊이 알게 되었기 때문이다. 그런데 신 사장의 배려로 노래방에 가서 함께 노래를 부르고 헤어지는 하루를 맞이한 것이었다.

금문교 위로 지는 태양

이곳에 와서 우리 가족은 3개월을 지나며 서서히 버클리의 더 깊은 바닥으로 가닿을 수 있었다. 어쩌면 우리는 우연과 필연 사이를 무심코 밟고 사는 것인지도 모른다. 그러고 보면 모든 것은 우연이다. 아니 필연이다. 우연이지만

필연이다. 필연이지만 우연이다. 그러므로 우연이 필연이고 필연이 곧 우연인
셈이었다. 그게 진리라는 생각도 들었다. 내가 버클리에 오게 된 것도 우리 가
족이 이곳에 와서 1년을 살게 된 것도 모두가 다 우연이고 동시에 필연일 것
이다.

어디에나 겉모습과 속모습은 따로 있고 양면이 있기 마련이다. 그리고 그
두 개의 모습을 다 보았을 때에야 우리는 어느 정도라도 그것을 이해했다고
할 수 있을 것이다. 버클리에 와서 정확히 3개월이 지나는 시점에서야 나는
그것을 알게 되었다. 버클리의 거리에는 분명히 우리가 알 수 없는 또 하나의
세계가 흐르고 있었다. 그것은 한눈에 드러나지는 않지만, 그 알 수 없는 고요
속으로 또 하나의 냉기류가 흐르고 있는 것이었다.

멀리서 바라보면 자상하게 자신의 전체를 보여주지만 다가가면 다가갈수
록 점점 스스로를 베일 속에 가두는 존재들이 있다. 먼 거리에서만 아름다운

금문교

것이 있고, 다가갈수록 더 모르게 여겨지는 것들도 있다. 금문교는 내게 그렇게 다가왔다. 버클리 바닷가에 나가 금문교 쪽을 향해 서면 그것은 저 멀리에 의연한 자태를 보여주곤 하였다. 그러다 내가 거기에 다가서면 순간적으로 얼굴을 바꾸어버리고 알 수 없는 시간 속으로 제 몸을 사리던 금문교. 골든게이트 브리지(GoldenGate Bridge)! 그것은 맨 처음 그곳에 갔을 때 안개와 파도 속에 스스로를 감추어버리고 말았었다.

나는 그곳에 여러 번 갔다. 처음에 갈 때는 안개와 습기가 휘감으면서 전혀 그 실체를 보여주지 않았다. 차를 몰고 다리를 건널 때에는 지척도 분간하기 어려운 정도였다. 다만 오후가 되어서 조금 여유를 보여 반 정도의 얼굴을 보여주었다. 그리고 두 번째 가는 순간에야 지난번보다 조금 더 깊은 곳을 보여주었다. 그리고 어느 날 오후가 되어서야 전모를 드러내는 상태를 목격하였다.

왜 사람들은 미국을 떠올리거나 샌프란시스코에 오면 금문교를 찾는 것일까. 금문교는 차라리 먼 거리에서 더 평화롭게 또렷이 보여주다가 그곳으로 다가가면 갈수록 그만큼 자취를 감추어버리고 말았다. 어느 날은 잠시 동안 안개와 습기로 지척만을 보여주었고, 갑자기 날씨 변화가 일어 제 모습을 감추고 구름에 쌓여 하늘로 오르기도 하였다. 그래서 이곳에 오면 햇빛 강한 날을 골라 누구든 반드시 금문교를 배경으로 한 장의 사진을 찍어, 어딘가에 이 한순간을 영원히 새겨두려 하는 것이다. 그 금문교 위로도 이제 2009년의 태양은 서서히 저물고 있었다.

(『문학사상』 2009. 12.)

2010년 캘리포니아의 희망

"이제는 미국에 있는 문인들과 한국과의 거리와 시차를 극복하고 하나의 한국문학 속에 편입되어 활동하였으면 좋겠다고 생각해 보았다. 어쩌면 그것이 진정한 글로벌 시대의 한국문학이 나아갈 길이라고 여겨졌다. 그런데 문제는 이분들의 다음 세대들일 것이다. 어쩌면, 그때는 '한국 영문학'이라는 개념으로 다루어야 할지도 모르겠다."

침체에서 깨어나는 미국

2010년으로 들어서며 미국은 제2차 세계대전 이후에 최장기간의 경기 침체를 딛고 최악의 시기를 벗어났다는 희망적 분석이 점차 힘을 얻고 있었다. 하지만 서민들이 실제 체감하는 실물 경기는 여전히 차갑기만 하였다. 2009년은 미국이 그 어느 때보다 대공황에 처해 있는 상황이었다. 그중에서도 캘리포니아의 재정은 다른 주에 비해 상대적으로 더 어렵다고 했다. 이러한 점은 버클리에 도착 후 며칠 지나지 않아서도 느낄 수가 있었다. 이곳의 주지사인 아놀드 슈워제네거는 자주 언론에 등장하여 캘리포니아 경제의 활성화에 대해서 언급하곤 하였다. 세계인들의 선망이 되던 아메리카, 하지만 아메리칸 드림을 품고 왔던 많은 한국인들이 다시 한국으로 되돌아가는 사례도 늘고 있었다.

버클리에서는 높은 실업률로 인하여 실직자들이 거리를 방황하고 있었다. UC 버클리 주변을 배회하는 홈리스들의 모습은 이곳에서 볼 수 있는 또 하나의 진풍경이었다. 플레젠트 힐에서 프리웨이를 빠져나가 좌회전을 하기 위해 멈춰 선 코너에는 휠체어에 앉은 미국인 아내와 그 옆에 선 남편이 경제적인 도움을 청하고 있었다. 길거리에 서서 'Homeless'라는 글씨를 들어 보이며 일자리와 먹을 것을 구하는 사람들도 자주 눈에 띄었다. 오클랜드 한국 식당에는 먹을 것을 찾아 쓰레기통을 뒤지는 사람들로 인해 주인은 그 쓰레기를 다시 치워야 하는 곤혹을 치르고 있었다. 뿐만 아니라 캘리포니아는 교통 신호 위반이나 주차 단속에 보다 엄격한 법률을 적용함으로써 많은 티켓을 부과하려는 분위기도 역력하게 느낄 수 있었다. 실제로 나는 그러한 티켓을 받기도 하였다. 지난해 11월 19일에는 UC 버클리 길가에 주차를 하고 제한 시간

오바마 대통령

이 겨우 2분 경과하였을 때 검표원이 40달러의 티켓을 발부하고 간 통지서를 받아야만 했다.

UC 계열의 대학에서는 30% 이상의 등록금이 인상될 조짐이 보이자 학생들의 강력한 반발이 있었다. 주립대학의 등록금 인상과 예산 삭감 조치에 항의하는 학생들의 시위가 점점 과격해지는 양상도 보였다. 대학 캠퍼스에서는 집단 시위와 건물의 점거로 대학행정이 마비되기도 했다. 더욱이 UC 버클리에서는 학생들이 총장의 관저를 습격하여 유리창과 가로등, 화분을 부수고 횃불 등을 던지며 시위를 벌이기도 하였다. 급기야 버지뉴 총장은 성명을 통해서 관저에 대한 공격은 폭력적인 일로 가족들은 생명에 위협을 느꼈으며, 시위에 연루된 사람들은 사회운동가가 아니라 폭력 형사범으로 엄중한 법의 심판을 받아야 한다고 강조했다. 경찰관계자들은 버클리대 총장 관저 시위에 가담한 UC 학생 등 8명을 연행하여 조사 중이라고 발표하였다.

미국에서 문을 닫은 은행이 2009년에만 130개 정도라고 하였다. 그러나 이제 2010년의 경제 상황에 대한 전망은 청신호로 오는 것이었다. 이곳의 전국부동산중개인협회(NAR) 수석경제학자의 말에 의하면 2010년의 주택 거래는 10~15% 정도 늘어나고 이에 따라 주택 가치 또한 2~4% 정도는 오를 것이라 했다. 부동산 시장이 예상보다 빠른 회복세를 보이고 있다며 상황을 긍정적으로 진단하였고, 고용시장의 안정 여부가 주택시장의 경기에 영향을 줄 것이라 하였다. 특히 미국에서 캘리포니아의 부동산 경기는 가장 빠른 회복세를 보이고 있으며, 2010년에는 그 상승세가 강화될 것이라고 예상하였다.

2009년은 미국 역사상 최초로 흑인 대통령이 당선되어 취임한 해이다. 이 사실은 여러 가지 측면에서 상징적인 의미를 갖는 것으로, 전 세계인들에게 미국에 대한 새로운 관심과 기대를 모으기에 족했다. 그것은 미국인들로 하여금 어려운 경제적 상황 속에서도 새로운 희망을 갖기에 충분한 모토로 작용하기도 했다. 최근에 버락 오바마 미국 대통령은 자신의 취임 후 11개월간의 국정운영 성적표를 스스로 B+라고 평가한 바 있다. 그 이유는 현 정부가 플랭클린 루스벨트 대통령 이후 전임자로부터 가장 어려운 문제들을 넘겨받은 정권이기 때문이라는 것이다. 2009년 버락 오바마 대통령의 노벨평화상 수상에 대해서도 미국 사회는 그다지 큰 관심을 기울이지는 않는 눈치였다.

그러나 누군가 경제적 안정은 정서적 안정으로부터 힘을 얻는다고 하였다. 2010년에 들어서면서 미국 사회에는 여러 분야에서 점차 회복의 움직임이 가속화되고 있다는 느낌이었다. 그동안의 침체를 딛고 각 분야에서는 희망과 의지를 되찾고 있다고 여겨졌다. 그렇다. 이제 미국사회는 긴 침묵을 깨고 일어나서 새로운 국면으로 나아갈 것이라는 보다 긍정적인 믿음과 희망을 갖고 있는 것이었다.

요세미티 국립공원(2009. 10.)

여행 속의 여행

이곳에 온 후 나는 매일 여행을 떠났다. 이곳에서 보내는 시간은 조금도 반복이 허용되지 않는 낯선 세계와의 색다른 만남이기 때문이었다. 이곳에서의 1년은 다시 반복되지 않는 단 한번만의 체험으로 나에게는 더 큰 긴장감으로 다가오고 있었다. 그 시간 속에서 우리 가족은 여행 속의 여행을 떠났다. 새로움도 반복을 통해 친숙해지면 상투화되기 마련이다. 그것은 곧 더 새로운 것을 떠올리게 하는 힘으로 작용하였다. 우리가 머문 이곳은 처음에 대단히 낯설고 신기한 곳이었다. 그러나 이곳 생활이 4개월을 넘어서고 어느 정도 익숙해지면서 일상으로 다가오는 것이었다. 우리는 서둘러 땡스기빙 데이

요세미티 국립공원(2009. 10.)

(Thanksgiving Day) 휴가를 이용하여 요세미티 국립공원, 라스베이거스, 그랜드 캐년, 유니버설 스튜디오, 솔뱅, 몬트레이 등을 경유하는 4박 5일 서부여행 속으로 깊이 빠져든 것이다.

여행은 매일 서울에서 부산까지의 거리를 왕복하는 장거리 이동으로 강행군이었다. 캘리포니아에서 출발하여 네바다주를 거치고 애리조나주로 갔다가 다시 캘리포니아주로 돌아오는 멀고 먼 여정이기도 했다. 첫날은 요세미티의 엘 캐피탄, 하프돔, 요세미티 폭포 등을 둘러보았다. 자연의 아름다움이 아기자기한 점은 적었지만 그 규모는 대단히 크고 웅장하여 놀라웠다. 미국의 땅은 한국에 비해 큰 만큼, 그와 비례해서 나무도 크고 잎도 컸으며 계곡도 깊었다.
이튿날은 모하비사막을 달려서 라스베이거스로 향했다. 모하비사막은 모래

라스베이거스 베네치아 호텔 홀의 인공 천장 앞에서

그랜드 캐니언(2009. 11.)

밭이 아니라 산과 계곡을 지닌 자연 모습으로 불모의 땅이었다. 그곳에서 만난 '비행기의 무덤'은 인상적이었으며, 사막에 서 있는 여호수아 나무들은 하늘로 향해 두 팔을 벌리고 기도를 하는 형상이었다. 라스베이거스는 최근의 경기 침체로 2009년에 100만 명을 예상하던 인구가 60만 명으로 줄어들었다고 했다. 그러고 보면 모든 것은 다 경제에 의해 움직이는 것이다. 라스베이거스에서 우리가 찾아간 베네치아 호텔의 홀 안은 밖이 어두운 시간에도 인공으로 제작된 천정에 비 갠 오후의 맑고 푸른 하늘과 흰 구름을 연출하고 있었다. 그것은 대단히 신선하고도 놀라운 풍경이었다.

다음 날은 모하비사막을 가로지르고 후버 댐을 거쳐서 그랜드 캐니언으로 갔다. 그랜드 캐니언은 마치 지구의 붉은 심장을 열어 놓은 듯했다. 그곳에서 경비행기를 타고 지구의 심장 속을 들여다보았다. 그 안에 실핏줄처럼 흐르는 콜로라도강을 내려다보았는데, 가늘게 보이는 그 강이 실제의 너비는 300여 미터나 된다 하여 놀랐다. 그날은 마침 땡스기빙 데이(Thanksgiving

헐리우드에서(2009. 11.)

Day) 전날이어서 라스베이거스로 돌아오며 굉장한 트래픽에 시달려야만 했다. 9.11 테러 이후에 후버댐을 경유하는 차량에 대한 검문검색이 강화되었기 때문이었다.

4일째 되는 날은 라스베이거스에서 모하비사막을 달려 로스앤젤레스에 있는 유니버설 스튜디오로 향했다. 그러고 보니 모하비 사막은 캘리포니아와 네바다, 애리조나, 유타 주를 잇고 있었다.

세 개의 주를 오가는 장거리 여행 속에서 나는 미국이 지닌 놀라운 잠재력을 발견하였다. 무엇보다도 라스베이거스에서는 인간의 유희본능이 펼친 그 극치를 살필 수가 있었다. 또한 인간들이 이루어놓은 상상력과 그 정교함과 기발함을 보았다. 불모의 사막 위에 건설된 도시의 화려한 미관은 세계인들의 관심과 발길을 불러들이기에 족했다. 자연의 장엄함을 펼쳐놓은 그랜드 캐니언의 감동은 실로 놀라운 것이었다. 사진이나 기타의 자료로만 볼 때는 몰랐는데, 실제로 다가서니 자연이 펼친 그 자체가 예술보다 뛰어나고 그 안에 생명의 움직임이 함께 하고 있다는 점은 또 하나의 경이로운 사실이었다. 그랜드 캐니언은 아직까지 내가 보았던 자연 가운데서 가장 웅장한 것으로 단연 압권이었다. 헐리우드는 미국의 영화산업을 주도한 곳이었다. 유니버설 스튜디오는 그곳에서 영화가 제작되는 과정을 일반인들에게 압축시켜 보여줌으로써 극적인 장면들을 연출하고 있었다.

서부여행을 통해서 미국의 상상력이 펼쳐내는 다양한 모습들을 보고 돌아오며 나는 미국의 내면을 더 깊이 이해하게 되었다. 여러 면에서 미국의 저력은 대단히 놀라운 것이었다. 그만큼 영역이 넓고 다양하다는 점을 깨닫게 된 것이다. 내 안에 그랜드 캐니언과 라스베이거스, 유니버설 스튜디오 등을 담고 나니까 나도 그만큼 더 넓어진 듯하였다. 그리고 나니 공간의 크기가 의식의 크기라는 생각이 들었다. 또한 공간의 크기가 상상력의 크기라는 생각도 갖게 되었다.

샌프란시스코의 문학모임

2009년 12월 16일 오후 7시에 샌프란시스코에서 문학모임이 있었다. 송년회를 겸하여 샌프란시스코 지역의 문인들이 한해를 돌아보고 2010년의 문학활동을 새롭게 다짐하는 자리였다. 그 자리에 초대된 나는 문학에 대한 특강으로 20분간의 시간을 할애받았다. 큰 격식은 갖추지 않고 와인을 곁들이는 식사 자리여서 유쾌한 대화를 나누는 방식으로 뜻깊은 시간을 가졌다.

회원들은 오후 6시 오클랜드에 있는 한국식당 〈수라〉에서 모여 샌프란시스코로 출발하였다. 일행이 베이 브리지(Bay Bridge)로 들어서자 샌프란시스코의 아름다운 야경이 한눈에 들어왔다. 바다를 아래에 두고 펼쳐진 시가지 전체는 화려한 조명으로 완벽한 조화를 이루면서 환상적인 모습으로 다가왔다. 오전에는 샌프란시스코의 날씨가 조금 흐렸었는데 밤이 되면서 안개 없이 개어서 모처럼만에 화려한 야경을 볼 수 있었다. 회원들은 오늘처럼 안개 없는 밤도 드물다며 서로 탄성을 지르고 환호성을 올렸다. 밖의 풍경을 향해서 누군가 연신 셔터를 눌러댔다. 샌프란시스코의 심장부에 위치하고 있는 유니언 스퀘어에는 벌써부터 다양한 크리스마스트리가 장식되어 있었다. 시내의 야경을 감상하며 브로드웨이를 한 바퀴 돌아 약속장소로 향했다.

샌프란시스코의 밤거리에는 제법 많은 사람들이 흥청거리고 있었다. 그러기에 일행은 길가에 주차를 시도했으나 자리가 없어 건물에 있는 주차장에 차를 댔다. 재미있었던 점은 차를 주차시키고 내리니 차 뒷부분과 만나는 바닥마다 짧은 글이 새겨져 있는 것이다. 내가 타고 온 차의 뒷부분에는 "Your Lovers Will Never Wish To Leave You"라는 문장이 있었다. 그것은 차량을 주차하고 나서 그 위치를 확실하게 기억하게 하는 방법으로 대단히 참신하게 다가왔다. 이러한 점은 샌프란시스코가 그만큼 낭만과 예술적 감각이 함께 흐르는 곳임을 알 수 있게 하였다.

일행은 샌프란시스코의 노스 비치(North Beach)에 있는 멋스런 이태리 식당 쿠치나 토스카나(Cucina Toscana)에서 모였다. 바쁜 관계로 참석하지 못한 회원들도 있었다. 회원들 간에 한해의 문학적 성과와 삶을 돌아보는 소감들을 나누면서 최근에 겪어온 경제 한파가 이제 서서히 걷히고 있음에 서로들 공감하는 눈치였다. 수년 전에 샌프란시스코는 문학모임도 활성화되어 회원들 간에 자주 왕래가 있었고 작품에 대한 합평의 기회도 가질 수 있었다고 한다. 이곳에는 몇 개의 문학단체가 있어서 활발한 활동을 펼치기도 하였는데 최근으로 오며 경제 사정과 맞물려서인지 모임이 뜸해졌고, 단지 몇 사람만이 한 달에 한 번 정도 만나 함께 식사를 하며 문학 의지를 다지는 정도라 하였다.

이곳에 있는 한국 문인들의 하루 생활은 대단히 바빴다. 그래서 문학의 열정도 잠시 뒷전으로 미루어 두고 살아야 한다고 했다. 그러다 보니 문학의 소중함을 잊고 지내게 된다는 것이다. 나는 그들에게 시정신의 가치와 그것을 간직하고 사는 삶의 중요성에 대해서 강조하였다. 내가 한국 시인으로서 UC 버클리에 와서 미국문화를 접하면서 느끼는 체험들을 문학적으로 어떻게 형상화할 것인가 하는 고민에 대해서는 모두 공감하는 눈치였다. 그러나 그들의 열정이 또 어느 순간에 사그라질지는 모를 일이었다. 그들은 오늘을 계기로 하여 이제 다시 정기적인 모임도 갖고 함께 문학에 대한 열정을 새롭게 북돋우자는 결의를 다지며 힘찬 건배를 하였다. 그들은 모두 20~30여 년 정도의 미국 생활로 잊었던 모국을 떠올리고 문학에 대한 이야기로 활기가 되살아나는 순간이었다. 회원들은 내가 이곳에 머무는 동안 이를 계기로 다시 모임을 새롭게 정비하고 시낭송, 시화전 등 다양한 문학 행사도 펼쳐보자고 의지를 다졌다. 나 또한 그러한 계기가 마련되었으면 좋겠다고 하며, 노력을 아끼지 않겠다는 다짐을 보여주었다.

밤 10시 40분 아쉬운 시간을 접고 우리는 다시 화려한 샌프란시스코의 야경을 뒤로 한 채 차를 타고 베이 브리지를 건넜다. 나는 버클리에 와서 이곳에 있는 문인들을 만나며 이제는 미국에 있는 문인들도 한국과의 거리와 시차를 극복하고 하나의 한국문학 속에 편입되어 활동하였으면 좋겠다고 생각해 보았다. 어쩌면 그것이 진정한 글로벌 시대의 한국문학이 나아갈 길이라고 여겨

베이 브리지(2010. 12.)

졌다. 그런데 문제는 이분들의 다음 세대들일 것이다. 그들은 모두 영어를 사용하고 앞으로는 문학도 영어로 해야 하기 때문에 양상은 전혀 새로운 국면으로 접어들 것이 분명하였다. 어쩌면 그때는 '한국 영문학'이라는 개념으로 다루어야 할지도 모르겠다. 아쉬움을 간직한 채 베이 브리지 좌우로 펼쳐지는 바다 위의 야경을 가슴 깊이 담으며 돌아왔다. 내가 버클리에 와서 보낸 하루 중에 실로 소중하고도 유쾌한 시간이었다.

(『문학사상』 2010. 1.)

미국 최초 노벨문학상 수상작가 유진 오닐

"타오하우스의 담장을 따라 산책로를 내려가니 푸른 풀밭이 펼쳐지고, 가깝게 작은 호수도 있어 한결 분위기를 편안히 해 준다. (…) 마치 곳곳마다 무대장치를 마치고 이제 곧 막이 오르기 직전의 설렘으로 한껏 긴장하고 고무되어 있는 분위기였다. 그 순간, 오닐이 껄껄껄 웃으며 그의 콧수염을 쓰윽 훔치면서 나타날 것만 같다."

타오하우스를 찾아서

내가 머무는 월넛 크릭(Walnut Creek)에서 40여 분 거리에는 미국 최초의 노벨문학상 수상작가인 유진 오닐(Eugene Gladstone O'Nell, 1888~1953)의 '타오 하우스(Tao House)'가 있었다. 그곳은 그가 1936년에 노벨문학상을 수상한 상금으로 마련하여 1937년부터 1944년까지 머물며 열정적으로 작품 활동을 펼치던 곳이다. 타오하우스에 대해서는 내가 버클리에 도착한 지 얼마 지나지 않아서 알게 되었다. 노벨문학상 수상을 통해 세계적인 명성 위에 서 있는 작가와 그에 대한 미국의 관리체계 등을 살피기 위해서 나는 그곳

유진 오닐

을 찾았다.

유진 오닐의 작품 『밤으로의 긴 여로』, 『지평선 너머』, 『느릅나무 밑의 욕망』, 『위대한 신 브라운』 등은 국내에서도 여러 차례 공연이 되어 호평을 받은 바 있다. 그런 점에서 그는 한국에도 잘 알려져 친근감을 주는 작가이기도 하다. 그가 살던 집은 댄빌Danville이라는 곳에 있는데, 그곳에는 미리 전화를 걸어서 예약을 해야 했다.

유진 오닐은 미국문학과 세계 연극사를 말하는데 절대 빼놓을 수 없는 작가이다. 그가 1920년에 처음 수상하여 네 번 수상한 퓰리처상이나 노벨문학상 수상 사실만으로도 그것은 설명이 충분하다. 오닐은 미국 문학사의 몇 가지 면에서 최초의 자리에 앉아 있다. 그는 미국에서 연극이 감상적인 멜로물로 흥행에 몰두하던 단계를 벗어나 진정한 문학성을 갖게 하는 계기를 만들었으며, 연극을 브로드웨이에서 공연하여 성공시킨 최초의 작가이다. 그는 무엇보다 미국인으로 노벨문학상을 받은 최초의 작가였다. 이로써 미국문학을 세계적인 수준으로 끌어올리는데 공헌하였던 것이다. 또한 노벨문학상 수상자 가운데서 극작으로 상을 받은 최초의 작가였다.

유진 오닐은 1888년 10월 16일 뉴욕에서 태어났다. 그의 아버지와 어머니는 아일랜드 혈통의 가톨릭 교도였으며 그는 셋째 아들로 성장한다. 아버지 제임스 오닐은 가난한 집안에서 정식교육은 받지 못했으나 저돌적인 성격의 뛰

생전에 피아노를 치면서 웃는 모습. 그가 웃는 사진은 몇 장 되지 않는다.

어난 배우로 알려진다. 어머니 메리 엘렌 퀸란은 중산계급의 교양 있는 가문에서 훌륭한 교육을 받고 수녀가 되려고 하다 미남 배우 제임스를 만나 결혼하였다. 오닐은 이러한 부모로부터 물려받은 예술적 감각을 바탕으로 극작가로서의 생을 살게 된 것이었다.

유진 오닐의 작품에는 가족사를 배경으로 하는 경우가 많은데 그것은 바로 오닐 자신의 가족사와도 직접적으로 통한다. 그의 대표작으로 일컬어지는 『밤으로의 긴 여로』는 그의 복잡한 가족들을 배경으로 창작되어, 스스로도 이 작품은 "옛날의 슬픔을 눈물과 피로 쓴 것"이라고 밝히고 있다. 오닐은 이 작품을 자신이 죽은 후 25년 동안은 발표하지 말고 그 이후에도 공연하지 말 것을 당부하였다. 그만큼 오닐에게 연극은 자신의 생애와 직결되며 그의 생 자체가 한편의 비극이었던 것이다.

유진 오닐의 타오하우스(Tao House) 오피스에 전화를 걸자 미국인 중년 남성의 굵직한 목소리가 예약 날짜는 언제냐고 물었다. 내가 이틀 후에 그곳에 가고 싶다고 했더니 다소 의외라는 듯 재차 확인하였다. 보통 일주일 전에는 예약을 해야 하기 때문이었다. 나는 한국에서 온 시인이고, 연재하는 글을 쓰기 위해 불가피하게 이틀 후에 방문해야 한다고 했더니 허락해주었다. 그곳으로 찾아가려 주소를 물었더니 그는 내비게이션으로는 찾아올 수 없다며 나의 주소를 물었다. 내가 사는 곳을 말하자 그는 우리 집으로부터 출발하여 도착할 곳까지 아주 상세하게 말해주었다. 그곳으로 내가 가서 기다리면 그가 차를 가지고 와서 태워간다는 것이었다. 그렇게 그곳을 방문하려는 사람은 모두 그의 안내를 받아야 한다고 했다. 그곳은 월요일과 화요일은 제외하고 매일 오전 10시와 오후 1시 30분 하루에 두 번 방문객을 맞이하였던 것이다.

현대 미국 연극의 아버지

유진 오닐의 타오하우스를 방문하는 일요일 아침에는 안개가 짙게 끼었다. 작가 오닐의 생애처럼 그에게 가는 길도 안개 속에 가려져 있었다. 우리 일행 셋은 댄빌(Danville)에 도착하여 옐로우하우스를 지나 주차장에 차를 대고 정

타오하우스(유진 오닐이 1936년 노벨문학상금으로 마련한 곳으로 1937년부터 1944년까지 머물던 곳이다.)

류장(Bus Stop)에서 기다렸다. 그곳에는 아무도 없었다. 안내원은 10시에 정확히 흰색 차를 몰고 나타났다. 그는 60세 가량의 남자로 키가 크고 초록색 유니폼을 입고 둥근 테의 정모를 쓰고 있었다. 그가 타고 온 차량은 9인승 정도로 그 차에는 부부인 듯한 중국 여자와 백인 남자가 타고 있었다. 결국 관람객은 우리를 포함해서 모두 5명뿐이었다. 안내원은 차를 운전하면서도 가이드 역할에 소홀하지 않았다. 차가 지나는 주변 정경이나 오늘 일정에 대해 자세히 설명하기에 바빴다. 그곳은 안개가 끼어있는 한적한 주택가 사이를 달려서 대략 20분 거리에 있었다.

그곳에 도착하여 우리가 차에서 내리기 전에도 안내원은 한동안 설명하였다. 그리고 10시 30분경에 유진 오닐의 집 안으로 들어갔다, 대문에는 "大道別墅(대도별서)"라는 한자가 새겨져 있었다. 이 글자는 오닐이 말년에 중국에 갔다 와서 도에 심취하게 되었다는 설명으로 이해가 되었다. '대도별장'이라는 뜻이다. 입구에서부터 정원의 분위기나 건물 내부의 여러 면들이 중국풍을 역력하게 느낄 수 있었다.

담장 옆에는 흰색의 동백이 한 그루 서 있었다. 이제 벙글기 시작한 꽃봉오

유진 오닐 집필실(2010. 1.)

리부터 지금 막 땅에 떨어져 뒹구는 꽃잎까지, 한 그루의 나무에 동백은 완료형과 진행형 그리고 미래형이 뒤섞여 있었다. 그것은 한 작가의 위대한 생애를 동시에 보여주는 듯했다. 작가는 떠났으나 그의 작품은 남아 있고, 그에게 영향을 받은 미래의 작가들은 꾸준히 새로 태어나고 있으니 말이다.

1층 현관으로 들어서자 벽에는 여러 개의 마스크가 걸려 있었는데 중국풍의 탈이었다. 그곳에는 도깨비탈도 있었고 난간에는 작은 불상이 앉아 있었다. 또한 층계 양 옆에 놓인 코끼리상의 도자기도 중국풍이었다. 이러한 분위기는 이어져 2층에 있는 옷장에 그가 입던 중국 전통 옷이 걸려 있었다. 그만큼 유진 오닐이 중국으로부터 받았던 영향은 대단히 강렬한 듯했다.

안쪽으로 따라 들어가니 응접실이었다. 그곳에는 점토로 구운 평판(平板)을 끼워 만든 중국 병풍이 서 있고 그 옆에는 작은 방이 하나 더 있었다. 그곳은 밖이 환히 내다보이고 벽에는 생전의 오닐과 가족들의 사진이 액자에 담겨 있었다. 그 한쪽엔 그가 피아노를 치면서 웃고 있는 사진이 걸려 있다. 안내원은 그 사진이야말로 오닐이 웃으면서 찍은 몇 장 안 되는 사진 가운데 하나라고 강조했다. 바로 그 아래에 피아노가 놓여 있었다. 안내원이 카세트의 버튼을 누르자 유진 오닐이 생전에 치던 피아노 소리가 흘러나와 방안을 가득 채운다. 그의 피아노 실력은 수준급이었다. 작가의 사진과 그가 치던 피아노, 그때의 피아노 연주 소리가 살아나며 나에게는 키가 큰 안내원이 바로 유진 오닐이 되어 서 있는 착각을 불러일으킨다.

안내원을 따라서 2층으로 올라가 유진 오닐의 침실을 지나 집필실로 들어섰다. 그곳에는 두 개의 책상이 등을 돌려 놓여 있었다. 오닐은 바다를 대단히 좋아했던 까닭에 그의 집필실 천장이나 벽은 배 안의 분위기를 연출하였고 왼쪽 벽에는 작은 모형으로 만든 정교한 배가 걸려 있었다. 오닐은 그 두 개의 책상 사이를 오가면서 집필에 몰두하였다고 했다. 북쪽을 향해 놓인 책상에는 책꽂이가 마주하여 오닐이 읽고 참고할 수 있는 책들이 꽂혀 있었다. 오닐은 북쪽의 책상에서 작품을 구상하고 연필로 초고를 작성했다. 이어서 남쪽에 놓인 책상에서 퇴고하고 완성시켰던 것이다. 그리고 완성이 된 원고는 바로 옆의 작은 베란다 형식의 방에서 타이프로 쳤다고 했다. 그는 이곳에 머물 당시 손을 떨었는데 그때마다 왼손으로 오른손을 부여잡고 아주 정교하고 섬세하게 글씨를 썼다고 했다. 그가 쓴 원고를 복사해서 코팅한 자료를 우리가 살피는 동안 안내원은 녹음기의 버튼을 눌렀다. 그러자 극의 배경음이 흐르고 오닐이 자신의 작품 속 주인공으로 등장하여 우리들을 연극 속으로 불러들였다.

더욱 인상적이었던 것은 그의 응접실과 침실 등에는 한쪽 벽의 전체 크기만 한 거울이 박혀 있었는데 흰색이 아니었다. 그것들은 구릿빛이나 감청색 거울로서 신비감과 함께 나의 내면의 깊은 곳을 비추어내고 있었다. 어쩌면 오닐이 이 세상의 모든 것을 있는 그대로 보려 한 것이 아니라, 현실 너머의 극화된 세계로 인식하기 위한 것처럼 보였다. 이는 그가 추구하려 했던 표현주의적 속성을 상징적으로 보여주고 있었다. 그가 머물던 공간도 하나하나 뜯어보니 모두 연극의 무대처럼 보였다. 그가 놓아둔 물건들은 하나의 소품처럼 잠시 후에 등장할 어떤 인물들을 기다리고 있었다.

유진 오닐은 그가 펼친 연극 속에 하나의 인물로 살다 갔다. 어찌 보면 그의 삶은 그의 작품 속에 등장하는 인물보다도 극적이었다. 그의 가족은 고집 센 아버지, 마약에 중독된 어머니, 반항적이고 자포자기 상태에 빠진 형, 그리고 오닐 등은 모순된 사회의 비극적 모습을 반영하는 극 중의 배우들처럼 보였다. 그의 삶은 비극적이었고 처절한 고통을 수반하였다. 어린 날은 유랑극단의 배우였던 아버지를 따라 이곳저곳 떠돌았으며, 그런 아버지의 피를 이어 극작가라는 길을 걷게 되었다. 아버지의 삶은 오닐에게 연극으로 이어지며 비극적인 삶이 그대로 대물림되었다. 그는 불행하게도 호텔 방에서 태어나 죽을 때도 호텔 방에서였다고 한다.

유진 오닐의 생은 바닥까지 내려갔다 다시 극적인 반전을 보여주었다. 이러한 경험들은 그의 작품 속에 살아 표출되어 나왔다. 그는 1912년에 약물 과다 복용으로 자살을 시도하여 미수로 끝났는데, 방탕한 생활로 인한 건강 쇠약과

유진 오닐 집필실(2010. 1.)

이혼으로 삶의 의욕과 자신감을 상실하며 그의 생은 최악으로 내닫는다. 그즈음 오닐은 폐결핵까지 겹쳐 요양소에 들어가 강요된 휴식을 맞이하게 되었다. 역설적으로 이 시기에 오닐은 그간의 방황과 갈등을 청산하고 새로운 삶으로 거듭나는 극적 반전의 계기를 맞는다. 그곳에서 그는 많은 작품들을 읽고 드디어 극작가가 되기를 결심하였다. 그리고 1936년에는 노벨문학상으로 세계적인 명성을 얻었던 것이다. 그가 남긴 작품은 61편으로 그 가운데 희극은 1편뿐이고 나머지는 모두 비극이었다.

타오하우스 내부로 들어가면 그의 관심사를 짐작할 수 있는 가면이 계단 벽에 전시되어 있었다. 그는 현대인의 특징을 가면이라고 보았다. 자아를 끊임없이 숨기며 이중 교차대면을 일삼는 현대인의 이중성은 그의 연극에 주된 기조라고 하였다. 그도 사생활은 그리 행복하지 않았다는 것, 뿔뿔이 흩어지고 만 가족사와 더불어 세 번의 결혼, 병으로 사망하는 말년의 삶이 그것을 말해주고 있었다. 하지만 유일하게 그를 웃게 해준 건 피아노와 그가 사랑했던 개 브레미, 그리고 글쓰기가 아니었을까.

관람객 한 명도 소홀히 하지 않는 안내원

2층에서 내려와 마지막으로 안내된 곳은 그의 유품들이 전시되어 있는 곳이었다. 그가 출간한 작품들이 꽂혀 있고 그가 생전에 소지했던 물건들이 있었다. 한쪽에는 기부금을 모금하는 함이 있었는데 그것이 의외로 초라해서 놀라웠다. 그곳에 들어있는 돈은 1달러를 비롯해서 25센트, 10센트 심지어는 1센트도 많았다. 이렇게 타오 하우스의 전반적인 것들은 화려하거나 장식되지 않고 작가의 체취를 그대로 보존하고 있었기에 매우 소박하게 다가왔다. 맨 마지막 방은 오피스였다. 그곳에서 사진으로 제작된 몇 장의 카드와 그의 대표작 한 권을 사들고 나왔다. 그곳을 관람하는 데 입장료는 전혀 받지 않았다.

밖으로 나와 서자 옅은 안개에 가려진 주변의 숲은 신비감을 더해주었다. 마침 걷히기 시작한 안개로 인해 주변의 정경들이 눈에 들어오기 시작하였다. 유진 오닐의 타오하우스는 정원과 과수원 등 158에이커에 달하는 넓은 숲에 산책로를 가지고 있었다. 그의 집은 언덕 위에 아늑하게 자리를 잡고 있어 그곳에 서서 아래를 내려다보면 전망이 좋았다. 1980년에 국립사적지로 보존되어 안내인을 통한 관광객 투어로 작가의 생존 시의 가구와 서재 등을 개방하여 오닐의 생애와 사상, 그의 작품 해설 및 미국문학과 세계 연극계에 끼친 영향 등을 상세히 설명해 주는 프로그램이 있었다.

타오하우스의 담장을 따라 산책로를 내려가니 푸른 풀밭이 펼쳐지고, 가깝게 작은 호수도 있어 한결 분위기를 편안히 해주었다. 대단히 평온하고 아늑한 곳에서 오닐은 작품에 몰두하는 시간을 가졌던 것이 느껴졌다. 넓은 농장 한편에 창고가 한가롭게 서 있고, 주변에 둘러선 나무들서는 온갖 새소리들이 감미롭게 쏟아지고 있었다. 마치 곳곳마다 무대장치를 마치고 이제 곧 막이 오르기 직전의 설렘으로 한껏 긴장하고 고무되어 있는 분위기였다. 그 순간, 오닐이 껄껄껄 웃으며 그의 콧수염을 쓰윽 훔치면서 나타날 것만 같았다.

관람을 마치고 12시 10분에 안내 차량을 타고 나오다 보니, 주차장에 우리가 타고 온 차보다 조금 큰 차를 비롯해 20여 명 정도 탈 수 있는 차까지 네 대가 더 있었다. 아까 차를 기다리던 장소로 오니 12시 30분이었다. 2시간 30분 동안 안내원은 우리를 아주 부드럽고 편안하게 대했다. 단지 5명의 일행에 대해서도 세세한 배려를 잊지 않는 안내원이 대단히 인상적이었다.

안내원과 악수를 하고 헤어지며 물어보니 1년 동안에 대략 3,000명 정도가 다녀간다고 하였다. 그는 오후에 또 12명의 관람객이 찾아오기로 예약되어 있다며 매우 고무되어 있는 듯했다. 차로 돌아오며 생각하니, 유진 오닐의 사적지는 계곡 속에 위치해 있기에 이렇게 안내할 수밖에 없겠다는 생각이 들었다. 그러면서도 안내원은 관람객 한 명도 소홀히 하지 않고 성실하게 안내를 하고 있었다.

어느 사이에 안개는 모두 걷히고 날씨는 맑게 개었다. 그러자 조금 전 우리가 유진 오닐의 타오하우스로 찾아가던 길이 전혀 기억나지 않았다. 안개가 사라지며 그를 찾아가던 길이 이 지상으로부터 지워져 버린 것 같았다. 나는 방금

타오하우스 전경

유진 오닐이 천상에서 연출하는 연극 속에 지나가는 관객으로 잠시 등장하다 돌아오는 중이었다.

(『문학사상』 2010.2.)

버클리에서 맞은 봄

"한국에는 지금 넘쳐나는 문예지들이 문학의 발전을 이끌고 있다. 그런 점에서 여러 문예지의 지면을 이곳의 문인들에게도 적극적으로 개방하고 작품 활동의 기회를 부여했으면 좋겠다. 그렇게 하여 이곳의 문학이 활성화를 꾀하도록 하고 한국 문학을 밖으로 끌어내어 세계 속으로 밀고 가게 하는 역할을 할 수 있도록 모색하는 것이 필요하다고 생각한다."

UC 버클리의 한국학

UC 버클리에서 30여 분 거리에 있는 올버니(Albany)는 날씨가 따듯하고 평온한 분위기로 넘치고 있었다. 2월 9일 오후 1시의 약속 장소로 차를 달리는 주변의 아름다운 풍경들이 사정없이 눈길을 끌어당겼다. 캘리포니아에서는 운전 중에 한눈팔지 말기를 경고하는 조항이 있다는 것을 절감하는 순간이었다. 아주 밝은 햇살 아래 펼쳐지는 짙푸른 풀빛과 여기저기 흰빛과 분홍빛으로 화려하게 꽃을 피우기 시작하는 경치는 한국의 아주 좋은 봄날을 연상

시켰다. 이미 버클리에는 봄이 무르익은 것이다. 나는 올버니의 The Sunny Side Cafe에서, 2001년부터 2009년까지 UC 버클리의 한국학연구소(CKS) 소장을 지냈던 클레어 유(Clare You, 한국 이름 임정빈) 선생을 만나기 위해 차를 달렸다.

CKS(Center for Korean Studies)는 UC 버클리의 동아시아연구소(IEAS)에 소속되어 있는 한국학연구소이다. 2009년은 UC 버클리에 CKS가 1979년 문을 연 지 30주년이 되는 해였다. 그것을 기념하기 위해 지난해는 많은 행사가 있었다. 그 가운데 나는 9월 16일(수) 오후 7시 30분에 캠퍼스의 휠러홀에서 열린 "한국의 소리—고전과 현대의 대화"라는 축하공연에 참석하였다. 공연에는 한인들은 물론이고 많은 외국인들의 관심도 컸다. 행사는 가야금 독주, 가야금과 장구의 협연 그리고 짧은 휴식과 판소리로 이어졌는데 참석한 외국인들도 "좋다, 얼씨구" 등의 추임새를 함께 하면서 흥을 돋우었다. 공연을 시작하고 처음에는 정적인 분위기였으나 차차 역동적으로 맞물리면서 뒷부분

2000년부터 2009년 봄까지 CKS의 소장을 맡았던 클레어 유 선생과 함께

으로 가면서는 공연자와 관객이 하나가 되어 절정에 도달하고 있었다. 이러한 분위기도 그동안 CKS가 UC 버클리에서 일궈낸 한국학의 파급효과라는 생각이 들었다.

UC 버클리에는 동양어문학과가 있다. 그리고 그 안에 중국, 일본, 한국, 불교 등 네 분야가 있었다. 이곳에서는 중국의 입지가 제일 강한 듯했다. 모든 면에서 중국 영역이 더 크게 다뤄지는 느낌이었다. 동양어문학과에는 중국 전공과 일본 전공은 있는데, 아직 한국 전공은 없고 부전공으로 진행이 되고 있었다. 거기에 최근의 경제상황으로 한국 전공에 대한 관심이 상대적으로 줄어들고 있는 실정이었다. 이곳에 한국학 관련 교수는 고전문학을 담당하고 있는 교수 1명뿐이었다. 클레어 유 전 소장도 이곳에서 많은 한국어 강의를 했으며 강의의 수준이 매우 높았다고 전하였다. 학생들의 열기가 대단하고 또한 교수들의 열정이 큰 것이 UC 버클리의 명성을 유지하는 비결이라고도 했다. 그는 한국 전공이 되기 위해서는 문학, 역사 등의 전공 교수가 3명은 더 필요하다고 하면서 최근의 경제상황으로 분야 간에 경쟁이 심하고, 대학에서도 교수 충원을 공학이나 컴퓨터 분야에 우선 순위를 두고 있다며 대단히 아쉬워했다.

내가 UC 버클리 한인 학생들을 만나면 그들은 먼저 한국 전공이 없는 것에 대한 아쉬움을 역력히 토로하고 있었다. 그것이 UC 버클리에서 한국 학생들의 위상과 직결되는 것이기 때문이라 했다. 버클리에는 한국 학생들의 동아리 활동으로 '한국학위원회'가 있어 매주 1회씩 모여 공동 관심사를 토론하고 생각을 나누고 있었다. 그들은 주로 한국의 정치 쪽에 관심을 두고 있었다. 그들이 펼친 활동 중에 한국의 독도 영유권에 대한 국제적 홍보와 지난해 노무현 대통령의 국장 기간 이곳에 설치한 분향소가 그것을 말해 주었다. 그 외에 한국 학생들의 동아리로는 한인 자녀들을 위해 무료로 과외활동을 하는 모임이 있어 도움을 주고 있었다.

한국의 대산문화재단은 2006년부터 UC 버클리와 공동으로 '대산-UC 버클리 한국작가 레지던스 프로그램'을 실시하고 있다. 국내의 젊고 유망한 작가나 시인 중에서 해마다 한 명씩 이곳으로 보내서 3개월간 버클리에서 지내게 함으로써, 이곳의 독특한 문화와 개성을 체험하게 하고 있다. 이는 대단히 유용한 프로그램이라고 생각되었다. 최근에 이곳을 다녀간 젊은 작가들로는 시인으로 김기택, 함성호가 있고 소설가로는 김연수, 조경란이 있다. 올해는 소설가 정영문이 온다고 클레어 유 선생이 일러 주었다.

CKS가 30여 년이 넘는 역사를 가지고 있으면서도 아직도 UC 버클리에 한국 전공이 없다는 것은 아쉬움을 넘어서 국가 위상의 제고라는 차원에서도 대단히 절실한 사안이었다. 무엇보다도 그것이 선결되어야 할 과제라고 판단되었다. 클레어 유 전 소장은 깊은 인생의 경륜만치나 한국학이나 한국문학에 대한 애정도 깊어 보였다. 그는 그동안 고은 시인의 시를 번역하는 등 한국의 여러 작가 작품의 해외 소개에도 큰 관심을 보여주고 있었다. 그의 노력이 버클리의 CKS와 한국학을 지켜오는 데 큰 힘이 되었다는 사실을 알 수 있었다. 그 결과로 클레어 유 전 소장은 한국 문화발전의 공로를 인정받아 대통령상을 수상하기도 했다.

북가주의 한국학교

재미 한국학교 북가주 협의회는 샌프란시스코 총영사관의 관할지역으로 대략 48개의 한국학교가 등록되어 있었다. 2월로 들어서며 북가주의 한국학교들이 봄 학기 개학을 시작하였다. 2월 6일(토)에는 산 호세(San Jose) 지역에 있는 한국학교가 개학을 하였고, 2월 13일(토)에는 새크라멘토(Sacramento)에서 한국학교 입학식이 열렸다. 이곳에 있는 한국학교들은 자랑스러운 한국인을 육성한다는 교육이념 아래, 한인 2세들의 한민족의 기초적 정체성을 키우기 위해 노력하고 있다. 또한 한글 교육을 통한 한민족으로서의 정체성과

자긍심이 충만한 자녀들로 자라도록 한다는 의지도 가지고 있었다. 기본적으로는 한국어의 교육과 인성교육, 리더십, 발표력을 키우며 한국인의 정체성 형성에 초점을 맞추고 있었다.

나는 2월 13일 새크라멘토에서 열린 한국학교 입학식에 참석하였다. 그곳은 1981년에 초대 유재근(정치인) 이사장이 문을 연 뒤에 2009년부터는 제14대 박익수 이사장과 신점이 교장이 이끌고 있었다. 당일의 입학식에는 80여 명의 학생들이 참석하였고, 이번 학기에는 전체 110명이 신청을 하였다고 하였다. 학생들은 주로 4세부터 대학교 입학 전까지의 학생들이 오는데 이들은 SAT와 한국어반에 참여하고 있었다. 또한 성인을 위한 회화반과 영어작문반 그리고 서예반이 있어 이 학교는 전체가 11개의 반으로 짜여 운영되었다. 다른 지역에서는 공작반, 태권도반, 미술반, 동요반, 한국무용반, 뜨개질반, 사물놀이반, 전래동화반 등으로 세분화되어 있기도 하였다.

새크라멘토 한국학교 개학식

새크라멘토 한국학교 건물에는 커다란 간판이 붙어 있어 눈길을 끌었다. 교장실이자 교무실 문밖 왼쪽 벽에는 이명박 대통령과 오바마 대통령의 사진이 나란히 걸려 있었다. 버클리에 와서 일상에 젖다 보니 이곳이 어느새 미국인지 한국인지 모르다가 나란히 걸려 있는 두 나라 대통령의 사진을 보고서야 이곳이 미국이라는 사실을 새삼 실감하게 되었다. 교장실 벽 위에는 태극기와 교훈이 액자에 걸려 있었다. 마치 한국의 1970년대를 연상시키는 분위기로 정감 있게 느껴지기도 했는데 박익수 이사장은 그것이 일본식이라 하더라는 말을 전해주었다. 교훈은 "자랑스러운 한국인이 되자"였다. 그리고 교장실의 왼편에는 성조기가 서 있고 오른편에는 교기와 태극기가 서 있었다. 교장실의 분위기가 마치 미국에서 독립운동을 하는 것처럼 숙연하게 느껴지기도 했는데, 학부모나 일반인들이 자연스레 드나들고 있었다.

오전 10시를 조금 넘겨서 열린 개학식 겸 입학식에는 이곳에 와 있는 임석진(고려대 박사) 선생의 사회로 시작되었다. 단상의 왼편에 성조기가 오른편에 태극기와 교기가 세워져 있었다. 풍금 소리에 맞추어 애국가를 부르는데 애국가는 사회자 혼자 부르는 격이었다. 알고 보니 학생들이 한국어를 모르기 때문이라고 했다. 학생들이 4~5년은 배워야 겨우 우리말을 이해한다고 이사장은 말했다. 학생들 가운데는 외국인도 앉아 있는데 그들은 혼혈인과 외국인이었다. 재미있는 것은 최근에 한류의 영향으로 한국 드라마를 보기 위해 외국인들이 한국어를 배우러 오는 경우가 있다고 했다. 이번 학기는 월남인 2명, 라오스인 2명 그리고 미국인 2명 등이 입학하였다고 했다.

봄 학기는 3주간의 겨울방학을 마치고 시작하는 것이었다. 2월 13일 봄 학기 개강으로부터 6월 12일 종강을 거쳐서 긴 여름방학으로 들어간다. 주로 토요일 오전과 오후에 수업을 하고 있으며 수업료는 강좌당 한 학기에 160불이나 250불을 내는데 그 안에는 간식비가 포함되어 있었다. 박익수 이사장은 골프연습장을 운영하며 연 1회 후원금 모금을 위한 골프대회를 열고 한인들의 후원금 등으로 1년에 8만 불 정도가 소요되는 운영비를 충당한다고 하였다.

새크라멘토 한국학교

교사들에게는 시간당 20불 정도의 적은 여비가 지급된다고 했다.

입학식장에 모여선 아이들에게 "학교에서 뛰지 말자", "인사를 잘 하자", "열심히 공부하자"를 크게 따라 외치게 하는 사회자. 이렇게라도 해서 한국어를 배우고 한국문화를 익히고 한국 사람으로서의 자긍심을 일깨워, 미국에서 살아가는 한인들이 겪는 정체성의 위기(Identity Crisis)를 극복해보려는 노력은 실로 눈물겨운 풍경들이었다.

버클리의 창작 강좌

내가 이곳에 와서 느낀 것 가운데 하나는 이제 미국 내의 한국 문인들이 좀 더 넓은 차원에서 한국문학 활동의 장으로 편입되었으면 하는 바람이었다. 그것은 이곳의 문인들이 너무 한국문학으로부터 소외되어 있다는 사실을 절감하였기 때문이다. 물론 미국은 한국에서 대단히 먼 곳이다. 그러나 이제 세계는 글로벌 지구촌으로 물리적인 거리를 넘어서고 있다. 이러한 시대에조차도 이곳이 너무 한국의 문단으로부터 변방으로 취급되고 있다는 판단이 들었다. 한국에 포화상태로까지 비쳐지는 많은 문예지들의 지면에도 불구하고 이곳의 문인들에게는 철저히 그 문호가 닫혀 있는 것이 단적인 예였다.

최근에는 경희대학교나 비평가협회가 공동으로 주관하는 동포문학상 등이 있으나 그것으로는 이 지역 전체의 문학 활성화를 꾀하기에 역부족이라는 생각이었다. 또한 활발하던 문학모임도 이곳의 경제상황으로 4~5년 전부터는 소강상태로 접어들었고, 그것을 서로가 느끼고 있으면서도 색다른 돌파구가 마련되지 않고 있는 점이 실로 안타깝게 여겨졌다. 이곳의 문인들을 만나보면 개인적으로는 다 열의가 있고 문학에 목말라 하면서도 문학의 장에 대한 서로의 활성화에는 좀 소극적인 것이 사실이었다. 뿐만 아니라 서로들 간에는 거리가 있기도 하였다. 이는 이민 사회가 갖는 특수성에 의한 것처럼 보였다. 어쩌면 한인들 간에는 서로가 쉽게 화합할 수 없는 어떤 면들을 지니고 있는 것처럼 여겨지기도 하였다.

이곳에도 미주한국문인협회, 국제PEN미국협회, 재미시인협회, 시조협회, 수필가협회 등이 있었다. 또한 독서회 등 소모임도 있고 최근에는 한국학교를 물질적으로도 후원하는 한글사랑회 등의 활동도 있었다. 그러나 그것들이 이곳의 문학적 활동을 모색하거나 새로운 활력을 일깨우기에는 부족한 듯했다. 몇몇 문인들을 만날 때마다 그러한 아쉬움을 토로하고 새로운 계기를 만들고 싶다는 이야기를 나누다가, 지난 연말 샌프란시스코 송년 문학모임에서 구체적인 논의가 이루어지게 되었다.

'한글사랑'과 '글마을'이 공동으로 주최하고 수필가 김희봉, 시인 강학희, 유봉희, 정은숙 등이 추진하여 버클리의 창작 강좌를 열게 된 것이었다. 첫 모임은 2010년 1월 25일(월)에 이곳 문인들 14명이 참여하였다. 격주로 이어지는 강좌는 오클랜드에 있는 한국식당 〈수라〉에서 모여 저녁 식사를 마친 뒤에 2층 회의실에서 실시되었다. UC 버클리에 방문학자로 온 내가 1차 과정 3개월 7회, 2차 과정 3개월 7회로 전체 2차의 과정으로 진행했던 것이다. 2월 8

일의 두 번째 강좌에는 무려 18명이 참석하여 뜨거운 관심과 열기를 확인할 수 있었다.

첫 강의는 시정신은 무엇인가에 대해서 내가 "창작체험에서 얻은 생의 통찰"이라는 강의를 했는데, 모두들 열중하였으며 강의를 마치자 큰 박수로 화답하며 좋아하였다. 둘째 강의는 좀 더 미시적인 부분으로서 "상상력과 시적 형상화"라는 주제로 시 창작 일반에 대한 설명과 상상력의 중요성을 강조하였으며, 상상력을 훈련하는 구체적인 방법으로 실습을 하니 모두 성실하게 참여하여 강의가 한결 활기를 띠었다.

2차에 걸친 창작 강좌가 모두 끝나면 함께 조촐한 시화전과 시낭송회도 열고 작은 문집도 만들자는 의견을 나누었다. 그러면 이것을 계기로 이곳의 문학모임이 다소나마 활기를 띠지 않을까 하는 기대를 가졌던 것이다. 한 가지 아쉬운 점은 이 강좌에 참여하는 모든 분들의 나이가 50대 이후라는 사실이다. 대부분이 60대라고 할 수 있었다. 그것은 이곳의 젊은 세대들의 문학에 대한 무관심과 언어의 장벽을 실감할 수 있는 부분이었다. 앞으로 이곳의 문학은 젊은 세대의 활동에 대한 지원에 관심을 모아야 할 것으로 생각되었다.

오클랜드에서 실시하고 있는 문학특강(2010. 2.)

한국에는 지금 넘쳐나는 문예지들이 문학의 발전을 이끌고 있다. 그런 점에서 여러 문예지의 지면을 이곳의 문인들에게도 적극적으로 개방하고 작품 활동의 기회를 부여했으면 좋겠다. 그렇게 하여 이곳의 문학이 활성화를 꾀하도록 하고 한국문학을 밖으로 끌어내어 세계 속으로 밀고 가게 하는 역할을 할 수 있도록 모색하는 것이 필요하다고 생각하였다. 그 노력의 일환으로 2010년 봄호 『시와정신』에서는 "미국 서부 시단 특집"을 마련하였다.

밤 9시 30분경에 강의를 마치고 나와 인근의 주차장에 주차해 놓은 차를 향해 가면서, 피곤한 몸을 이끌고 와서 문학공부를 하고 늦게 돌아가면서도 힘들어하지 않는 분들을 떠올려 보았다. 미국 사회로 와서 20년이나 30년 동안 정착하며 자녀들을 키우고 살아오는 동안 잊고 지냈던 문학에 대한 열정을 새롭게 일깨우며 기뻐하는 그들이 이곳에 있다는 사실이 참으로 소중하게 여겨졌다. 어둠을 뚫고 680 프리웨이를 달려오는 길도 나에게는 힘이 들지 않았다.

(『문학사상』 2010.3.)

제28회 샌프란시스코 국제 아시안 아메리칸 영화제

"홍상수 감독의 영화는 독특한 색깔이 있다. 그동안 그는 주로 남녀 간의 사랑, 연애 사건 등을 매우 사실적으로 드러냈다. 심리 묘사가 대단히 뛰어났으며 일상의 일을 그대로 다루는 듯하였다. 그러나 그 속에는 묘한 울림을 주는 이미지와 장면 등으로 강한 인상을 남기고 있었다."

버클리에서 열린 국제 영화제

3월에 들어선 버클리의 날씨는 봄의 절정에 달하였다. 우리 가족이 머무는 파크 레이크(Park Lake) 2층집 옆에 서 있는 나무는 흰 꽃을 흐드러지게 피웠다. 그 꽃을 이곳 사람들은 'Fruitless Pear Tree'라고 부르는데 알고 보니 '열매 맺지 않는 배나무'다. 아침이면 그곳에 새들이 날아와 감미로운 노래로 우리 가족을 깨우곤 했다. 이곳 캘리포니아의 날씨는 미국에서도 제일 좋고 자연 또한 한없이 아름다웠다. 3월 중순 한낮은 약간의 더위까지 느껴졌다. 2층 창문으로 바라다보는 꽃나무의 풍경은 너무 화사하여 언젠가 보았던 영화 속의 한 풍경이 떠오르곤 했다. 이와 때를 맞추어 제28회 샌프란시스코 국제 아시안 아메리칸 영화제(28th San Francisco International Asian American Film Festival, 약자 SFIAAFF)가 열렸다.

샌프란시스코 국제 아시안 아메리칸 영화제는 3월 11일부터 21일까지 11일간 진행되었다. 영화는 세 지역에서 상영이 되었는데 샌프란시스코에서는 Castro Theater 등 여덟 군데, 산호세에서는 Camera 12 Cinemas 등 두 군데 그리고 버클리에서는 UC 버클리의 Pacific Film Archive(PFA)로 모두 열한 곳이었다. 세 지역에서 서로 날짜만 다르게 동시 개최되며 전체 130여 편의 영화가 상영되는 가운데 여섯 편이 한국과 한인 동포 감독들이 제작한 영화였다.

이번 영화제에는 한국을 비롯하여 일본, 중국, 인도, 대만, 태국, 필리핀, 이란, 러시아, 오스트리아 등 여러 나라에서 참여하여 성황을 이루었다. 버클리에서 상영이 되는 영화는 UC 버클리 캠퍼스에서 만날 수 있었기에 나에게는 좋은 기회였다.

UC 버클리의 PFA에서는 평상시에도 매달 20일 이상 영화를 상영하고 있다.

버클리대 캠퍼스

이것은 UC 버클리의 강의와 연계되기도 하는데, 그럴 경우 3주 전에는 표가 매진이 되기도 하였다. 그러므로 영화를 보려면 미리 표를 예약해 두어야만 했다. 강좌를 수강하는 학생들이 표를 차지하고 남은 것을 구입해야 하기 때문이었다. 이렇게 버클리에는 다양한 영화들이 언제나 상영되고 있었다.

영화제의 부대행사로는 샌프란시스코에서 3월 11일 오후 7시에 "Today's Special"이 상영되었고, 이어서 9시 30분부터 "Opening Night Gala Reception"이 있었다. 그리고 3월 15일 오후 6시 샌프란시스코에서 "30th Anniversary Gala Dinner"가 있었고, 3월 19일 오후 9시 산호세에서는 "San Jose Opening Night Gala"가 열렸다.

제28회 SFIAAFF에 한국의 홍상수 감독 영화 2편이 출품되어 북가주의 관객들에게 선을 보였다. 이번에 선보인 홍상수 감독의 영화는 2008년 작 「첩첩산중(Lost In The Mountains)」과 2009년 작 「잘 알지도 못하면서(Like You Know It All)」였다. 이렇게 한 감독의 영화가 두 편이나 상영되는 경우는 회고전이 아닌 경우 매우 드문 일이라 했다. 특히 「잘 알지도 못하면서」는 지난해 칸국제영화제 비공식 부문인 감독 주간에도 초청되어 상영된 바 있었다. 이번

영화관 PFA(Pacific Film Archive)

영화제에는 타계한 한국 영화의 거목 김기영 감독의 1960년 작품 「하녀(The Housemaid)」도 선을 보여, 거장의 작품세계를 다시 엿볼 수 있게 되었다.

또한 미국의 베이지역에서 활동하는 한인 입양아 출신 디안 볼세이 임 (Deann Borshay Liem) 감독의 다큐멘터리 「차정희에 대하여(In the Matter of Cha Jung Hee)」, 데이빗 윤(David Yun) 감독의 「태양을 잡아라 (Hold the Sun)」와 북한 여자 축구팀의 이야기를 그린 오스트리아(Austria) 의 영화 「하나 둘 셋(Hana, Dul, Sed)」도 관객들과 만났다. 나레이티브 부 문에는 미국의 아브라함 임(Abraham Lim) 감독의 「아빠는 하나님(God is Dad)」과 2008년에 제작된 송혜교의 첫 독립 영화 진출작으로 손수범 감독의 「시집(Make Yourself at Home)」이 상영되었다.

홍상수 감독은 지난 10년간 세계 영화계에서 가장 돋보인 한국의 감독으로 인정받았다. 링컨센터 필름소사이어티가 발간하는 월간지 『필름 코멘트』는 최근 세계의 비평가, 프로그래머, 영화학자, 감독 등 100명에게 설문을 하여, 2000년부터 지난해까지 10년간 최우수 영화 50편, 최우수 감독 25명 그리고 최우수 신인감독 20명을 선정했다고 하였다. 거기에 홍상수 감독은 최근 10 년간 최우수 감독 20위에, 봉준호 감독은 최우수 신인감독 4위에 올랐다는 것 이다. 또 홍상수 감독의 「잘 알지도 못하면서」는 2009년에 미개봉 영화 13위 에도 선정이 되었다.

홍상수 감독은 북미지역 최고의 권위를 자랑하는 뉴욕영화제에 2002년 「생활의 발견」부터 「여자는 남자의 미래다」(2004), 「극장전」(2005), 「해변의 여인」(2006) 그리고 「밤과 낮」(2008)까지 다섯 차례나 초대되기도 했었다.

북가주에 상영된 홍상수의 영화

3월 12일(금)에 영화를 보기 위해 UC 버클리 PFA를 찾았다. 당일 오후 5시

30분에 상영되는 2009년에 홍상수 감독이 제작한 영화 「잘 알지도 못하면서 (Like You Know It All)」를 감상하기 위해서였다. 티켓은 인터넷으로 구입했는데 한 장에 12달러와 수수료(Fee)가 1.5달러로 모두 13.5달러였다. 티켓에는 자리가 지정되어 있지 않아 아무 데나 앉아도 되었다.

5시에 영화관으로 들어가려 줄을 서자 줄은 곧 문밖으로 길게 이어졌다. 입구에 서 있는 여직원은 표를 받으면 즉시 파란색 종이를 하나씩 나누어 주었다. 그것은 평가표였는데 영화를 보고 나오며 함에 넣으라는 것이었다. 손바닥 정도 크기의 종이인데 그 안에는 1(Poor), 2, 3(Average), 4, 5(Excellent) 5등급으로 구분되어 있었다. 영화를 본 관람자의 영화에 대한 평가도 심사에 반영하기 위한 것이었다.

극장 안의 좌석은 모두 300석 정도가 되었는데, 이미 200여 명 정도가 자리를 메우고 있었다. 그들 가운데는 한국인도 있었으나 대부분 외국인들이었다. 이로 보아서 홍상수의 영화에 대해서 외국인들도 상당한 관심을 가지고

홍상수 감독의 「잘 알지도 못하면서」를 보기 위해 영화관에 입장하는 사람들

있는 것으로 판단되었다.

영문으로 제작된 간단한 팸플릿 형식의 안내 책자에는 이 영화에 대해서 아주 짧게 소개하고 있었다. 외국인들에게는 이러한 내용이 중요할 것이었다. 정리하면 주인공이 주로 여자, 술과 관계되는 자리에서 자신의 불안정한 상황과 관련하여 만남을 갖게 되는 영화다. 그들은 때로는 진지하게 사유하기도 하고 때로는 술을 마시면서 벌어지는 인간들의 미묘한 심리 묘사가 두드러지며, 특별한 사건은 없는 것처럼 보이기도 한다는 내용이었다.

5시 30분이 되자 사회자가 앞에 나와서 마이크로 제28회 SFIAAFF에 대한 전반적인 안내를 하였다. 그리고 한국의 홍상수 감독에 대해서도 설명을 덧붙인 후 오늘 영화「잘 알지도 못하면서」를 즐겁게 감상하라는 말을 마쳤다. 대략 5분 정도의 시간이 소요되었다. 극장 안에 불이 꺼지고 화면이 밝아오는데, 화면을 통해서 이번 영화제의 짧은 소개가 끝나자 곧 영화는 시작되었다.

「잘 알지도 못하면서」는 그동안 주로 남녀의 관계를 멜랑콜리하고 유머러스하게 묘사해 왔던 홍상수 감독의 아홉 번째 영화다. 이 영화에는 김태우, 고현정, 엄지원, 하정우, 정유미, 공형진, 유준상 등이 등장하였는데, 이들은 출

홍상수 감독의「잘 알지도 못하면서」포스터

영화 홍보 책자

연 당시 전혀 개런티를 받지 않았다고 해서 세간에 큰 화제가 되기도 하였다. 이 영화를 보지 못했던 나로서는 버클리에서 한국 영화를 보는 설렘과 함께 영화제의 진행도 살피게 되는 아주 좋은 기회였다. 한국 영화를 외국인을 위해 어떻게 영어자막으로 처리하는가, 또 그것이 어떻게 전달될 것인가 하는 점도 흥미로웠다.

홍상수 감독의 영화는 독특한 색깔이 있었다. 그동안 그는 주로 남녀 간의 사랑, 연애 사건 등을 매우 사실적으로 드러냈다. 심리 묘사가 대단히 뛰어났으며 일상의 일을 그대로 다루는 듯하였다. 그러나 그 속에는 묘한 울림을 주는 이미지와 장면 등으로 강한 인상을 남기고 있었다. 때로는 사건의 전후 과정에서 아리송한 부분들이 그로테스크한 분위기를 연출하기도 하였다. 이 영화의 대사에서 김태우가 고현정에게 던졌던 "더 이상 동물이 아닌 진심으로 유일한 사랑을 너하고 하고 싶다"는 말이 귀에 맴돌았다.

영화가 끝나자 관람자들은 일제히 박수를 쳤다. 그 박수 소리로 미루어 보아서 홍상수의 「잘 알지도 못하면서」는 상당한 울림을 주었던 것으로 여겨졌다. 사람들은 각자 종이에 평가를 표시하기에 바빴다. 밖으로 나오자 사람들은 평가함에 파란색 평가지를 넣고 있었다. 나는 5점에 굵은 동그라미를 쳤다. 평가지가 쌓인 함을 들여다보니 3점에 동그라미를 친 종이들이 몇 장 보일 뿐 전체는 알 수가 없었다. 어느새 사람들은 다음에 시작되는 영화를 보기 위해 다시 길게 줄을 서고 있었다.

이란의 영화 「Tehran Without Permission」를 보다

3월 16일(화)에는 외국 영화를 보기 위해서 다시 PFA를 찾았다. 오후 5시에 도착한 UC 버클리에는 많은 학생들의 움직임으로 활기를 띠고 있었다. 나는 먼저 PFA에 들러 오늘 상영이 되는 영화를 살폈다. 매표소는 아직 오픈되

영화관 앞에서(2010. 3.)

지 않았고 미국인 여직원 한 사람만이 자리를 지키고 있었다. 그녀는 오늘 두 편의 영화가 상영될 것이며 표는 6시부터 구입할 수가 있다고 하였다. 그때까지는 아직 한 시간 가량이 남았다. 모처럼의 여유로운 마음으로 버클리 교정을 둘러보았다. 캠퍼스 이곳저곳을 거닐면서 자못 감회에 젖어보았다. 버클리 학생들은 모두 열심히 공부를 했다. 언젠가 도서관 자유열람실에 들렀을 때는 마치 한국의 1970년대의 대학 도서관을 보는 듯했다. 심지어 버클리 캠퍼스에 있는 나무들도 빈둥거리지 않았다. 내 발길은 자연스레 학생회관 옆에 있는 버클리 캠퍼스에서 유일하게 맥주를 파는 곳(Bears Lair)으로 가서 레드라거 한 잔을 시켰다.

6시에 표를 구입하러 가니 오늘 PFA에서 상영되는 한국영화는 없었다. 외국 영화 두 편이 상영되는데, 7시에는 이란의 영화 「Tehran Without Permission」가, 8시 45분에는 미국 영화 「The People I've Slept With」가 상영될 예정이었다. 그러나 「The People I've Slept With」는 표가 없어 「Tehran Without Permission」의 티켓과 3월 18일(목) 저녁 7시에 상영되는 영화 「하나 둘 셋(Hana, Dul, Sed)」의 티켓을 구입해 두었다.

버클리의 뱅크르푸트 길가에는 새더 랜(Sather Lane)이 있다. 그곳에는 한국 음식을 파는 식당이 하나 있는데 모든 음식 이름을 소리 나는 대로 영문자로 표기하고 있었다. 남은 시간을 이용하여 저녁 식사를 하기로 하고 김치볶음밥을 시켰다. 그곳에서 UC 버클리까지 식당을 밀고 온 한국인들의 놀라운 힘을 느꼈다. 거기에서도 한국 김치의 힘을 온전히 느낄 수가 있었다. 그곳은 한국 식당이라고 밝혀놓지는 않았으나, 주로 한국 유학생을 비롯하여 아시아계 학생들이 모여 있었다.

저녁 7시에 상영된 이란의 영화는 「Tehran Without Permission」이었다. 이번에도 입구에서 표를 내니 채점표를 나누어주었다. 영화 시작 전에 사회자의 간단한 설명은 있었으나, 화면이 열리면서 곧바로 영화 속으로 들어갔다. 버클리에 와서 외국 영화를 보며 영어 자막으로 뜻을 새기는 색다른 체험을 하게 된 것이다.

영화는 이란의 수도 테헤란의 평화스러운 분위기가 전반적으로 전개되다가 마지막 부분의 극적인 반전으로 폭력에 저항하여 자유를 부르짖는 시민들의 역동적인 움직임을 보여주고 있었다. 이란의 대통령 선거를 즈음하여 수도 테헤란에서 벌어지는 정경들을 사실성 위주로 그려내고 있었다. 제작기법으로는 영화 내용과 관련하여 카메라를 숨겨서 찍을 수밖에 없었기에 영화 속에는 연출이 되지 않은 부분들이 강했다. 그 점에서 이 영화는 다큐멘터리 형식의 요소들이 많았다. 더러는 휴대전화(Cell Phone)으로 인터뷰를 하기도 하였다. 인터뷰의 상대는 미장원에서 머리를 손질하는 여자들, 힙합을 부르는 가수들, 택시 운전사들에 걸쳐 다양하였는데, 영화에 등장하는 대부분 인물들은 시장을 중심으로 살아가는 서민들이었다.

영화가 시작되면서 힙합이 울려 퍼지며 사람들의 움직임이 역동적으로 이어졌다. 다양하게 살아가는 사람들과의 인터뷰와 시장에서 펼쳐지는 여러 가지 풍경들은 대단히 박진감 있고 정감 있게 이어졌다. 차력사가 등장하고 마

영화제 홍보 책자

술사가 마술을 보여주는 순간에는 그 장면에 깊이 몰입되기도 하였다. 이 영화는 마지막에 이르러 갑작스러운 반전을 보여주었다. 수많은 사람들이 모여 피켓을 들고 자유를 외치고 그 군중들을 향해서 탄압과 무력을 행사하는 군인들이 등장하며 영화의 분위기는 극적으로 경색이 되었다. 이러한 시위장면으로 이란 대통령 선거를 즈음하여 벌어진 시민들의 저항에 무력으로 제압하려는 정부의 모습을 대조적으로 보여 주었다.

영화가 끝이 나서 밖으로 나오자 입구에는 곧 이어서 상영되는 영화를 보기 위해 사람들이 줄을 서고 있었다. 뱅크르푸트 거리로 내려가는 계단을 밟고 내려오다 올려다본 하늘에는 많은 별들이 떠 있었다. 내 귀에는 아직까지도 영화 속에서 시민들이 외치던 함성과 음악 소리가 맴돌고 있었다. 나는 이란 영화에 몇 점을 줄까 고민하다가 숫자 3(Average)에 동그라미를 치고 반으로 접어 평가함에 넣고 나오는 중이었다.

(『문학사상』 2010. 4.)

미국의 동부로 가다

"나이아가라는 인디언의 밀로 천둥폭포라는 뜻이다. 나이아가라에 닿자 인디언 말에 함축되고 집약된 의미가 직감적으로 다가왔다. (…) 거대한 천둥소리가 지배하는 세상, 나이아가라는 세상에 막힌 자들은 다 이리로 오라 소리치는 듯, 대지의 한 귀퉁이을 허물며 거대한 소리로 지구의 심장을 울려 깨우고 있었다."

미국 동부 가족여행

미국 동부로 가족여행을 다녀오자 집 앞의 자작나무에는 어느 사이에 이파리들이 면적을 넓히고 한결 푸른빛을 띠고 있었다. 2층 창가에서 바라보는 자작나무 줄기는 바람에 밀리며 창가에 넉넉한 그늘을 드리웠다. 흰빛의 나무등치에 대비되어 도드라진 푸른빛 잎들은 바라만 보아도 마음을 포근하게 해주었다. 나뭇가지 사이로 비치는 하늘은 또 하나의 색깔을 보태며 자작나무와 한껏 조화를 뽐내고 있었다.

JFK 국제공항

　스프링 브레이크(Spring Brake)를 이용해 세계의 중심 도시 뉴욕과 미국의 수도 워싱턴 DC 그리고 나이아가라를 보았다. 아직도 샌프란시스코 공항으로 비행기를 타기 위해 바트 역으로 향하던 설렘도 가시지 않았는데, 벌써 미국 동부의 정경들은 기억에 머물고 있다. 넓은 땅에서 먼 거리를 이동하여 그동안 이야기로 듣던 곳을 보고 느끼는 것은 순간의 선택에 모든 것을 맡길 수밖에 없는 우리 생과 너무도 닮아 있었다.

　샌프란시스코 공항으로부터 5시간 30분의 비행으로 오후 2시경 뉴욕에 들어선 듯 비행기는 상공을 선회하기 시작하였다. 바다 위를 날다가 기수를 육지 쪽으로 꺾는데 그 아래로 펼쳐지는 바다는 너무 넓었다. 바닷가에 인접한 도시, 거의 평지에 가까운 바둑판 모양의 시가는 많은 섬들이 에워싸고 있었다. 길들이 거미줄처럼 얽힌 곳, 수많은 차량이 줄을 잇고 집들은 침묵 속에서로 각을 맞추고 있었다. 이따금 푸른 잔디 가운데 벙커가 드러나는 골프장

동부 가족여행 중 링컨기념관 앞에서

이 보이기도 했다. 그 한가운데로는 기차가 달리고 있었다. 숲에 싸인 주택가, 학교 운동장, 길, 건물 사이에 서 있는 물탱크도 도시 풍경 속에 하나의 색다른 이미지로 다가왔다.

　오후 2시 35분에 도착한 뉴욕의 JFK 공항은 생각보다 작은 듯하였다. 뉴욕은 샌프란시스코보다는 3시간이 빠른 곳이었다. 내리는 곳으로 이동하는 비행기 안에서 밖을 내다보니 세계의 도시 뉴욕에 도착하는 순간의 감회와 함께 설렘이 크게 밀려왔다.

　뉴욕시에서 맨해튼은 한국의 명동이라고 들었다. 뉴욕에서도 가장 번화한 곳이고 그 부근에 있는 하나의 스트리트에는 한국인들이 많이 모여 산다고 했다. 그 숫자는 대략 60만이라고 하였다. 뉴욕에는 1년에 전세계인들이 5,000만 명이나 관광을 온다고 했다. 그러고 보면 우리 한국인 전체 수만큼 이곳을 다녀가는 셈이다. 나도 그 일원으로 지금 이곳에 도착한 것이었다. 여행 일정상 뉴욕은 마지막에 관광을 해야 했다. 그 사이에 워싱턴 DC와 나이아가라의 일정이 있고, 4일째에 뉴욕으로 다시 돌아와 야경과 5일째의 시내 관광이 기다리고 있었다. 공항에서 가이드를 만나 그의 차를 타고 숙소로 향했다.

　뉴욕 시내의 한가운데를 흐르는 허드슨 강은 폭이 넓고 물도 많았다. 그것은 동쪽으로 흐르는 동강이었다. 숙소를 향해서 허드슨 강을 따라가며 느끼는 뉴욕은 규모가 엄청나게 컸고 생각 외로 깊은 역사의 부피가 느껴졌다. 강을 따라 펼쳐지는 주변에 대하여 가이드의 안내를 받으니 낯선 곳도 우리가 익히 들어왔던 이름으로 친숙한 곳임을 알게 되었다. 이곳의 한인들이 '조다리'라고 부른다는 조지 워싱턴 브리지를 지날 즈음, 강에는 민물과 바닷물이 합쳐지는 곳으로 뱀장어와 우럭이 많이 잡힌다는 가이드의 설명이 있었다. 그러고 보니 이곳은 한국의 중부 지방의 위도로서 한국의 자연과도 유사한 점들이 많이 느껴졌다. 숙소에 닿기 전에 한국 음식점에 들러 저녁 식사를 하고 뉴욕에서의 첫 밤을 휴식으로 채웠다.

백악관(2010. 4.)

미국의 수도 워싱턴 DC

워싱턴 DC는 한국의 대전시와 같은 위도라고 하였다. 이곳은 미로와 같은 도시로 형성되어 있었다. 도시 전체가 공원처럼 꾸며져 있다는 느낌이 강했다. 백악관은 상상만큼 크지는 않았는데 관광객들이 가까운 거리까지 접근하고 있었다. 관광객들이 찾는 공원이 그 인접한 곳에 있었고 분위기는 대단히 자유로웠다. 그곳의 경찰들은 반바지에 자전거를 타고 순찰을 돌고 있었다. 세계 도처에서 온 여행객들이 구경을 하며 연신 사진을 찍고 있었다.

백악관 앞에는 30년 동안이나 반전시위를 벌이고 있는 미국인 부부가 쳐놓은 천막도 볼 수 있었다. 그들은 백악관과 50여 미터의 거리에서 30년 동안이나 자신들의 메시지를 전하고 있었다. 그들의 천막은 백악관 주변의 미관을 해칠 법도 하였으나, 그것이 30년 동안이나 그곳에서 철거되지 않고 있다는 사실은 대단히 흥미로웠다. 한국과 비교할 때 너무나 다른 상황이었다. 그래서 그런지 백악관은 예상보다 작고 소박하고 정감 있게 보였으며 대단히 평화

국회의사당

워싱턴 DC에 있는 한국전쟁기념관

스럽게 다가왔다.

이어서 제퍼슨 기념관으로 갔다. 제퍼슨은 미국의 초대 국무장관, 시인, 소설가, 부통령, 대통령 2선으로 미국의 독립선언문 초안을 작성하여 미국정치의 기본을 마련한 분으로 칭송되고 있다. 기념관에 세워진 제퍼슨 동상은 6미터의 위용을 자랑하는데 사실은 동상보다 동상을 품고 있는 둥그런 원형 건물이 더 웅장하였다. 제퍼슨의 동상은 둥근 원형의 홀 안에 서 있었는데, 백악관을 향해 서서 내려다보며 무언의 메시지를 던지고 있었다. 그가 생전에 다져놓은 미국의 기초가 훼손되지 않게 늘 경고한다는 것이었다.

부근에 있는 한국전쟁기념관으로 자리를 옮겼다. 한국전쟁기념관은 김영삼 정부 당시에 제작이 된 것으로 실외에 있었는데, 19명의 미군들이 판초 우의를 걸친 채 총을 들고 사위 경계를 펼치는 모습으로 빚어놓았다. 19명의 병사는 미국 군인들이 19개의 병과였음을 상징한다고 했다. 이로써 "Freedom is not free"라는 메시지를 강력하게 전달하고 있었다. 70여 년 전 동족상잔의 아픔과 세계인들의 평화에 대한 열망이 동시에 스쳐가는 시간이었다.

링컨기념관 동상 앞에서

　조금 더 올라가니 킹 목사가 감동적인 연설 "I have a dream"을 펼쳤던 장소가 있었고, 그 옆으로는 링컨 대통령이 의자에 앉은 동상이 안치되어 있었다. 바로 링컨기념관이었다. 재미있게도 제퍼슨의 동상과 달리 링컨의 동상은 국회의사당을 정면으로 내려다보고 있었다. 미국인들의 역대 최고 대통령으로 평가받는 링컨 대통령의 정신을 항상 염두에 두고 정치를 펼치라는 무언의 암시일 것이다.

　링컨의 눈빛이 가닿은 곳 저 멀리에는 국회의사당이 마주 서 있었다. 국회의사당은 흰색의 건물로 중앙에 아치 돔이 있고 그 중심부에는 자유의 여신상 (Statue of Liberty)이 서 있었다. 그 건물 안에는 600여 개나 되는 방이 있다고 했다. 그곳을 지키는 경찰은 1,000명이 된다고 하며 의사당의 위엄과 권위를 위해서 화려하게 장식되어 있었다. 그 앞에서 많은 관광객들은 사진을 찍는데, 내가 잔디밭에 들어가 정면을 바라보니 국회의사당의 흰색 건물 모습과 달리 잔디밭 주변은 그다지 정돈되어 있지 않아 보였다.

　워싱턴 DC는 가는 곳마다 세계에서 몰려온 관광객들로 가득 차 끊임없이

엠파이어 스테이트 빌딩에서 내려다본 뉴욕

줄을 잇고 입장하기 위해 시간을 기다려야 했다. 미국 행정 도시로 워싱턴 DC 에는 60만 명의 사람들이 모여 일을 하는데, 그들은 대부분 외곽에 거주하며 이곳으로 출퇴근을 하고 있다고 하였다.

세계 중심의 도시 뉴욕

　뉴욕의 맨해튼에서 타임스 스퀘어는 가장 번화한 곳이었다. 양쪽에 뉴욕 타임스 건물이 있기에 붙여진 이름이다. 이곳은 가장 많은 사람들로 붐비고 주변에는 뮤지컬 극장들이 연이어 있어서, 밤 8시경이면 사람들은 극장으로 뮤지컬을 관람하러 들어갔다가 10시 반 이후 쏟아져 나와 거리를 활보하였다. 바로 그 번화가 한복판에 한국의 삼성, 엘지, 기아, 현대의 간판이 불을 밝히고 있어 가던 발걸음을 묶어두었다. 세계 속에서 한국의 위상을 한눈에 알 수

뉴욕의 가장 번화가인 타임스 스퀘어의 사람들

있는 풍경이었다.

뉴욕의 문화는 유럽의 귀족들이 즐기던 귀족예술을 상업화, 대중화시킴으로써 그 하나인 뮤지컬이 브로드웨이에 많은 극장으로 자리 잡은 것이었다. 타임스 스퀘어를 오가는 사람들은 대부분이 관광객이었다. 타임스 스퀘어는 뉴욕시의 전체 전철들이 모이는 곳으로 거리는 다소 지저분하게 느껴졌다. 길가의 많은 뮤지컬 극장, 록펠러 센터, NBC 방송국, G 빌딩, 세인트 패트릭 성당 등을 둘러보았다. 해밀턴 파크에서 바라보는 허드슨 강 건너에 펼쳐지는 야경은 너무나 눈이 부시고 황홀하기 그지없었다. 그것은 샌프란시스코나 라스베이거스와 비교가 될 수 없이 크고도 정교한 것이었다.

다음날 시내를 돌아보니 NYU(뉴욕대학교) 건물은 전체를 손으로 조각하여 지었다고 하였다. 자세히 살피니 건물의 외벽에 장식된 조각들이 대단히 정교한 자태를 보이고 있었다. 이민국, 연방준비은행, 뉴욕시청, 뉴욕시장의 관저 등을 둘러보았다. 시내의 건물들은 외관의 모습이 언뜻 비슷비슷하였다. 기적의 성당은 이슬람 단체의 9.11 테러로 자취를 감춘 쌍둥이 건물 옆에서도 건재한 모습을 보여주어 놀라웠다. 고전적인 분위기가 넘치는 건물들이 이어지다 어느 곳에 이르면 공원이 있어서 여유를 주며 도시 경관을 한층 아름답게 꾸미고 있었다. 도시 한복판에 있는 공원 옆 건물 2층에서 오 헨리가 『마지막 잎새』를 구상하고 썼다는 설명에 눈이 번쩍 뜨였다. 월가의 상징인 청동 황소는 역동적인 모습으로 서 있었는데 그것의 뿔을 쓰다듬고 소원을 빌면 이루어진다는 속설에 수많은 사람들의 손길로 번쩍거리고 있었다. 황소가 월가의 상징이 된 것은 원래 그 근처가 우시장이었기 때문이라 했다.

점심을 먹기 위해 들른 맨해튼의 32가 한인타운에는 제법 많은 한국어 간판들이 정겨움을 더해 주고 있었다. 한인타운이 뉴욕의 중심부 가장 번화가 한가운데 자리 잡고 있다는 사실만으로도 놀라웠다. 대충 살펴보니 월서은행, 동부관광, 우리집, 큰집, 뉴욕아트, 신세계 백화점, 딩동댕 노래방, 한아름 마트, 아르테스 부동산, 충무로, 서울 가든, 와우 노래방, 33가 솔 사우나, 좋은 치과, 중앙일보, 한국일보, 뉴스타 부동산, 경희한의원, 이모김밥, 갤러리아 등이 눈에 띄었다. 그곳에서 점심으로 된장찌개와 육개장을 먹으니 그 맛은 또 색다른 느낌이었다.

점심 식사 후 34번가의 엠파이어스테이트 빌딩에 올랐다. 102층에 높이가 448미터라는 사실은 우리가 초등학교 때부터 들어왔다. 이 건물이 102층인 것은 이곳에 온 청교도의 숫자가 102명이었기 때문이라는 사실이 새로웠다. 뉴욕에 온 사람들은 누구라도 반드시 들르는 건물이 바로 이곳이었다. 엘리베이터를 타고 오르는데 20달러를 받았다. 엠파이어스테이트 빌딩 전망대에서 아래를 내려다보니 수많은 건물들이 솟아 있고 그 사이로 난 길을 따라 노란 영업용 택시들이 끝도 없이 줄을 이었다.

뉴욕 시에는 길을 따라 노란 영업 택시들이 달리는데 번호판에는 A, B, C, D 등이 새겨져 있었다. 그것은 운전사고 경력을 표시하는 것으로 A 자가 가장 안전한 택시라는 뜻이라고 했다. 시내를 걸으며 보아도 뉴욕시의 건물들은 모두 개성을 지닌 모습이었으며 대단히 크고 높았다. 반면에 시가는 매우 평화로운 느낌을 주었다. 높은 빌딩을 올려다보면서 인간들은 얼마나 높은 곳까지 쌓아 올릴 수 있을까 생각해 보았다. 한때는 엠파이어스테이트 빌딩이 세계에서 제일 높았으나 이미 추월을 당한 지 오래되었다.

국경을 넘어서 캐나다로

나이아가라의 천둥신을 만나기 위해서는 캐나다 국경을 통과해야만 했다. 우리 가족은 국경을 넘는다는 마음에 괜스레 설레기도 하였다. 나이아가라를 향해서 다리를 건너자 우리를 맞이하는 것은 캐나다 국경수비대였다. 불법 입국자를 색출하기 위해서 검색을 강화한다는 것이었다. 캐나다에 갔다 돌아올 때는 절대 농산물 반입은 할 수 없다고도 했다. 가령 바나나나 오렌지 등 과일 하나도 허용되지 않는다는 것이었다.

나이아가라 폭포

나이아가라는 인디언의 말로 천둥폭포라는 뜻이다. 나이아가라에 닿자 인디언 말에 함축되고 집약된 의미가 직감적으로 다가왔다. 그런 면에서 언어란 존재 자체라는 생각이 들었다. 인디언들의 언어야말로 자연의 언어, 살아있는 생명의 언어라는 사실이 느껴졌다. 거대한 천둥소리가 지배하는 세상, 나이아가라는 세상에 막힌 자들은 다 이리로 오라고 소리치는 듯, 대지의 한 귀퉁이를 허물며 그 거대한 소리로 지구의 심장을 울려 깨우고 있었다. 비로소 고단했던 가슴이 뻥 뚫리면서 오랜 체증이 사라지는 듯하였다. 그 거대한 폭포에서 떨어지는 물은 1분에 100만 드럼인데 이로 수력발전하는 전력량이 1년에 400만 킬로와트라 하였다.

유람선을 타고 폭포 아래로 다가서니 엄청난 양의 물이 우리들 생을 향해서 쏟아지며 열정을 일깨우고 있었다. 나이아가라 폭포가 보여주는 웅장함으로 이 세상에는 우리가 상상하기 어려운 일들이 있음을 깨닫게 해주었다. 그곳에서 "나이야가라!"라고 소리치고 나면 모두 한 10년씩은 젊어진다고 하였는데, 아닌 게 아니라 배를 타고 폭포 밑을 지나며 모두 들떠 철없이 좋아하다 보니 작게는 일 년씩이라도 젊어진 것 같았다.

나이아가라는 1년간 1,300만 명의 관광객이 다녀간다고 했다. 그곳에서도 가장 많은 사람은 한국인이고 그 다음으로 중국인 관광객이 눈에 띄었다. 아이맥스 영화관에 들렀을 때는 150여 명의 관광객 거의가 한국인이어서, 나이아가라의 전설과 역사를 담은 영화가 우리말로 상영되고 있었다. 오히려 함께한 외국인들이 의아해 할 지경이었다.

밤에는 물줄기에 빛을 쏘아 그 소리들이 더 붉게, 노랗게, 더 푸르게 환상적으로 살아났다. 박지원의 『열하일기』에 묘사되어 있는 물소리가 저러했을까. 빛과 소리와 물줄기가 하나로 어우러지면서 바람이 불어 물방울이 튀어 올라 살갗에 닿는 서늘한 촉감으로 나이아가라를 온몸으로 느끼게 하였다. 어둠 속에 서서 나이아가라를 바라보니, 이렇게 막힌 세상의 한 귀퉁이를 허무는 소리가 있어서 고단한 생도 편히 잠이 들 수 있는 게 아닌가 싶은 생각이 스쳐갔다.

　도착한 날은 날씨가 조금 흐리더니 전망대에 오르자 사정없이 싸락눈을 뿌려대기도 하였다. 그러나 다음 날은 날씨가 맑게 개어서 한결 산뜻한 모습으로 폭포의 옥색 물빛을 보여주었다. 아, 그리고 드디어 미국과 캐나다의 두 국경을 잇는 무지개를 피워 올리며 장관을 연출하였다. 그리고 그 사이에서 나이아가라의 여신이 신비로운 자태로 미소를 띄우고 있었다.

(『문학사상』 2010. 5.)

버클리에 피어난 모국어의 꽃

"이곳에 있는 한국 문인들은 한국문단에서 너무 소외되어 있다. 이제 세계는 물리적 거리를 넘어서 글로벌 시대인데도, 미국의 한국 문인들이 너무 변방으로 취급받는 것이 안타깝기 때문이다. 최근에 한국은 문예지의 전성시대라 할 수 있는 반면에 미국의 한국 문인들에게는 철저히 문호가 닫혀 있다. 한국의 많은 지면을 미국의 한국 문인에게도 적극 개방하여 작품 활동의 기회를 부여했으면 한다."

골든게이트 공원에서 펼쳐진 백일장

2010년 5월에 들어서며 버클리에는 더 많은 꽃들이 피어났다. 이곳 주변을 돌아보면 언제라도 다섯 가지 이상의 꽃은 발견할 수가 있었다. 그만큼 많은 꽃들이 피어나 그것들은 자연의 한 중심으로서 자신의 전 존재를 완벽하게 보여주었다. 가령 길가나 집 근처에서 꽃을 피울 것 같지 않을 듯 서 있던 나무와 풀들도 어느 날이면 문득 꽃을 쏟아냈는데, 유난히 그 색상들이 현란하기 이를 데 없어 가던 사람들의 발길을 불러 세웠다. 특히 장미와 찔레 종류의 많은 꽃들이 주변을 장식하여 한층 싱그럽고도 정겨운 모습을 펼쳐주었다.

그리고 보면 버클리의 5월이 한국의 5월처럼 여겨지기도 하였다. 어느덧 이곳이 낯설지 않은 까닭이었다. UC 버클리는 5월 15일부터 여름방학에 들어가 더위를 느끼기도 하였지만, 5월은 이곳에서도 가정의 소중함을 되새기는 가정의 달로 많은 행사들이 있었다. 자연의 모습이 가장 화려한 때이기에 가족나들이가 좋기 때문인지 모르겠다. 5월 8일은 이곳에서 어머니날을 맞이하였다. 한국 쪽을 향해 가슴을 열자 어머니의 마음이 이곳까지 와 닿았다. 때를 같이 하여 한인 2세들의 꿈과 그리움이 언어로 펼쳐지는 백일장이 열렸다. 또한 이곳 문인들이 함께 펼친 문학의 밤도 열려서 즐거운 시간을 나누었다.

골든게이트 공원에서는 5월 8일 오전 10시에 재미한국학교 북가주협의회가 매년마다 주최해 온 백일장이 열렸다. 북가주협의회에서는 그동안 교포 2

백일장 수상자들과 심사위원(2010. 5. 8.)

백일장 정경

세 학생들을 위해서 한글 백일장을 실시해 왔던 것이다. 모처럼 만에 한인 2세들이 한자리에 모여 자연을 호흡하며 글을 쓰고 자신의 정체성을 다시 한번 확인하는 시간을 가졌다. 올해로 벌써 17회가 되어 그동안 이곳에 있는 한인들에게 우리말 사랑과 얼을 되살리는 장으로 충분한 역할을 해왔다는 생각이 들었다.

사실 미국 사회에서 한인 2세의 한글 교육은 그렇게 쉽지만 않은 듯했다. 가족 단위로 이루어지는 한글 기초교육과 한인 2세들 간의 한글 사용, 그리고 한글학교에서 좀 더 체계적으로 교육이 이루어지는 듯하였다. 그런 점에서 한국학교 역할은 갈수록 중요한 것으로 여겨졌다. 일상생활에 필요한 한글 사용에서 나아가 문학적 표현은 더 쉽지 않겠는데, 백일장을 통해서 학생들이 일 년에 한 번씩 자신의 실력을 발휘해보는 것도 의미는 크다고 생각하였다.

장소는 샌프란시스코 골든게이트 공원(Golden Gate Park)으로서 매우 좋은 여건이었다. 그곳은 골든게이트 부근에 인공으로 조성된 공원이었다. 북가주협의회의 최미영 회장이 전화로 내게 심사를 요청해 왔다. 그리고 미리 글제를 두 개 준비해 오라는 당부도 잊지 않았다. 몇 번 가 보았던 금문교 공원에서 한글 백일장을 연다고 하니 나도 백일장에 참여하듯 설렜다. 이 행사는 10년 전부터 더 많은 학생들이 모이게 하기 위해 그림 그리기와 함께 실시되었는데, 매년마다 30여 개의 한국학교에서 1,500여 명의 학생과 학부모들이 참가하여 성황을 이룬다고 하였다. 그러기에 일 년 가운데서 한국인들이 가장 많이 모이는 행사라고 했다.

심사위원들은 9시 40분에 모여 글제를 정하였다. 때마침 골든게이트 공원에는 새들이 지저귀고, 바다로부터 안개가 날아오르고 한껏 자연의 선물이 풍성하게 펼쳐졌다. 그리고 숲 사이 잔디밭에는 수많은 사람들로 북적대고 있었다. 주변에 피어난 많은 꽃 어딘가에 나비가 있을 듯한데, 쉽게 보이지는 않았다. 그래서인지 여러 가지 글제가 추천되어 초등부에는 "새, 선물, 바다"로, 중등부에는 "안개, 나비, 만나고 싶은 사람"으로 정해졌다. 나는 이곳에 흔하지 않은 '지하도'에 어떠한 글이 나올까 생각하고 추천했으나 채택되지 않았다. 이곳 학생들에게 지하도와 관련된 체험이 많지 않아서 그런 듯했다. 이렇게 미국의 한인 2세들은 한국 학생들과 여러 면에서 다른 환경을 체험하며 생활하는 것이다. 이런 과정에서 그들은 한국과는 전혀 다른 성향을 갖게 될 수밖에 없는 것이다.

마크 트웨인(Mark Twain)이 말했다고 하였던가? "내가 겪은 가장 추운 겨울은 샌프란시스코의 여름이었다"고. 그의 말처럼 골든게이트 공원에서 살갗으로 파고드는 한기는 대단하였다. 거기에다 태양은 따가웠다. 그러나 넓은 잔디밭은 학생들이 여기저기에 자리를 잡고 글을 쓰기에 좋은 듯했다. 학생들에게도 선글라스가 제공되었다. 학생들에게는 산문이나 운문의 구분을 두지 않았다. 당일 행사에는 글짓기에 200여 명이 조금 모자라는 숫자가 참여하였고, 그림 그리기에 더 많은 500여 명이 참가하였다. 이것만 보아도 학생들에게 글쓰기의 부담은 만만치 않은 듯하였다. 그리고 운문보다 산문이 압도적으로 많을 것이라는 짐작도 해 보았다.

공원에 모인 학생들은 샌프란시스코뿐만이 아니라, 새크라멘토, 산호세, 몬터레이, 나파, 데이비스 등 상당히 먼 곳에서도 왔다. 그러기에 그들은 한국학교 단위로 온 경우도 있지만 가족 나들이를 겸해 가족이 함께 오기도 하였다. 여기에서도 한국 부모들의 자식에 대한 열정은 여지없이 드러났다. 학부모들이 자녀에게 좀 더 잘 쓰기를 바라며 조언하는 통에 진행자가 학부모들을 정해진 선 밖으로 나가 달라는 안내방송을 몇 차례 하기도 했다.

학생들은 삼삼오오 모여서 잔디밭에 앉고 눕고 엎드리고 자유스럽게 자리를 잡고 글을 쓰기에 여념이 없었다. 골든게이트 공원에는 주변에 둘러선 나무와 풀들이 강렬한 햇살 아래 초록을 한껏 뽐내고 있었다. 그러나 샌프란시스코 만에서 불어오는 차가운 바람이 끊임없이 하늘로 안개를 퍼 올리고 있었다. 이곳의 안개는 공원의 풀밭이나 나뭇가지에 머무는 것이 아니라, 구름처럼 하늘로

백일장 수상자들과 함께

날아가고 있었다. 그래서 언뜻 안개인지 구름인지 구분하기가 쉽지 않았다. 그래도 학생들은 이러한 기후에 익숙한지 모처럼 만의 자유를 만끽하며 모국어와 힘찬 줄다리기에 열중이었다.

심사는 초등부(초등학교 5학년까지)와 중등부(초등학교 6학년부터 고등학교까지)로 나누어 실시했다. 나는 중등부 심사에 참여하여 전체 작품을 읽고 순위를 정한 뒤 초등부로 넘겼다. 그리고 초등부에서 순위를 가려 올라온 작품을 읽고 의견을 나누었다. 심사를 하다 보니 시를 쓴 학생들은 몇 명 되지 않았다. 심사 전에 심사위원장(김정수 수필가, 한글사랑 회장)은 심사할 때 맞춤법은 크게 고려하지 말라는 부탁을 했다. 처음에는 이상하게 생각했지만 그 이유를 곧 알 수 있었다. 학생들의 작품은 그 수준에서 그다지 높지 않았다. 맞춤법이 어긋난 것은 물론이고 생각이나 표현이 상식적 수준에 머무는 것이 많았다. 그런데도 오늘 참여한 학생들은 각 한국학교에서 대표로 뽑혀 출전하였다는 것이다. 다만 몇 명의 학생에게서 수준 높고 색다른 상상력으로 전개한 글을 읽을 수 있었다.

미국에서도 한인 2세들이 한국어를 잘할 경우 영어와 두 개의 언어를 구사할 수 있는 능력을 인정받아 사회진출에 더 많은 기회를 가지게 된다고 했다. 영어와 한국어를 동시에 잘 구사하는 사람을 필요로 하는 직장이 늘어나 그만큼 더 좋은 여건을 가지게 되는 것이라 했다. 이러한 사실에 공감대가 형성되어 한글에 대한 관심도 높아지고 있었다. 그러나 한인 2세들이 한국어를 잘 하기란 그리 쉬운 것만은 아니었다. 그리고 다음 세대로 내려가며 한글에 대한 관심이 얼마나 커질지 알 수 없는 일이기도 하였다.

이번에 최고상인 '으뜸상'을 받은 한지윤 양은 지난해도 '으뜸상'을 받았기에 화제가 되었다. 한 양은 「미래의 나」라는 제목으로 부모님과 스스로에게 자랑스러운 미래의 나를 만나고 싶다는 내용의 글을 썼다. 한 양은 앞으로도 자신이 택한 길을 향해 열심히 노력하겠다는 다짐을 피력하였다. 자신의 글의 비결은 가슴에 담긴 이야기를 진솔하게 담아내는 것이라며 상을 받고 기뻐했다. 앞으로 한인 2세들의 한글 교육과 글쓰기에 새로운 전기가 마련되어야 하겠다는 판단이 들었다.

오클랜드에서 열린 문학의 밤

5월 8일 저녁 6시에는 버클리 부근 오클랜드에서 '제15회 『시와정신』 신인상 시상식 문학의 밤'이 열렸다. 『시와정신』이 주최하고 '한글사랑'과 '버클리 문학강좌'에서 주관하였으며, 이곳의 《중앙일보》와 《한국일보》가 후원을 하였다. 행사는 샌프란시스코와 인근의 문인들과 신인 당선자를 축하하기 위해 모인 사람들로 성황을 이루었다. 2010년 『시와정신』의 봄호에는 두 가지 특집을 마련하였다. 그 하나는 '미국 서부문학 특집'으로 이곳 시인과 수필가의 작품을 수록한 것이다. 다음으로는 '제15회 신인상'에 가주에 있는 신인 3명을 시인으로 당선시킨 것이었다.

내가 버클리에 온 이후 이곳의 한국문학 활동을 지켜보면서 몇 가지 제안을 한 적이 있었다. 나는 주최 측을 대표해서 참석자들에게 인사말을 하며 그 점을 다시 강조하였다. 그것은 이제 미국의 한국 문인 활동도 넓은 차원의 한국 문학의 장으로 편입되었으면 하는 바람이었다. 이곳에 있는 한국 문인들은 한국문단에서 너무 소외되어 있었다. 이제 세계는 물리적 거리를 넘어선 글로벌 시대인데도, 미국의 한국 문인들이 너무 변방으로 취급받는 것이 안타깝기 때문이었다. 최근에 한국은 문예지의 전성시대라 할 수 있는 반면에 미국의 한국 문인들에게는 철저히 문호가 닫혀 있었다. 한국의 많은 지면을 미국의 한국 문인에게도 적극 개방하여 작품 활동의 기회를 부여했으면 좋겠다. 그 노력의 하나로 이번 봄호 『시와정신』이 '미국 서부 문학 특집'을 마련하였고,

제15회 시와정신 신인상 시상식 문학의 밤(2010. 5. 8. 샌프란시스코 한국일보 커뮤니티

『시와정신』 제15회 신인상은 미국 서부지역의 신인 3명을 시인으로 소개하였던 것이다. 앞으로 국내의 많은 문예지들이 미국에 있는 시인들에게 더 큰 관심으로 문학 활동의 기회를 열어줄 것을 진심으로 기대한다는 내용이었다.

신인상의 작품은 미국의 서부지역에 있는 문인이나 단체가 추천하는 형식으로 하여 예심과 본심을 거치는 방식을 취했다. 심사에는 나태주 시인, 이가림 시인 그리고 내가 참여하였다. 미국의 시인들이 일상적으로 다가오는 영어의 틈바구니에서도 모국어와 감수성을 지키며 시를 일궈가는 각고의 노력은 실로 눈물겨운 바 컸다. 그들의 노고를 십분 참작하여 강학희, 신영목, 최광운 등 3명의 신인을 당선시킨 것이었다.

강학희의 작품에서는 어머니가 보여주신 여성적 삶의 고통을 깊이 끌어안아 새롭게 터득해 가는 생의 역설적 미학이 돋보였다. 신영목의 작품은 일상생활 속에 흐르는 가족 간의 사랑과 기독교적 신앙으로 형제자매에 대한 사랑을 정감있게 형상화하였다. 또한 최광운은 지난한 생에 대한 긍정적인 시각이 정돈된 언어와 단정한 어법에 의해 시적 완성도를 성취하였다. 이들의 작품은 모두 개성이나 가능성과 함께 더 가야 할 길도 있었다. 그러나 바로 그 지점에서 이들의 문학은 새롭게 출발하리라는 사실을 전적으로 믿었다. 이들을 통해서도 앞으로 가주 지역의 문인들이 더 많은 노력으로 국경을 넘어 피워내는 모국어의 화려한 꽃무리를 이루리라는 사실을 확인할 수 있었다.

당일 행사의 격려사는 이곳의 가장 원로문인으로 아동극작가인 주평 선생이 해 주었는데, 모처럼의 행사를 기뻐하며 이 행사가 앞으로 이 지역 문학 활동의 새로운 전기가 되기를 기대한다는 내용이었다. 특히 이날 행사는 샌프란시스코의 《한국일보》 커뮤니티 홀에서 열려 사장의 축사가 있었다. 이곳의 《한국일보》는 《중앙일보》와 함께 이 지역 문인들이 글을 발표하는 장으로 큰 역할을 하고 있었다.

시상식에는 마침 한국에서 LA에 와 있던 나태주 시인이 참석하여 분위기를 북돋워 주었다. 나태주 시인의 '국경을 넘어서 피어난 모국어의 꽃'이라는 강연은 이곳에서 글을 쓰는 분들의 노력이 얼마나 소중한 것인가를 일깨우기에 족했다. 이로써 참석한 모든 사람들이 오늘 행사를 다시 한 번 되새기도록 하였다. 윤동주와 이육사 그리고 많은 문인들이 조국이 위기에 처해 있을 때에도 글을 썼는데, 그 사실만도 큰 가치가 있으며 이곳에 모인 문인들이 바로 그

시와정신 시상식 문학의 밤(2010. 5. 8.)

러한 일을 하고 있다고 강조했다. 한국 내의 문학과 이곳에서 이루어지는 문학이 서로의 접점을 모색하며 세계 속으로 함께 나아갈 수 있는 길이 마련될 수 있으리라 기대가 되었다.

이어지는 작품 낭독에서는 배경음악과 함께 유봉희, 정은숙, 김경년, 김복숙, 강학희, 신영목 시인 등의 감성이 전달되었다. 이들의 시 낭독에는 샌프란시스코 만의 파도 소리도 귀를 기울이는 듯했다. 또한 김정수, 송인섭 수필가는 자신의 글을 통해 삶의 깊이를 전달하였다. 이들의 수필은 샌프란시스코의 레드우드들이 듣고 있었을 것이다. 수준 높은 축가와 축하 연주가 전체 행사를 한 단계씩 격상시켰다. 시와 산문과 노래와 음악이 함께 어우러지는 밤은 5월 샌프란시스코 만의 밤하늘에 솟아오른 별빛과 함께 감미로운 시간을 연출하였다.

행사가 끝나고 일행은 와인으로 축배를 들면서 못다 한 문학 이야기를 꽃피웠다. 이번의 버클리문학강좌가 끝나면 우리는 『버클리문학』을 창간하자는 이야기도 나누었다. 이로써 샌프란시스코 지역에서의 한국문학적 지평은 좀 더 넓어지는 듯하였다.

(『문학사상』 2010. 6.)

존 스타인벡의 문학 현장을 찾아서

"스타인벡은 살아생전에 고향에서 그리 환영을 받지 못하였다 한다. (…) 그러나 그의 사후에 고향 살리나스는 그의 노벨문학상 수상을 통해 세계적으로 알려지고 세계에서 찾아오는 관람객들로 지역 경제가 활성화되고 있는 것이다. 이렇게 보면 존스타인벡은 죽은 이후에 비로소 고향 사람들에게 인정을 받고 경제적 혜택을 주는 것이다. (…) 진정한 작가는 죽은 뒤에 온당한 평가를 받는 존재가 아닌가 한다."

살리나스로 가는 길

존 스타인벡(John Ernst Steinbeck, 1902. 2. 27.~1968. 12. 20.)의 고향 이자 그의 문학 배경이 되는 살리나스(Salinas)와 몬테레이(Monterey)로 가는 길은 강렬한 햇살 아래 이어지고 있었다. 그 강렬한 태양 아래서도 스프링 클러는 쉬지 않고 돌아가며 넓은 농장을 적셔 푸른 채소들을 키워내고 있었다. 주변의 구릉들은 어느새 푸른빛을 잃고 모래 언덕처럼 변해 버렸다. 지난해 11월을 기점으로 푸른빛으로 변해가던 구릉의 풀들은 5월을 넘어서며 말라 금빛 모래 사구처럼 변한 것이었다. 샌프란시스코와 로스앤젤레스를 잇는 캘리포니아 101 도로를 따라 길옆으로 펼쳐지는 넓은 대지를 가로지르며 달리는 속도의 쾌감은 절정에 달했다. 개척시대에 이곳을 스쳐간 많은 노동자들의 땀방울을 생각했다. 세계 여러 나라에서 이민을 온 사람들이 아메리카의 꿈을 펼쳐가던 고된 삶도 떠올려 보았다. 어쩌면 그러한 손길들이 미국의 대지에는 어디에라도 스미어 있는 것이다. 또한 그 손바닥 하나하나가 땅을 떠받치고 있는 것처럼 보이기도 하였다.

1930년대의 미국 경제 공황기의 사회 문제를 형상화하여 퓰리처상과 노벨문학상을 수상한 존 스타인벡. 그를 찾아 살리나스로 가는 길 양편에서는 딸기와 채소들이 자라고 있었다. 그 당시 스타인벡의 소설 속 주인공들이 헤매던 곳일지도 모른다는 생각이 들었다. 지금도 농장에서 일하는 사람들은 주로 멕시칸이나 스페니쉬들인데 그들이 타고 온 차들이 농장 주변에 수십 대씩 정차되어 있었다. 미국은 대중교통 수단이 발달되어 있지 않고 승용차로 이동해야 하기에 노동자들도 필수적으로 차를 가지고 있었다. 길게 이어지는 딸기밭 이랑에서 딸기를 따는 모습은 미국 경제의 침체와는 달리 한가로웠고 농장의 규모도 커서

존 스타인벡과 소설 『분노의 포도』 표지

놀라지 않을 수 없었다.

　로스트 제너레이션(Lost Generation)을 이은 1930년대의 사회주의 리얼리즘을 대표하는 미국 소설가. 존 스타이벡의 작품세계는 사회의식이 강렬한 경향과 온화한 휴머니즘이 넘치는 경향으로 대별된다. 그의 주요 저서로는 『분노의 포도(The Grapes of Wrath)』, 『에덴의 동쪽(East of Eden)』 등이 있으며 퓰리처상, 노벨문학상을 수상하였다.

　로스트 제너레이션은 일반적으로 제1차 세계대전 후에 환멸을 느낀 미국의 지식계급 및 예술파 청년들에게 주어진 명칭이다. 이 상실세대(喪失世代)는 일반적으로 길을 잃은 세대라고도 말한다. 세계대전 이후 삶의 가치관과 인간 존엄성에 대한 상실을 바탕으로 하는 이러한 작가는 대표적으로 헤밍웨이, 커밍스, 포크너 등을 일컫고 있다.

　작품을 번역으로만 접해 온 나에게 스타인벡의 문학 배경을 돌아보고 그가 남긴 체취를 직접 느껴보는 것은 그의 작품에 생생한 온기를 더하는 일로 여

존 스타인벡의 방에서

겨졌다. 특히 특정한 시공간을 배경으로 하는 리얼리즘 작가에게 그의 문학 현장 체험은 대단히 중요한 것이기 때문이었다. 또한 '버클리문학강좌' 회원 15명이 함께 살리나스를 찾아 그동안 문학 강좌에서 나누었던 이야기를 현장에서도 느껴볼 수 있는 좋은 기회였다.

스타인벡이 태어나서 소년기를 보냈던 집은 2층으로 아담하지만 다소 환상적인 분위기를 자아내고 있었다. 그곳은 지금 다른 사람이 소유하고 있는데, 두 번째 매입자가 1973년부터 레스토랑으로 운영한다는 것이었다. 조금 이상하게 여겼으나 막상 집 안으로 들어가 보니 격조 있게 운영이 되고 있어 생가의 훼손은 염려하지 않아도 될 듯했다. 그곳은 미리 예약을 하고 가야 식사를 할 수 있고, 사람들은 생일이나 특별히 축하할 일이 있을 때 찾아 즐거운 시간을 보낸다고 했다.

그가 자라던 방에는 그의 사진과 조부모, 부모의 사진이 함께 걸려 있어서 그의 가족사의 번성한 모습들을 한눈에 살필 수 있었다. 방안의 사진 아래 놓인 소파에도 앉아볼 수 있었기에, 우리는 그가 잠시 외출한 방에 찾아와 그를 기다리는 느낌마저 들었다. 식당을 운영하는 여주인의 배려로 집안의 구석도 돌아볼 수 있었고, 그녀의 자상한 설명으로 한결 정감 있게 현장을 체험할 수 있었다. 집주변에는 안내판과 표지석이 있고 가까운 거리에 문학관이 있어 꾸준히 사람들의 발길을 불러 모으고 있었다.

스타인벡의 문학관(National Steinbeck Center)의 규모는 대단히 컸다. 문학관에는 당시 영화 촬영에 쓰였던 무대와 장치가 전시되어 실감을 더해 주었다. 마치 관람객에게 영화 속에 들어와 있는 느낌을 선사해 주고 있었다. 그의 문학 유품들은 넓은 공간에 보관되어 대충 돌아보아도 2시간이 걸리는 방대한 양으로 작가의 체취를 한결 가깝게 접할 수 있었다. 그곳에는 그의 문학 배경이 되었던 시대의 경제 상황을 알 수 있는 자료들도 전시되어 있었다. 그 당시 농장에서 재배되던 채소와 과일은 물론 한쪽에는 당시에 사용되던 농기계와 기구들

스타인벡 하우스에서 버클리문학 회원들과

도 진열되어 그 시대를 이해하는 데 도움이 컸다. 또한 당시 농장에서 먹기 위해 점심을 나르던 도시락과 보온병은 시장기를 느끼게 할 정도로 친근감이 갔다.

분노의 포도와 에덴의 동쪽

스타인벡의 소설 작품들은 여러 편이 영화로 제작되었다. 그의 영화 「분노의 포도」와 「에덴의 동쪽」은 한국에서도 많은 인기를 얻었다. 영화 「분노의 포도」는 흑백사진 속으로 우리를 불러들였다. 이는 대공황기의 캘리포니아 소작농들의 이야기를 그린 존 스타인벡의 1939년 퓰리처상 수상작을 1940년에 존 포드 감독이 영화로 제작한 것이다. 영화가 시작되면 자막에는, "비가 부족해 '모래구덩이'로 알려진 미국 중부지역에서는 많은 농부들이 한발과 가뭄에 시달리고 있었다. 이 영화는 자신들의 땅에서 쫓겨나 새로운 희망을 찾아 떠나는 한 가족의 이야기다."는 설명으로 내용을 간결하게 제시해 준다.

「분노의 포도」는 대공황을 배경으로 하며, 가난한 소작인 가족 조드 일가의 삶을 다루고 있다. 그들은 가뭄과 경제적인 어려움, 열악한 농업환경으로 인하여 쫓기듯이 집을 떠났다. 이 비참한 상황에서도 그들은 수천 명의 다른 오클라호마 사람들과 뒤엉켜 캘리포니아의 센트럴 밸리(Central Valley)에 땅과 일자리를 찾아 헤맨다. 그러나 캘리포니아도 노동자에 대한 착취와 고통이 있는 땅일 뿐이었다. 소설의 마지막 장면에서는 굶어 죽어가는 사내를 위해서 아이를 낳은 한 여인이 자신의 젖을 물려주는 휴머니즘을 일깨우는 극적인 장면이 있으나 영화에서는 배제되었다. 다만 영화의 마지막 부분에 어머니가 남자들은 모두 단순하다고 말하며, 여자들은 개울처럼 하나로 흐르며 소용돌이와 폭포가 있으나 강물이 되어 흐른다는 점을 강조하였다. 모성으로서의 여성을 모든 것을 감싸 안는 대지의 여신과 동일시하는 것이었다.

어머니가 독백처럼 외우는 "부자들은 나타나고 사라지고 그 후세들도 사라져 가지만 우린 죽지 않아요. 삶은 우리 거예요. 아무도 막을 수 없어요. 우린 영원해요. 진짜 사람이니까."라는 부분에서 가진 자들에 대한 강한 거부감을 확인할 수 있었다. 아마 이러한 점들이 그의 작품을 공산주의 책자로 폄하하

몬테레이에서

는 빌미가 되었을 것이다. 「분노의 포도」는 『성서』의 출애굽을 모티프로 하고 있는데 그만큼 스타인벡의 작품들은 기독교와 『성서』에 바탕을 두고 있는 것이다.

영화 「에덴의 동쪽」이 시작되면서는 화면에 바다가 펼쳐지고 배경음악이 흐른다. 그리고 출렁이는 파도 위로 검은 바위가 소처럼 길게 누워 있었다. 그것은 움직이지 않고 한동안 동일한 장면에 카메라 앵글이 멈추어졌다. 이어서 화면 위에 "캘리포니아의 북부 산타루치아 산맥은 어둡고 수심에 가득 찬 벽처럼 가운데 우뚝 서서 북부 농촌 마을 살리나스와 거칠고 어수선한 항구도시인 몬테레이를 갈라놓고 있었다"라는 자막이 공간적 배경을 압축하며 관객을 영화 속으로 빠져들게 했다. 이윽고 소의 꼬리처럼 보이는 왼쪽 부분으로 갈매기 몇 마리가 날아오르며 마을이 나타났다. 이 부분은 대단히 영상미가 빼어났다.

이 작품의 시대 배경은 1917년경으로 제시되고 있었다. 1952년에 스타인벡이 발표한 소설을 엘리아 카잔 감독이 1955년에 영화로 제작하여 한국에도

1956년에 개봉되었다. 제목에서 카인이 동생 아벨을 죽이고 '에덴의 동쪽'인 노드의 땅으로 도피했다는 『성서』 속의 카인과 아벨의 모티프를 수용하고 있음을 알 수 있었다. 청년 칼과 그의 형 애런 사이에서 아버지 애덤과 두 아들이 어릴 때 집을 떠난 어머니 케이트를 사이에 두고 벌어지는 이야기였다. 아버지에게 순종하고 모범생인 형 애런과 거칠고 반항적인 동생 칼은 권위적이고 틀에 갇힌 아버지를 두고 갈등했다. 어느 날 칼은 어머니가 그리 멀지 않은 곳에 술집을 경영하며 살고 있다는 사실을 알게 되어 찾아가 어머니와 아버지 사이의 비밀을 알게 되었다. 얼음 냉장으로 채소를 보관하여 돈을 벌려는 아버지와 전쟁물자로 콩을 심어서 돈을 벌겠다는 칼의 대립, 어머니의 타락한 삶을 발견하고 충격을 받은 애런의 갑작스런 입대에 놀라 쓰러진 아버지. 칼은 아버지와 화해를 시도하고 곧 이어 숨을 거둔 아버지를 안고 오열하는 장면이 영화의 마지막이었다.

그의 많은 작품은 살리나스와 몬테레이를 중심으로 펼쳐지고 있었다. 따라서 내륙지역인 살리나스와 바닷가인 몬테레이에서 펼쳐지는 노동자들의 삶을 통해 그 시대상을 반영하는 사회주의 리얼리즘문학을 성취하였다. 이 영화의 첫 장면부터 농촌과 항구 사이의 이질성처럼 아버지와 아들 사이의 대립이 암시되고 있었다. 우리가 도착한 몬테레이 바닷가는 어딘가 눈에 익었다. 그곳에는 그의 영화 속 물빛과 파도의 느낌들이 아직 여러 곳에 스미어 있었다. 몬테레이 바닷가에는 많은 멸치와 생선이 잡히며 통조림공장이 들어섰다. 그곳에는 많은 노동자들이 운집해 살아가며 번성한다. 당시 이곳에 술집과 창녀촌이 줄지어 들어서 많은 노동자들의 발길이 이어졌다는데 지금은 사라지고 그때의 분위기를 다소간 느낄 수 있을 뿐이었다. 스타인벡의 많은 소설은 이곳을 배경으로 삼았다. 바닷가(San Carlos Beach)를 거닐며 옛날 노동자들이 붐비던 때의 열정과 분노를 떠올려 보았다. 그리고 그들의 절망이나 바다를 향한 도전도 깊게 생각해 보았다.

노벨문학상 수상

스타인벡은 1960년에 미국 대륙 일주 여행에 나선다. 그가 아끼던 차 로시난테(Rocinante)를 타고 그가 사랑하던 개 찰리(Charley)와 함께하였다. 여행의 목적은 미국을 재발견하기 위한 것이었다. 그는 미국 전역을 크게 한 바퀴 돌아온 뒤에 『찰리와 함께 여행을(Travels with Charley)』이라는 작품을 발표하였다. 그리고 1962년에 노벨문학상을 수상하는 영광을 안았다. 당시 여행에 이용하였던 차는 문학관에 그 실물이 전시되어 있었는데, 차 안에는 냉장고와 주방이 설치되어 있고 글을 쓸 수 있는 탁자 위에 타이프라이터가 놓여있는 캠핑카였다. 당시의 기술로 보면 상당히 수준 높은 것이었다. 차 조수석에는 그가 아끼던 점박이 개 찰리를 모형으로 만들어 앉혀 놓았다.

그는 여행 중에도 엽서를 통해서 친구에게 끊임없이 편지를 띄우는 형식으로 글을 썼다. 그때의 흔적들은 문학관에 고스란히 정리되어 있었다. 비교적 그의 유품들은 완전한 상태로 잘 보관되어 있었다. 그는 아메리카 대륙 일주 여행으로 자신을 돌아보고 미국에 대한 새로운 발견을 통해서 문학세계가 한 단계 성숙하는 계기를 갖게 되었던 것이다.

스타인벡 문학관에서 더 인상적인 것은 한편에 그가 노벨문학상을 수상하는 장면의 커다란 사진이 붙어 있는 것이었다. 시상식장에서 그는 세계적인 작가들과 나란히 서 있었다. 검은색 정장 옷차림으로 서 있는 시상식 장면은 너무 생생하여 우리 일행이 마치 실제의 시상식장에 초대되어 온 듯한 느낌을 받게 했다.

스타인벡은 살아생전에 고향에서 그리 환영을 받지 못하였다고 했다. 그 이유는 스타인벡의 소설이 주로 살리나스를 중심으로 당시 삶의 실상을 적나라하게 묘사하여 반감을 샀기 때문이었다. 또한 그의 소설들은 공산주의를 선전하는 책자라는 비판을 받기도 하였다. 그러나 그의 사후에 고향 살리나스는 그의 노벨문학상 수상을 통해 세계적으로 알려지고 세계에서 찾아오는 관람

존 스타인벡의 노벨문학상 시상식 장면 사진 앞에서

객들로 지역경제가 활성화되고 있다는 것이다. 이렇게 보면 스타인벡은 죽은 이후에 비로소 고향 사람들에게 인정을 받고 경제적 혜택을 주게 된 것이다. 사후에야 스타인벡이 고향 사람들과 진정으로 화해하는 국면이라 하겠다. 진정한 작가는 죽은 뒤에 온당한 평가를 받는 존재가 아닌가 생각했다.

　당일로 이루어진 존 스타인벡 문학 현장을 찾은 문학기행으로 버클리문학 회원들 얼굴에는 기쁜 표정이 역력했다. 일행은 여행의 대미를 장식하기 위해 바닷가 2층 레스토랑으로 들어갔다. 밖으로는 바다가 내려다보이고 이국적인 분위기에 젖어서 언뜻 홀 안의 저 구석에는 존 스타인벡도 함께 자리를 하고 있다는 착각이 들었다. 회원들은 와인 잔을 들어 축배를 외치고 저녁 식사를 하면서 이야기로 꽃을 피웠다. 이번 문학기행을 통해 한층 버클리문학의 의지는 다져지고 새로운 활력이 넘치고 있었다. 분위기가 무르익어갈수록 몬테레이 바닷가는 다가오는 석양을 묵묵히 받아들이며 새로운 시간으로 채우고 있었다.

(『문학사상』 2010. 7.)

알래스카와 로키산맥으로 가다

"맥캔리 산은 세계의 등반가들에게 오래전부터 매력적인 곳이다. 산으로 들기 전에 이곳에서 죽은 사람들의 무덤과 명패를 모아 놓은 곳을 보았다. 한국인도 여덟 명이나 있었고 그 가운데 고상돈 씨가 눈에 띄었다. 그러나 정작 그의 시체는 그곳에 없다. 아직도 그의 몸은 맥캔리 계곡 어디엔가 얼음속에 매장되어 영원히 뜨거운 피가 끓고 있을 것이다."

백야의 도시 알래스카

우리가 가보지 못한 세계에 대한 판단에는 늘 편견과 선입관이 존재하였다. 우리 주변에서 얻은 정보에 의한 가치평가는 그 실제와 너무 다른 면들이 있었다. 더욱이 지리적으로 거리가 먼 곳은 더 그러한 경향이 있었다. 그러기에 체험이 중요하고 여행의 의미가 강조되는 것이다. 내가 버클리에 와서 지내는 일 년은 여러 면에서 실제를 경험하는 계기가 되었다. 이곳에서 보낸 일 년은 미국의 실체를 파악하는 지름길이었다. 또한 나는 이곳에서도 낯선 세계를 향

비행기에서 내려다본 알래스카

해 매일 끊임없는 도전을 펼쳤다.

지난해 이곳에 오면서 알래스카와 로키산맥으로의 여행을 계획하였다. 그 시기는 2010년 6월 말과 7월 초로 잡아놓았다. 여름방학을 이용하여 가족여행을 하려 했던 것이다. 그동안 미국 서부의 라스베이거스, 그랜드 캐니언, 동부의 워싱턴 디시, 뉴욕 그리고 나이아가라, 로스앤젤레스와 샌디에이고, 요세미티와 레이크 타호 등을 여행했다. 시간이 날 때 샌프란시스코 주변을 찾아가 보다 많은 것들을 보고 느끼려고 노력했다.

알래스카는 지구상 북극의 오지로서 로키산맥은 세계에서도 가장 웅대한 산맥으로 관심을 당겼다. 그곳으로 떠나는 가족들의 발길에는 어느새 커다란 설레임과 호기심으로 가득 차 있었다. 일상을 벗어나 긴장과 기대감을 안고 떠나는 발걸음, 그것을 위해 우리는 늘 준비하고 또 새로운 길을 모색해 왔던 것이다.

알래스카에서 가장 높은 맥캔리 산

　알래스카로 가는 길은 샌프란시스코에서 앵커리지까지의 비행이 우리를 기다리고 있었다. 이미 샌프란시스코를 통해 여러 번 여행을 한 경험이 있지만 샌프란시스코 공항에만 닿으면 가슴은 늘 기대감으로 부풀어 올랐다. 샌프란시스코는 세계적으로 알려진 국제공항으로 꿈과 낭만이 넘치는 곳이었다.

　샌프란시스코에서 6월 21일 오후 3시 47분에 정확히 출발하였다. 4시간의 비행을 통해 알래스카로 들어서며 산 위로 희게 덮인 눈이 보이고 비행기가 고도를 낮추어 흐린 안개 속을 지나며 동체가 심하게 흔들렸다. 가슴을 졸이며 기대하던 땅 알래스카로 진입한 것이다. 10여분이 지나자 안개를 벗어나 아래로 산이 드러나며 앵커리지 공항의 활주로가 눈에 들어왔다. 앵커리지는 북위 60도로 인구는 26만 정도이며 이제 여름이 시작되고 있었다. 알래스카는 웅대하다는 뜻이고 앵커리지는 물류를 나른다는 의미였다. 비행기에서 내리자 먼저 다가오는 공기가 대단히 맑고 쾌청하였다.

　알래스카의 첫 밤은 묘한 설렘과 불안정을 동반하고 왔다. 바로 백야인 것이다. 밤 12시가 되었는데도 밖은 환했다. 두꺼운 커튼을 치고 잠시 눈을 붙인 듯한데 깨어보니 새벽 2시 30분으로 아직도 밖은 환했다. 새벽 2시 30분경 해가 지는 듯하더니 새벽 4시경에 다시 떠올랐다. 해가 지고 나서도 밖은 희뿌연할 뿐 캄캄한 어둠은 어디에도 없었다. 이곳은 어둠만큼 잠을 자야 하는 곳이었다. 그러니 호텔마다 얇은 커튼 위에 두꺼운 커튼을 겹쳐 달아놓았다. '백야'에 대하여 시 한 편을 써볼까 구상하다 잠이 들었다.

다음 날도 잠이 들다 간간이 깨어 내다보면 밖은 변함없이 훤했다. 이 철저한 고집과도 같은, 그러면서도 무기력한 밤 속에서 다시 한번 어둠의 소중함을 느껴보았다. 바로 그날이 하지라서 낮이 가장 긴 날이었고 동지에 이르면 반대로 어둠이 길다니 그때는 또 얼마나 빛이 그리울 것인가. 어제에 이어 좀 더 감상적인 시 구절이 떠올라 첨삭 없이 적어 놓았다. 이어서 '툰드라'라는 시어를 떠올리다 잠이 들었다.

알래스카의 전체적인 분위기는 덜 세련되었으나 설렘이 있었다. 미국 기상청에서도 가장 기후 파악이 어려운 데가 바로 이곳이라 했다. 알래스카는 미국 본토의 1/5이며 한반도의 7배라고 하니 그 넓이는 가히 짐작이 가고도 남았다. 알래스카는 우리가 '에스키모, 얼음집, 북극곰' 등을 떠올리기 쉽지만 실제는 달랐다. 여름으로 낮에는 더위를 느끼기도 했다. 숲에는 자작나무와 스프루스라는 침엽수 두 종류가 주종을 이루었다. 자작나무를 좋아하는 나는 차창 밖을 내다보는 것에 신이 났다. 가을이면 자작나무가 노란 단풍으로 변하여 3주 정도를 화려하게 장식한다는 말에 귀가 솔깃했다.

밤사이 작은 비가 왔고 '코치'로 가는 길 양옆으로도 자작나무가 줄지어 서 있었다. 산 위로는 구름이 걸려 있어 장마철 분위기를 느끼게 했다. 검푸른 산의 중턱마다 구름이 스쳐 있었다. 크리크(Creek)로는 맑은 물이 흘러내려 흥겹기도 했다. 우리가 달리는 길을 끝없는 자작나무 숲과 그 옆으로 철길이 따라오고 있었다. 자작나무 잎의 잔잔한 흔들림이 들어찬 숲에 흰 나무둥치의 살결이 우리를 완전한 자연으로 돌아가게 하는 느낌이었다.

알래스카에 떠다니는 빙하(2010. 6. 25.)

알래스카에서 가장 높은 맥캔리 산(Mt. Mckenly)에서 경비행기를 타고 빙하 위를 날았다. 온 산이 눈으로 덮여 있는 모습은 실로 장관이었다. 오로지 눈과 얼음으로만 이루어진 산과 협곡 위를 날면서 아직 지구상에서 오염되지 않은 모습에 감탄하지 않을 수 없었다. 산의 계곡에는 흰 눈 사이로 스치는 빙하가 옥색 빛을 띠며 물의 심장을 보여주었다. 검은 돌산의 줄기마다 뼈처럼 희끗희끗 눈이 박혀 있고 계곡과 그 안의 평지는 온통 얼음과 눈에 묻혀 있었다. 검은 암벽으로 이어진 산맥, 거기에 뒤덮인 눈, 여기저기 드러난 코발트빛 빙하, 만년설, 그곳엔 누구도 닿지 못한 자연이 일제히 가슴을 열고 있었다.

맥캔리 산은 세계의 등반가들에게 오래전부터 매력적인 곳이었다. 산으로 들기 전에 이곳에서 죽은 사람들의 무덤과 명패를 모아놓은 곳을 보았다. 한국인도 여덟 명이나 있었고 그 가운데 고상돈 씨가 눈에 띄었다. 그러나 정작 그의 시체는 그곳에 없었다. 아직도 그의 몸은 맥캔리 계곡 어디엔가 얼음 속에 매장되어 영원히 뜨거운 피가 끓고 있을 것이었다.

알래스카에서 만난 고래(2010. 6. 26.)

엘도라도에 가서는 직접 금을 채취하였다. 그것은 관광 기차를 타고 이어지는 투어였다. 몇 칸을 이어붙인 기차 맨 앞 칸에는 통기타를 멘 미국인 가이드가 노래를 부르며 여러 나라 사람들을 동시에 안내하였다. 기차가 레일 위를 따라 가면 주변에서 금을 캐는 과정들이 연출되는 테마여행(Theme Tour)이었다. 시나리오에 등장하는 인부들의 동작은 연극적 요소를 갖고 있었다. 종착지에 내려 여행객들 모두 실제의 체험을 했다. 둥그런 철 그릇에 작은 자루에 담긴 흙을 붓고 그것을 물에 이는 과정으로 금을 골라내는 것이었다. 우리 가족 네 명이 찾은 금을 모아 검은 플라스틱 통에 넣어 흔드니 제법 사각사각 소리를 냈다.

마지막 날 빙하체험을 하기 위해 턴 어게인 베이(Turn Again Bay) 곁으로 달리는 버스의 창밖 풍광은 너무 좋았다. 알고 보니 이곳이 세계에서 10대의 아름다운 길 가운데 하나라는 것이었다. 그 길을 따라 만 쪽으로 기찻길이 이어지고 손을 뻗으면 닿을 듯 만의 물살은 잔잔했다. 위티어(Whittier)에서 배를 타고 빙하를 찾아 한동안 항진하자 바다에 떠다니는 빙하가 나타났다. 양옆으로 이어지는 협곡 사이에 걸린 빙하 가까이 배를 대고 빙하가 무너져 내리는 것을 보았다. 마침 잔잔한 비가 내려 그 빗물이 빙하 사이로 스미어 빙하는 쉽게 무너져 내렸다. 돌아오는 길에는 범고래도 두 마리나 보았다. 알래스카는 어디에라도 이렇게 신비를 안고 살아있는 자연과 전혀 가공되지 않은 생명들이 살아 숨 쉬고 있었다.

알래스카에서의 마지막 밤, 잠을 청해도 오지 않아 뒤척이는데 밤 11시 20분경에 무지개가 떴다. 잔잔하게 내리던 비가 그치고 햇빛이 비친 까닭이었다. 그 무지개는 10여 분 동안이나 선명하게 새겨진 채 북극의 한밤 자정을 향해 휘어져 있었다.

세계의 정상 로키산맥을 찾아서

7월 5일 로키산맥을 찾아가는 길은 또 다른 경험이었다. 먼저 버클리 인근의 오클랜드 공항을 거쳐서 시애틀 공항으로 가야 했다. 그리고 그곳에서 캐나다 국경을 넘어 밴쿠버로 가는 일정이었다. 오클랜드 공항으로 가며 2주 전 알래스카 여행의 감동이 채 가시지 않은 듯 이어져 더한 감흥이 일었다. 처음 통과하는 오클랜드 공항은 규모가 작고 여러 가지 수속이 간편하게 이루어졌다.

시애틀까지는 2시간의 비행으로 닿았다. 조금 서늘한 기운이 다가올 뿐 낯설지 않은 시애틀의 분위기를 느끼며 보잉사 부근을 지났다. 시애틀 시민 20만 명이 보잉사에 의존해 살아간다니 세계적인 항공 산업의 면모를 알 수 있었다. 국경을 통과하는 일은 언제나 부담이 되었다. 그러나 우리 가족은 3개월 전 나이아가라를 여행하기 위해 캐나다 국경을 넘어 토론토로 갔던 경력이

로키산맥

있어 쉽게 허락되었다.

캐나다는 한반도의 45배, 남한의 100배로 세계에서 두 번째로 큰 나라다. 인구는 고작 3,600만으로 집계되어 있었다. 세계 최고 복지국가의 이미지처럼 깨끗하고 밝았다. 캐나다는 국기가 붉은 단풍을 상징하듯이 순수한 자연의 가치를 그대로 간직하고 있는 땅이었다. 밴쿠버의 분위기는 맑고 깨끗한 바닷가였다. 시내 관광에서 빼놓을 수 없는 것이 수증기 시계였다. 차이나타운, 밴쿠버 발상지 개스타운, 알래스카 출항지 캐나다 플레이스 그리고 엘리자베스공원과 스탠리공원을 거쳐 라마다(Ramada)로 갔다. 그곳에서 하루를 쉰 다음 관광객들과 합류하여 다음날부터 본격적으로 로키산맥을 공략하는 것이었다.

다음 날 아침 웅장한 대자연이 펼쳐지는 로키산맥으로 출발하였다. 신의 작품이라 일컬어지는 로키를 향해 달리는 버스에서 일행은 빠짐없이 주변의 풍경을 카메라에 담기에 여념이 없었다. 칠리왁과 호프(Hope)를 경유하여 코키

로키산맥의 바위

할라 하이웨이를 따라서 세계적인 동광지대 메릿과 목재의 도시 캠룹스에서 점심을 먹고, BC 남부 내륙 소도시들인 새먼암(Salmon Arm)과 시카우스를 경유하여 레벨스톡에 닿기 위한 길이었다.

프레이저 리버를 곁에 두고 달리는 버스에서 바라보는 물길은 평안하기 이를 데 없는데, 그 강은 세 가지 중요한 의미가 있었다. 첫째는 로키산맥의 빙하가 태평양으로 흘러가는 길이었다. 둘째로 캐나다의 골드러시가 처음으로 번성하였던 곳이다. 그리고 태평양에서 돌아오는 연어들이 올라오는 길(Salmon Route)인 것이다. 이곳도 알래스카와 함께 연어의 고장으로 불리며 강의 이름은 강을 발견한 영국인 사이저 프레이저의 이름을 따서 불렀다. 얼마를 더 달리자 새먼암에 닿았는데 그곳은 연어들이 알을 낳는 장소라고 했다.

캐나다는 호수의 나라로 그 숫자만도 250만 개에 달한다고 하였다. 그 숫자

세계 10대 절경인 레이크 루이스(2010. 7. 7.)

가 상상이 잘 되지 않는데, 한국의 호수가 1,000개 미만이라 하니 쉽게 이해가 갔다. 연일 길 옆으로 끊임없이 기찻길이 달리고 호수가 따라왔다. 이따금 지나는 기차는 협궤열차로 객차 수가 100칸이 넘었다. 그 긴 몸을 이끌고 개척시대의 활력을 일깨우며 기적소리를 울리면서 갔다. 그다지 빠르지 않은 속도의 기찻길 풍경은 바라볼수록 정겹기만 하였다.

로키산맥은 바위로 이루어져 산 전체가 하나의 커다란 바위였다. 그 규모는 그동안 내가 보았던 어느 것보다 컸고 웅장했다. 그 형상의 빼어남과 장대함은 바라볼수록 가슴을 두근거리게 했다. 지금도 아침과 저녁으로는 눈이 내린다고 하였다. 우리가 탄 버스는 로키의 기운에 빨려 숲을 뚫고 달렸다. 옆으로는 연신 계곡의 물이 흐르며 스쳐 지나갔다. 가다가 여러 개의 눈사태 방지 터널을 만났다. 한겨울에는 25~30미터의 눈이 내리는데 그때를 대비해서 마련한 것이란다. 양옆으로 치솟은 산정에는 300~600미터의 빙하가 쌓여 있다고 했다. 2,800여 미터의 고지대를 통과하여 바위로 이루어진 기골이 장대한 로키의 어깨와 만났다. 로키는 다양한 가치를 갖고 있어 눈으로는 빅 마운틴(Big Mountain), 빙하(Glacier), 빙하호수, 야생 등 네 가지를 보아야 하고, 피부로는 빙하수, 피톤치드, 음이온, 환경 등 네 가지를 느껴야 한다고 했다.

콜럼비아 대빙원(Columbia Icefield)에서는 설상차를 탔다. 바퀴 하나가 어른 키만한 네 개의 고무바퀴로 이동하여 빙하 위를 움직이는 차였다. 우리는 차에서 내려 드디어 빙하 위에 섰다. 그리고 그곳에서 흘러내리는 빙하수를 마셨다. 비로소 내가 1만 년 전의 빙하가 녹은 물을 마신 것이다. 간담이 다 서늘했다. 우리 가족 모두 한 병씩 빙하수를 담았다. 돌아오는 길에는 세계의 10대 절경인 레이크 루이스(Lake Louise)에 도착하였다. 그곳은 정말로 신비감이 감도는 아름다움을 뿜어내고 있었다. 큰 호수 양편으로 둘러친 산과 그것이 감싸 안은 정면 중앙의 계곡에는 빙하가 쌓여 있었다. 그곳은 내가 지금껏 보았던 호수 중에 무엇과도 비교할 수 없는 최고의 자태였다.

여행의 마지막 날은 로키의 밴프(Banff)에서 머물었다. 밴프는 로키산맥의 심장으로 캐나다 로키 관광의 요충지였다. 일 년에 1,000만 명이나 되는 관광객들이 이곳을 찾는다고 하였다. 로키산맥의 여행을 통해서 나는 지구를 가로지르는 큰 대들보를 본 것 같았다.

(『문학사상』 2010. 8.)

UC 버클리를 떠나며

"한국으로 돌아갈 준비를 하면서 하나하나 짐을 정리하고 자료를 살피니 나에게는 너무나 많은 일들이 있었다. 그러기에 나의 연구년은 이제 한국으로 돌아가서야 본격적으로 새로 시작되어야 할지도 모른다. 이곳에서 경험하고 새롭게 전개했던 생각들을 정리하고 펼쳐 내기 위해서, (…) 많은 단상들을 하나하나 다듬어 새로운 아이디어로 만들어 내기 위해서 나에게는 또 다른 시간이 필요하기 때문이다."

내 생의 터닝 포인트

버클리는 나에게 연구년으로 머물었던 단지 1년의 체류지가 아니다. 이제 버클리는 내게 그것 이상이 되어 버렸다. 아니, 내가 새롭게 다시 태어난 곳이기도 하였다. 나의 버클리는 내 생에서 새로운 전기가 마련된 상징적 공간이다. 버클리는 내 생의 새로운 터닝 포인트가 되는 지점으로 다가와 나의 삶을 새롭게 일깨워 주었던 것이다.

캘리포니아 24 이스트 프리웨이를 달려오면서 바라다보는 마운틴 디아블로

UC 버클리 세더 게이트 앞에서

에는 벌써 잔디들이 말라서 금빛 모래처럼 변한 지 세 달 반가량이 되었다. 그것을 볼 때마다 지난해 8월 초에 샌프란시스코에 도착하여 가족들과 월넛 크릭으로 오던 순간이 떠올랐다. 그날 우리가 머물게 될 아파트 파크 레이크로 오는 중에 대면했던 디아블로의 그 금빛. 지금 디아블로의 금빛이 지난해 이곳으로 오던 때와 같은 시기임을 일깨워 주니 우리가 이곳에 머문 지도 벌써 1년이 되었다는 사실을 절감하였다. 이제 내가 1년 동안 연구년으로 머물던 UC 버클리를 떠나야 할 시간도 다가왔던 것이다.

지난해 인천공항에서 설렘을 안고 아시아나에 오르던 순간의 두근거림이 채 가시지도 않은 듯한데, 벌써 한국으로 돌아가야 한다고 생각하니 시간이 너무나도 빠르다는 사실을 절감했던 것이다. 돌아보니 나는 버클리에서 실로 많은 사람을 만났고, 미국과 캐나다의 여러 곳을 여행했으며 또한 미국 사회와 새로운 문화에 대하여 다양한 체험도 하였다. 그렇게 보면 1년이 그리 짧은 것만도 아니라는 생각이 들었다. 어쩌면 1년은 짧지만 한 단위로서는 가장 완벽한 시간이라는 생각이었다. 1년은 사계절의 사이클을 통해서 한 번의 완전한 순환을 보여주기 때문이다.

그간의 생활 가운데서도 먼저 나는 명문으로서 UC 버클리의 탄탄한 저력을 떠올렸다. 세계의 여러 나라에서 몰려온 수천 명의 교수, 학자, 학생들로 붐비는 캠퍼스, 도서관과 강의실의 활력은 버클리가 세계 속의 명문임을 보여주기에 충분하였다. 학생들의 자유롭고 열정과 창의력이 넘치는 모습들은 캠퍼스 곳곳에서 살아 움직이고 있었다. 그곳에 게으름과 나태함이라고는 어디에서도 발견할 수가 없었다. 그들의 얼굴은 모두 긍지와 자부심으로 가득 차 있었다. 그들은 미래를 위한 투자에 자신들의 젊음을 남김없이 불사르고 있었다. 그러기에 지금 당장에 처한 미국의 불황도 나에게는 그렇게 어둡게만 느껴지는 것은 아니었다. 대학 주변의 다양한 문화와 그 분위기를 이루는 낭만과 여유로움 또한 내가 한국으로 고스란히 가지고 가고 싶은 것들이었다.

버클리에서 함께한 문학강좌

내가 이곳에서 버클리문학강좌를 열고 30여 명의 문인과 함께 했던 시간들은 너무나도 소중하게 다가왔다. 격주마다 이루어진 강좌에서 그분들은 한동안 잃었던 문학에 대한 열망을 살려내고 기뻐하며 모국어에 대한 감성과 사랑을 갈고 닦기에 여념이 없었다. 그들이 바쁜 이민 생활의 틈바구니에서 가까스로 문학의 싹을 간직해오다 새로운 시간을 통해서 펼쳐내는 언어는 푸른빛으로 번져갔다. 앞으로 그들이 계속적으로 모임을 이어 가며 향후 버클리문학의 활성화에 새로운 전기로 삼으려 한다는 사실은 나에게 무척이나 자부심을 갖게 했다. 회원 중에 한 분은 이 강좌에서 문학의 의욕을 찾고 미루어오던 시집을 발간하여 함께 출판기념회를 열기도 했다. 미주 《한국일보》 문화홀에서 열린 기념회에는 샌프란시스코 총영사도 참석하여 축하를 해주었다.

지난해 연말 샌프란시스코 노스 비치의 이태리 식당에서 문인들과 만나 대화를 나누다가 올해 1월 25일(월)부터 격주로 실시하여 7월 26일(월)에 마지막 강

7월 26일 버클리문학강좌를 마치고

의로 종강을 하였다. 14회 동안 회원들은 매번 빠짐없이 참석하였으며 시간이 갈수록 회원은 늘었다. 버클리문학강좌에서는 시와정신 신인상 시상식과 출판 기념회 등 두 차례의 문학 행사를 열었고, 존 스타인벡의 문학 현장을 찾아가는 문학기행도 함께 하였다. 아이들처럼 기뻐하며 특강이 열리는 날을 기다렸다는 시인들, 그간 창작집 발간을 전혀 고려하지 않고 있다가 계획을 세웠다는 회원, 새로운 소설을 구상하고 있다는 회원이 소감을 밝히며 와인으로 축배를 들 때 그 기쁨은 절정에 달했다. 회원들의 즐거워하는 모습을 보며 나도 이곳에서 별도의 시간을 내서 이들과 만났던 것을 대단히 만족스럽게 생각하였다.

한국식당 〈수라〉에서 열린 종강기념 겸 나에 대한 환송회는 너무 화려한 시간이었다. 각자들 고무된 표정 속에 한국문학의 새로운 싹이 돋고 있었다. 회원들 모두 나와의 잠시 이별을 아쉬워하며 새로운 의지를 다졌다. 이 순간을 영원히 간직하기 위해서 회원들과 함께 기념촬영을 하였다. 사진 속에는 이 시간을 기억하고 새로운 만남을 약속하자는 의미가 새겨져 있었다.

재미시인협회 초청과 데스밸리

　　로스앤젤레스의 재미시인협회에서 7월 17일의 여름 문학축제에 강연을 의뢰해 왔다. 이 행사는 매년 여름마다 실시해 왔는데 올해부터는 예년에 따로 진행하던 재미시협 앤솔로지 『외지』의 출판기념회도 아울러 하였다. 이미 한 달 전에는 문집에 수록될 36명 회원들의 작품 평을 부탁해 와서 급히 써서 보내기도 하였다. 특히 초청 강연이 끝나면 주최 측에서 2박 3일 가량의 여행을 안내하는데 내가 미국에 올 때부터 가보고 싶었던 데스밸리(Death Valley)를 여행지로 잡아놓았기에 기대가 매우 컸다. 한여름의 데스밸리는 감히 여행할 용기를 내지 못하는 곳인데 회장단의 결단으로 성사가 되었던 것이다.

　　샌프란시스코에서 유나이티드로 로스앤젤레스에 도착하니 오전 11시경이었다. 공항으로 시인협회에서 두 분이 마중을 나왔다. 로스앤젤레스는 지난해 서부 여행과 연말의 가족 여행으로 두 차례 잠깐씩 들렀으나 이번에는 여러 날을 머무는 일정으로 와서 또 다른 느낌이었다. 샌프란시스코보다는 덥고 한

2010년 LA 재미시인협회 여름 문학축제 초청 강연

국적인 분위기도 좀 더 느껴지는 듯하였다. 오후 2시의 행사이기에 먼저 호텔에 짐을 풀고 마중 나온 분들과 점심 식사를 한 뒤에 행사장으로 향했다.

한국어교육원 2층 205호실에 도착하니 100여 명의 회원들이 일제히 반갑게 맞아주었다. 두 가지 행사를 함께 해야 하기에 일정이 빡빡했다. 먼저 『외지』에 수록된 작품을 회원들이 낭송하면 필자가 즉석에서 평을 하는 시간이었다. 한 달 전에 이분들의 글을 읽고 작품 평을 썼던 기억을 되살려 평을 하니 모두 경청하고 여러 가지 질문이 쏟아졌다. 이어진 필자의 상상력과 시정신에 대한 강연에도 열의를 보여 주어 멀리서 달려온 보람이 있었다. 당일 실시한 백일장의 시상식과 『외지』 출판기념회 등에 이어 저녁 식사를 하고 9시경에는 한국 노래방으로 몰려가 돌아가며 한 곡씩 노래를 부르기도 하였다.

이틀 뒤 데스밸리로 가는 길은 출발에서부터 단단한 각오를 해야 했다. 데스밸리는 대개 11월에서부터 다음해 4월까지가 여행의 적기이고 여름에는 피하는 곳인데, 7월 중순에 그곳을 간다고 하니 누구라도 말리는 것이었다. 그러나 필자의 간청과 시인협회 회장단의 죽기를 각오한 결행으로 시도되는 것이었다. 그러기에 그곳으로 가는 길은 모든 것들이 새로운 도전으로 다가왔다.

로스앤젤레스에서 장거리를 달려 계곡으로 접어들자 드디어 온도는 화씨로 100도를 넘고 110도 120도로 치솟아 갔다. 언덕을 오를 때나 온도가 115도를 넘으면 에어컨을 껐다가 참을 수 없으면 다시 키면서 가야 했다. 중간에 휴게소에 들러 잠시 쉬며 기름을 주유하였다. 데스밸리 안으로 다가갈수록 펼쳐지는 모습들은 전혀 가공되지 않은 자연 속에 숨어 있는 신비로움을 일깨워 주었다. 긴장을 늦추지 않고 세 시간 이상을 달리다가 우리는 어느새 숙소가 있는 곳에 도착한 것이다. 나의 예상으로는 대략 70퍼센트가 되는 지점에 데스밸리가 있었다. 그랬다. 그것은 일행이 엄청난 각오와 준비로 실제의 데스밸리보다도 더 많은 채비를 했던 까닭이었다. 그렇게 우리는 생각보다도 쉽게 데스밸리에 도착한 것이었다.

그러나, 차에서 내리자 127도를 웃도는 고온과 강렬한 햇살로 양쪽 귀는 따귀를 서너 차례씩 맞은 것처럼 먹먹하였다. 머리 위에는 쌀 한 가마를 얹어놓

모래 언덕

은 듯 무게가 실려 왔다. 정신이 없고 숨은 가쁘고 발은 휘청거렸다. 사방을 둘러보다가 급히 부근에 있는 마트로 달려 들어가 몸을 숨겨야 했다. 다행히 그곳은 관광객들을 맞이하기 위한 시설이 있었고 냉방이 되어 견딜 수가 있었다. 그런데도 나중에 알고 보니 외국인들은 이곳으로 관광버스를 동원하여 수십 명씩 관광하러 몰려오고 있었다. 그들은 그만큼 더위에도 강했다.

모래 언덕(Sand Dune)과 스카티캐슬(Scotty's Castle), 밤하늘의 수많은 별들, 거리와 방향에 따라서 모양과 색깔을 달리하는 암벽들, 배드워터(Bad Water), 솔트크리크(Salt Creek), 지브라 캐니언(Zebra Canyon) 등등 바라보면 볼수록 그것들은 다양한 모습으로 다가왔다. 한줄기의 깊은 계곡이겠거니 하고 찾아온 나에게 데스밸리는 너무 넓고 광대한 자연으로 펼쳐지며 살아 숨 쉬고 있었다. 그것들 하나하나를 살피며 감상하는 일은 실로 감동스러운 것이었다. 시인협회 회원 중에 한 사람은 데스밸리를 무려 50여 회나 왔다 갔다는데, 그는 이곳에 올 때마다 매번 다른 모습들에 감동을 느꼈다고 했다.

모래 언덕(Sand Dune)을 향해서 다가갈수록 불 바람에 밀려 발을 휘감으며 미끄러져 움직이는 모래들은 실로 신비감과 함께 두려움을 느끼게도 하였다. 그

데스밸리

렇게 하여 데스밸리 한가운데 자리하는 모래 언덕은 수시로 모습을 바꾸고 태양 빛의 각도에 따라서 다른 모습을 연출하며 매일 새롭게 태어나는 것이었다. 더 다가갈 수 없는 곳에서 모래 언덕은 알몸인 채로 허리와 둔부의 곡선을 드러내며 요염함과 신비감을 안고 거기에 그렇게 누워 있었다. 돌아와 차의 문을 열자 차 안의 온도는 화씨 135도였다. 나중에 안 사실이지만 차 안은 밖의 온도보다 10도 가량이 높으니 실제 온도는 125도(섭씨 52도) 정도였다는 것이다.

재미한국학교 북가주교사협의회 특강

재미한국학교 북가주교사협의회가 주최한 백일장 심사와 교사집중연수회 특강에 참여한 시간도 소중한 것이었다. 백일장에서는 한인 학생들의 한국어 실력을 보았고 앞으로 이들을 위한 한국어 교육의 방향도 가늠해 볼 수 있었다. 내가 한국학교 교사 100여 명을 대상으로 실시한 특강에서 받은 인상은 대단히 강한 것이었다. 한인 2세들의 글쓰기에 필요한 상상력과 그 실제 훈련 과정을 제시하니 모두 좋아하였다. 그들은 나의 강의에 진지한 자세로 귀를 기울이며 함께 모색하려는 자세로 다가왔다. 많은 교사들은 2세들에게 한국과 한국문화를 일깨우기 위해서 희생적으로 노력하고 있었다. 북가주교사협의회 회장은 이들에게 동지라는 칭호를 사용했는데, 내가 이들의 활동을 독립운동이라고 표현한 것과도 같은 맥락이었다.

　재미한국학교의 교육 활동은 실로 눈물겹고 감동스러운 것이었다. 각 지역마다 교회나 별도의 공간을 활용하여 토요일이나 주말의 시간을 이용하여 펼쳐지는 한국학교 활동은 그 자체만으로도 의미가 있는 것이라 생각했다. 이를 통해서 2세들이 한국인의 정체성을 찾고 한국 역사와 문화를 익힐 수 있었던 것이다. 한국학교에서 펼쳐지는 여러 강좌들은 이민 사회 속에서 2세들이 한국인으로서의 성장을 확실히 돕고 있었다.

　7월 22일~24일에는 재미한국학교협의회가 주최하여 열린 제28회 한국학 국제 교육학술대회가 있었다. 전 미국에 퍼져 있는 한국학교 교사들이 한데 모여서 한국학교 교육을 위한 방법을 모색하기 위한 모임으로 매년마다 실시하는데, 2010년에는 시애틀에서 이루어졌다. 일명 NAKS(The National

교사집중연수회 특강을 마치고

Association for Korean Schools)라고도 하는데, 그 주제는 '한국어 한국문화의 세계화와 한국학교 교사의 전문성 향상'이었다. 다양한 특강들이 실시되었는데 올해는 이어령 교수가 참석하여 커다란 호응을 얻었고, 울란바토르 대학의 한국인 총장도 참석하여 특강을 했다. 그리고 이 행사가 2011년에는 샌프란시스코에서 실시된다고 하였다.

미국 사회에서 한국인으로서의 정체성을 올곧게 키워내는 일은 중요한 만큼 그리 쉬운 일이 아닌 듯했다. 그러기에 2세들이 한국학교 활동을 중심으로 성장해 가는 모습은 대단히 감동스러운 것이었다. 최근에 북가주교사협의회에서는 회장을 중심으로 한국어, 한국문화와 역사를 가르치기 위한 교재 두 권을 개발하여 한국학교 교육에 새로운 전기가 마련될 것으로 큰 기대를 모으고 있었다.

한국으로 돌아갈 준비를 하면서 하나하나 짐을 정리하고 자료를 살피니 나에게는 너무나 많은 일들이 있었다. 그러기에 나의 연구년은 이제 한국으로 돌아가서야 본격적으로 새로 시작되어야 할지도 모르겠다. 이곳에서 경험하고 새롭게 전개했던 생각들을 정리하고 펼쳐내기 위해서, 내가 프리웨이를 빠른 속력으로 달리면서 떠올렸던 많은 단상들을 하나하나 다듬어 새로운 아이디어로 만들어내기 위해서, 나에게는 또 다른 시간이 필요하기 때문이었다. 앞으로 이러한 생각들은 〈김완하의 버클리 통신〉에 모여서 하나의 완성을 이룰 것이다. 그렇게 나의 삶에서 UC 버클리의 1년은 새로운 생의 한 출발선이 되어 줄 것이다. 그렇게 하기 위해서 나는 앞으로도 버클리를 자주 찾아오리라는 생각을 다져보았다. 그리고 다음 번의 연구년도 이곳으로 오리라고 다짐하였다. 이 여름이 지나가면 우기가 오고 저 금빛 구릉에도 푸른빛들이 감돌기 시작하는 가을이 오고, 그 푸른빛으로 겨울을 넘어 버클리의 새로운 시간은 짙게 펼쳐질 것이다. 그래, 이제 아쉬워도 나는 저 금빛의 마운틴 디아블로와 잠시 작별을 고해야 했다.

(『문학사상』 2010. 9.)

두 개의 여름 사이

"며칠 동안 밤잠을 설치며 지내다가 늦장마로 이어지기도 하였지만, 밤이면 서너 차례씩 잠을 깨어 설치며 창밖에 서서 우리 가족이 머물던 월넛크리크 하늘을 가득 메우던 별들을 생각했습니다."

우리 가족은 2010년 8월 7일에 인천공항에 무사히 도착했다. 토요일 오후 5

LA의 폴게티 뮤지엄에서(2010. 7.)

페블비치에서 가족사진(2009. 11.)

시였다. 샌프란시스코에서 오후 2시경에 출발하여 계속 서쪽으로 비행하며 창밖을 내다보니 한국에 오기까지 밝은 대낮이었다. 한국으로 오는 시간은 무려 11시간 가량이 소요되었는데도 창밖으로는 마냥 환한 낮이 펼쳐질 뿐이었다. 그러니 심리적으로는 오후 2시에 출발하여 오후 5시에 도착하고 하루를 자고 나면 일요일이어서 하루를 더 쉬고 나서 월요일의 한국 일정에 따라갈 수가 있게 되는 것이었다. 나는 창밖으로 펼쳐지는 11시간의 한낮을 경험하면서 생텍쥐베리의 『야간비행』을 생각했다. 만일 반대편으로 날아간다면 밤 속으로만 질주할 수도 있겠구나 하는 생각이 다가왔기 때문이다.

한국으로 오면서 비행기 아래로 펼쳐지는 여러 가지 풍경들을 내려다보았다. 한동안은 짙은 구름 속을 벗어나지 못하다가, 어느 곳에서는 맑은 햇빛 속으로 날면서 아래로 짙푸른 하늘이 펼쳐지기도 하였다. 그곳으로는 점점이 구름도 떠 있었기에 아래가 머리 위 하늘인 것처럼 착각을 일으키기도 하였다. 비행 조종사가 때로는 바다로 추락하는 원인이 바다가 하늘이라는 착각에서 비

재미시인협회 초청 기념(2010. 7.)

롯된다는 것이 이해될 것 같기도 했다. 일본을 지나면서는 후지산인 듯 흰 눈이 쌓인 우뚝한 산도 보였다. 한국 땅에는 넓은 논에 파랗게 자라는 벼들이 내려다 보여 정감 있게 다가왔다.

드디어, 육중한 아시아나 항공기의 동체가 활주로를 '쿵' 하고 울리면서 인천공항에 내릴 때는 이제 한국에 돌아왔구나 하는 안도감과 함께 설렘도 일었다. 그러나 기체 밖으로 막 발을 내딛는 순간, 아뿔싸 한국 여름의 그 습하고 후끈한 기후가 달려와 제일 먼저 깊은 포옹을 했다.

며칠 동안 밤잠을 설치며 지내다가 늦장마로 이어지기도 하였지만, 밤이면 서너 차례씩 잠을 깨어 설치며 창밖에 서서 우리 가족이 머물던 월넛크리크 (Walnut creek) 하늘을 가득 메우던 별들을 생각했다. 그러다 보면 정말 버클리의 쿨하고 산뜻한 여름 날씨가 너무나도 그리웠다.

버클리에서는 참으로 즐겁고도 활력이 넘치는 시간들을 보냈다. 이제 버클

방문학자 가족들과 함께(2010. 5.)

리는 나에게 연구년으로 머물던 단지 1년의 체류지가 아니다. 나에게 버클리는 그 이상이 되었다. 아니, 내가 다시 새롭게 태어난 곳이기도 하였다. 나의 버클리는 내 생에 있어 새로운 전기가 되는 상징이다. 봄이 오면 푸른빛으로 살아나서 힐(Hill)을 굴리며 가는 잔잔한 바람, 노오란 작은 꽃들을 사정없이 쏟아내며 봄을 깔아놓는 햇살, 나무와 풀들이 지천으로 풀어내는 평화롭고 아늑한 푸른 빛깔들. 돌아보니 그곳의 자연 속에서는 작은 것 하나도 아쉽고 소중하지 않은 것이 없었다.

UC 버클리로 가는 프리웨이, 캘리포니아 24 이스트를 달리다 보면 그 속도감으로 많은 생각들이 솟아오르곤 했다. 한국보다 10~20킬로가 빠른 길을 달리며 무한정으로 솟아나던 생각들. 그 순간 무엇보다 속도가 상상력과 사유를 낳는 게 아닌가 생각해 보았다. 한국보다 빠른 흐름 속에서 갑자기 상상력이 솟구치고 새로운 아이디어가 분출해 급히 펜을 잡기도 했는데, 그 빠른 속력

폴게티 뮤지엄(2010. 7.)

으로 글씨를 쓰기는 대단히 힘이 들었다.

하루에 한 번씩 오가던 마운틴 디아블로는 조금만 방향과 거리(Distance)를 달리해도 그 모습이 새롭게 태어나곤 하였다. 오히려 멀리서 바라볼 때 더 높아 보이는 것이 그 산의 특색이었다. 그것은 가까이 다가가면 갈수록 더 낮아지는 것으로, 우리 생을 비유적으로 돌아보게 했다. 아직도 그곳에는 여우가 살고 있었고, 곳곳마다 희귀한 풀들도 어우러져 자라고 있었다.

알래스카에 가서 맞이했던 백야는 아직도 밤마다 깊은 잠을 들지 못하게 하고 있었다. 내가 거기에 갔을 때 그곳은 너무나 어둠이 귀한 때였다. 꼬박 밤을 새워도 그리움은 바닥이 나지 않았다. 그곳에서는 어둠만큼 잠을 자야 했기에 밤이면 두꺼운 커튼에 의지해야 했다. 그 어둠의 결핍 속에서 나는 그 반대편에 빛의 결핍을 생각해보았다.

밤이면 시에 대한 많은 생각들이 찾아왔다. UC 버클리의 전통과 권위와 엄격

알래스카 자연사박물관(2010. 6.)

한 질서 속에서 한국의 대학들을 바라보면서 우리 대학이 나아갈 방향을 가늠해 보기도 하였다. 앞으로 우리 시가 나아갈 길과 새로운 방향이 무엇일까도 곰곰이 새겨 보았다. 한국의 양적으로 풍부해 보이는 문학적 환경이 정작 가치 있는 것인가, 또 그 안에서 새로운 것은 무엇일까도 거듭 짚어 보았다.

내가 1년 동안 비워두었던 연구실에 도착한 우편물과 책들은 실로 엄청난 양이었다. 그것들은 나의 부탁대로 뜯기지 않은 채 도착할 당시의 모습 그대로 책상 위에 쌓여 있었다. 그것은 내가 마음 먹고 날을 잡아서 정리해야만 하는 양이었다. 그런데 그 많은 책을 한꺼번에 꽂아놓을 수 있는 곳이 없었다. 그러니 고심해서 기존에 책들을 버려야 하는 상황이었다. 무엇을 버릴까 고심하다가 가장 먼저 동인지, 사화집을 버렸다. 다음으로는 어느 지역 이름이 붙은 책들이 버려졌다. 그리고 여러 권의 시집도 함께 버릴 수밖에 없었다.

나는 책을 정리하면서 다시 돌아보았다. 많은 책들이 공해가 되고 있다는 생각이 들기도 했다. 그래서 내가 쓰고 있는 글들은 과연 얼마나 가치가 있을까 속으로 물어보았다. 앞으로는 한 권의 책이 도착하면 그 즉시 책꽂이의 책 한 권을 빼내고 그곳에 꽂아야 할 것 같았다. 그러기에 어떤 경우는 꽂히지 못하고 버려지는 책도 있을 것이라고 생각했다.

다시 한 학기의 시간들이 삽시간에 몰려오고 있었다. 헤어졌던 제자들은 반갑게 인사를 하고 내게 안부를 물었다. 대학에 가득 찬 학생들의 발걸음 속에서 UC 버클리에서 학생들이 보여주었던 모습들을 찾고 있었다. 그 활력으로 일 년 만의 새 학기 강의를 펼쳐가고자 하였다.

(『문학사상』 2010. 10.)

3부

미주문학의 현장

버클리문학

버클리문학강좌(2010. 2. 8. 한식당 〈수라〉)

버클리문학의 태동

나는 2009년 12월, 북가주에서 오래 글을 써온 몇 명의 문인들과 만났다. 이들은 김희봉 수필가를 비롯해 강학희, 유봉희, 정은숙 시인이었다. 이들 문인들은 15여 년 전, 샌프란시스코 문학의 창간에도 열정적으로 참여하였고, LA와 시카고에 거점을 둔 미주문학과 국제펜클럽, 미주수필협회 등과도 교류하며 오랫동안 이민문학의 활성화를 위해 노력해 온 교포문인들이었다.

시인 유봉희는 2002년 『문학과창작』 신인상으로 등단, 『소금 화석』과 『잠깐 시간의 발을 보았다』 등 3권의 시집을 펴냈다. 시인 강학희는 2003년 『순수문학』으로 등단하고 2010년에는 『시와정신』 신인상을 받았다. 시집으로 『오늘도 알맞게 떠 있다』가 있다. 정은숙은 2001년 『문예운동』으로 등단, 시집 『당신의 빛, 그 투명함으로』를 발간했다. 그리고 수필가 김희봉은 1997년 『현대수필』 신인상으로 등단하고, 2011년 『시와정신』에 포에세이로 추천되었다. 그는 1995년 이래 지난 17년 동안, 샌프란시스코 《한국일보》에 〈환경과 삶〉이라는 고정칼럼을 연재하고 있었다.

나는 그동안 버클리에서의 생활을 돌아보면서 이렇게 심경을 피력하였다. "버클리에 와서 이곳에 있는 문인들을 만나며 이제는 미국에 있는 문인들도 한국과의 거리와 시차를 극복하고 한국문학과 더불어 하나의 장에서 활동하면 좋겠다고 생각해 보았습니다. 어쩌면 그것이 진정한 글로벌 시대의 한국문학이 나아갈 길이라고 여겨집니다."

이렇게 하여 나를 포함하여 다섯 사람이 발기인이 되어 『버클리문학』을 펼치기로 하였다. 버클리를 중심으로 샌프란시스코 베이지역에서 모국어로 글을 쓰는 이민문학인들과 버클리대학에서 연구년을 보내기 위해 한국에서 온 교수

버클리문학이 태동한 〈수라〉 한식당

나 문인들과의 연대가 주목적이 될 것을 확인했다. 그리고 『버클리문학』이란 명칭도 버클리를 거점으로 두 문화권의 교류를 강조하는 문학협회의 성격을 잘 나타낸 명칭으로 모두 찬성하였다. 구체적인 첫 활동으로 2010년 1월부터 격주로 월요일 오후 4시에, 오클랜드에 있는 한식당 〈수라〉 특실에서 버클리문학강좌를 열기로 했다.

제1회 문학강좌에는 버클리, 샌프란시스코, 오클랜드 그리고 인근 산호세 문인들과 문학동호인 25명이 참석하였다. 그들은 강학희, 김경년, 김복숙, 김성철, 김정수, 김현덕, 김로이스, 김희봉, 남상신, 송인섭, 유봉희, 윤영숙, 이동휘, 이종혁, 정은숙, 정철은, 주대식, 최은환, 최명숙, 하종순, 홍인숙, 양주석, 이용해 등이었다.

제1회 버클리문학강좌

나는 2010년 제1회 강좌의 테마를 "시와 시정신은 무엇인가?"로 삼았다. 그리고 "시정신은 모든 사물을 사랑과 생명의 가치로 바라보며 교감하는 정신이요, 21세기의 도구적 세계관에 맞서 싸울 수 있는 백신이다. 그러므로 시정신은 곧 세계관이다."라고 정의했다.

무엇보다도 창작에는 상상력이 중요하다며 그 필요성을 강조하여 상상력을 확장시키는 방법을 구체적으로 강의하였다. 그리고 시와 시정신을 "시인의 꿈과 상상력"이라는 강의를 통해 부연 설명하였다. 결과적으로 시의 생명력은 상상력이라고 다음과 같이 요약하였다.

시인들은 삶의 고통과 시적 창조의 고통을 동시에 짐 지고 살아가게 된다. 그러나 시인들은 오히려 불행한 현실 위에서도 그것을 딛고, 더욱 빛나는 언어의 광채를 보여주어야 한다. 진정한 역설의 의미와 예술적 승화의 가치가 바로 그것이다. 그리하여 시인들은 혼미한 삶, 전망이 부재하는 시대, 가치가 전도된

버클리문학강좌 1차 종강(2010. 4. 19. 수라)

세계 속에서도 꿈을 꿀 수 있는 것이다.

그리고 시인들의 역할과 시정신을 다음과 같이 밝혀 주었다.

시인들은 미래에 대한 전망이 부재하는 불확정성의 시대, 인간에 대한 신뢰가 극도로 상실되어 가는 세계 속에서도 새로운 가치를 추구하며 꿈의 세계를 펼쳐 보인다. 그들은 이미 상투화, 자동화, 일상화된 자아와 세계 사이에 시정신을 주입시켜 낡고 분열된 세계를 새롭게 정립시킨다. 그들은 모순된 상황을 해체시키고, 갈고 닦은 언어를 통해 새로운 이미지의 공간을 창조해 낸다. 이는 곧 혼돈과 무질서한 현실에 발을 딛고 사는 인간들의 생명을 지켜내는 참다운 일이면서, 동시에 그 생명이 생명답게 발휘될 수 있도록 꿈의 세계를 그려 보여주는 일이라 할 수 있다. 시정신, 그것을 간직하는 것만으로도 우리 삶은 얼마든지 가치 있고 새로워질 수 있는 것이다.

제15회 『시와정신』 신인상 시상식

2010년 5월 8일, 제15회 『시와정신』 신인상 시상식이 샌프란시스코 《한국일보》 커뮤니티홀에서 열렸다. 수상자는 강학희(「밥통」 외 4편), 신영목(「새해」 외 4편), 최광운(「연실을 꿈꾸며」 외 4편) 등 세 사람이었다. 이들은 모두 미국의 가주에 거주하는 이민자들이었다. 『시와정신』 2010년 봄호 머리말에는, "한국문학의 다변화와 외연의 확장"이라는 내용을 다음과 같이 썼다.

미국 내의 한국 문인들이 좀 더 넓은 차원에서 한국문학 활동의 장으로 편입되었으면 하는 바람이다. 미국의 문인들은 너무 한국문학으로부터 소외되어 있다. 물론 미국은 한국에서 대단히 먼 곳이다. 그러나 이제 세계는 글로벌 지구촌으로 물리적인 거리를 넘어서고 있다. 이러한 시대에조차 미국은 한국 문단으로부터 변방으로 취급받고 있는 것이다.

한국에는 포화상태인 많은 문예지의 지면들도 미국의 문인들에게는 철저히 그 문호가 닫혀 있는 것이 사실이다. 한국에는 지금 지역에도 문예지들이 자리잡고 문학 발전을 이끌고 있다. 그런 점에서 많은 지면을 미국의 문인들에게도 적극적으로 개방하고 작품활동 기회를 부여했으면 한다. 그렇게 하여 미국에 있는 한국문학이 활성화를 꾀하여 한국에 있는 한국문학을 밖으로 끌어내 세계 속으로 밀고 가게 하는 역할을 모색하는 것이 필요하다고 생각한다. 그 노력의 일환으로 이번 봄호 『시와정신』에서는 〈미국 서부문학 특집〉을 마련한다.

신인상 시상식에서는 때마침 미국을 방문 중인 나태주 시인이 참석하여 "국경을 넘어 피어나는 모국어의 꽃"이라는 강연과 함께 시낭송으로 「사랑이여 조그만 사랑이여」를 선사했다.

가보지 못한 골목들을
그리워하며 산다.
알지 못한 꽃밭,
꽃밭의 예쁜 꽃들을

꿈꾸면서 산다.
세상 어디엔가
우리가 아직 가보지 못한 골목길과
우리가 아직 알지 못하던 꽃밭이
숨어 있다는 것은
그것만으로도 얼마나
희망적인 일이겠지!
만나지 못했던 사람들을
만나기 위해서 산다.
세상 어디엔가
우리가 아직 만나지 못한 사람들이
살고 있다는 것은
그것만으로도 얼마나
가슴 두근거려지는 일이겠니

그리고 이어서 강학희 시인은 신인상 당선작 「밥통」으로 화답했다.

밥은 먹었니?
늘 우리의 밥이신 엄마,

수저로 먹여주시고
수저를 쥐어주시고
수저를 넣어주시며
늘 먹이는 것이 삶이셨던 한 생,
밥 대신 죽도 못 넘기시는 병실에서도
밥은 먹었니?
밥덩이에 목을 매신다.

밥이 되기까지
물은 얼마나 잦아들어야 하는지

2010년 『시와정신』 봄호에는 신인상 작품들과 함께 〈미국 서부문학 특집〉으로 다수의 북가주 문인들의 작품을 소개하였다.

시 : 유봉희(「나이테의 소리가 들리나요」 외 1편), 정은숙(「창을 열면」 외 1편), 오소미(「파도」 외 1편), 홍인숙(「아버지의 단장」 외 1편), 정 현(「겨울비」 외 1편), 김용철(「고원에 올라서서」 외 1편), 임문자(「사과나무와 시냇물과 저녁노을」 외 1편), 김경년(「나이테」 외 1편), 김복숙(「아침바다」 외 1편)

수필 : 이재상(「아버지의 부음」), 조만연(「인사동에서 한국을 잃다」), 김희봉(「여호수아 나무」)

김경년 교수 시집 출판기념회

2010년 6월 19일에는 김경년 교수의 첫시집, 『달팽이 그어 놓은 작은 점선』 출판기념회가 샌프란시스코 《중앙일보》 커뮤니티홀에서 열렸다. 김경년 교수는 버클리대 동아시아어문학과 한국어 교수로 오랫동안 재직해 오면서 2세 한국인들과 외국인들에게 한글을 강의해 왔다. 또한 번역가로서 『딕테』(차학경 원저), 윤동주 시전집, 고　은 시선집, 김승희 시선집 등을 번역했다. 출판기념회는 버클리문학협회 주최로 열렸고 내가 시집의 서평을 하였다. 나는 미국에 살면서 우리 언어를 지키는 것만도 쉽지 않은데, 언어 예술의 정수인 시를 쓰고 시집을 낸다는 것은 가장 큰 애국행위라고 칭찬하였다.

　버클리대학 방문학자로 이곳에 체류했던 고려대 문학평론가 고형진 교수도 시집에 붙인 해설에서 김경년의 시를 "동심의 언어로 인화된 흑백사진"으로 정의하였다. 그리고 그러한 예로 그녀의 시 「두껍아 두껍아」를 인용했다.

　두껍아, 두껍아
　헌 집 주께, 새 집 다구.

　두껍아, 두껍아
　헌 집 주께, 새 집 다구.

　왼 손 둘을 같이 포개고
　또닥또닥 바른 손으로는
　모래를 쥐어 한줌씩 또닥거린다.

　두껍아, 두껍아
　헌 집 주께, 새 집 다구.

　두껍아, 두껍아
　헌 집 주께, 새 집 다구.

　손목이 파묻혀
　안 보일 때까지
　모래가 판판하게 되면

살그머니 손을 움직여 본다.

모래 위에 금이 가지 않으면
손을 빼고 새 집이 됐다.

고형진 교수는 김경년의 시가 '자아의 정체성'에 대한 질문이라고 집약적으로
해석하고 있었다. 그 일부를 인용하면 다음과 같다.

거대한 이민족의 나라에서 살고 있는 현재의 자아와 그 자아 속에 잠복해
있는 본질적 자아 사이의 교감과 대화가 바로 그의 시의 자양분이라고 할 수
있다. 그 교류는 거의 본능적이고 직정적이다. 그리하여 그의 시는 어떤 기교
나 장식이 끼어들 겨를이 없다. 자아의 정체성을 찾아가는 시인의 탐색은 민
족의 울타리를 넘어 인간 존재의 근원에 대한 탐색으로까지 나아간다. 저 멀
리 이역 땅에서 쓰여진 그의 시는 세상의 때가 묻지 않은 순박한 동심의 언어
로 짜여져 있다.

김경년 교수 출판기념회(2010. 6. 19. 중앙일보 커뮤니티홀)

계속되는 버클리문학강좌

버클리문학강좌는 2010년 2월부터 내가 강좌를 시작했다. 매월 격주로 월요일마다 오클랜드 〈수라〉 식당에서 열린 강의에는 30여 명이 참여하여 높은 호응을 얻었다.

2011년 2월부터는 버클리 방문학자로 온 송기한 교수(대전대 국어국문학과)가 나의 후임으로 제2회 버클리문학강좌를 이었다. 송 교수는 시 이론과 현 시대의 철학강의 등을 통해서 시 세계가 더 폭넓고 철학성 있는 글을 쓰는 데 도움이 되었으면 좋겠다는 포부를 가지고 시작하였다.

1년 동안 격주로 열린 문학강좌에서는 다음과 같은 주제로 강의가 이루어졌다.

① 독립신문 시기에 나타난 근대의 의미, ② 근대성의 4형식으로서의 무정부주의 : 신채호론, ③ 민족과 근대성의 상관관계 : 김동환론, ④ 『화사』에 나타난 욕망의 근대적 성격 : 서정주론, ⑤ 일상성의 초월과 근대로의 여정 : 박목월론, ⑥ 유랑 의식에 나타난 근대에의 사유 : 조지훈론, ⑦ 후반기 동인과 근대성의 추구, ⑧ 근대에 나타난 사유의 여행―무의미에 이르는 것 : 김춘수론.

2012년 1월에는 김홍진 교수(한남대 문예창작과)가 버클리 방문학자로 1년간 거주하게 되었다. 김홍진 교수는 송기한 교수에 이어서 제3회 버클리문학강좌를 맡게 되었다. 전반기 3월~6월까지의 주제는 "우주적 교감과 존재론적 통찰"이었으며 강좌 내용은 다음과 같았다.

① 절제된 슬픔의 역사적 서정미학
② 메멘토 모리, 죽음을 살다 ― 윤의섭의 "노을의 호(弧)"
③ 성과 사랑 혹은 결혼과 출산 김승희, 「여인등신불 ― 세브란스병원 분만

실에서」

  ④ 길의 숨결과 함께 숨쉬기 – 김완하론

  ⑤ 동감, 절경에 이르는 형식 – 문인수의 『배꼽』

  ⑥ 빛이 산란한 씨알의 시학 – 손종호의 『새들의 현관』

  ⑦ 우주적 교감과 존재론적 통찰 – 손택수와 문태준

다양한 활동

2012년 여름(7~8월)에는 다음과 같이 버클리문학의 특별 행사들이 줄을 이어 열렸다.

- 고 이재상 님 유고집 『이제사 길을 찾았사오니』 출판기념회 후원
  2012년 5월 20일, 오클랜드 성 김대건 성당

- 이종혁 칼럼니스트 출판기념회 『우리가 사는 세상』, 『따로 또 같이』
  2012년 7월 8일, 샌프란시스코 한국일보사

- 『버클리문학』 특강 및 문학기행
  2012년 8월 6일(월), 수라 – 김완하 교수, 강은미, 채영규, 손원남 방문
  2012년 8월 11일(토), 유진 오닐 TAO 하우스 – 댄빌 역사박물관 탐방

- 유봉희 시집 『잠깐 시간의 발을 보았다』 출판기념회
  2012년 8월 11일(토) – 하종순 회원 댁, 월넛 크릭

2009년 12월 《버클리문학협회》가 창립된 이후, 버클리대학교 방문학자들이

이끌어 온 〈버클리문학강좌〉를 위시하여 회원들의 출판기념회 등 의미 있는 행
사들을 많이 펼쳤다.

버클리를 다시 찾아서

UC버클리 원경

샌프란시스코를 향해

2012년 연일 폭염이 이어지는 한국의 8월은 샌프란시스코를 향하는 나와
제자들의 발걸음을 재촉하였다. 제자들에게는 미국 캘리포니아 항구도시 샌
프란시스코. 산과 바다, 언덕, 안개로 대변되는 낭만적 풍광과 더불어 서부
개척의 호전성과 강인함에 대한 궁금증이 자리하고 있던 터였다. 그곳에는
우리 교민들이 많이 살고 있으며 그 중심에 문학에 대한 열정으로 하나된 버
클리문학이 태동하여 활동하고 있다는 소식을 제자들에게 전한 바, 그들에

게는 그 실체에 대한 호기심이 기대되는 이번 여행의 빅 이벤트였다.

한국 시간으로 8월 4일 오후 4시 30분, 나를 비롯해 채영규 목사, 손원남, 강은미 시인 등은 샌프란시스코로 향하는 비행기에 몸을 실었다. 10시간 30여 분의 긴 비행 끝에 다음날 8월 4일 오전 11시 47분(미국 현지시간) 샌프란시스코 공항에 도착하였다. 그곳에는 미리 연락을 받은 버클리문학 회장 김희봉 수필가와 한남대 김홍진 교수가 우리를 기다리고 있었다. 김희봉 회장은 환한 웃음으로 우리 일행을 맞이해 공항 내 모노레일로 안내하면서 다소 긴장되었던 우리의 피로를 풀어주었다. 모노레일을 타기 위해 공항문 밖으로 나서자 옷깃에 스치는 싸늘한 공기가 상큼했다. 영상 30도를 웃도는 서울의 공기와 너무 다른 한국의 초가을 같은 날씨에, 손원남 시인은 이처럼 선선한 날씨와 기온을 두고 여행 내내 "추석 쇠러 시골 가는 날의 기분"이라고 표현하여 일행의 공감과 웃음을 이끌었다.

베이 브리지를 통과하여 오클랜드의 버클리문학 회원 정은숙 시인이 운영하는 한식당 〈수라〉에 도착하였다. 그곳에서 진수성찬으로 점심을 먹고 숙소로 향하였다. 콘도를 내어 주기로 하였다는 이종혁 선생은 바쁜 일정 가운데 귀한 시간을 내서 직접 우리를 숙소로 안내하였다. 오클랜드 숙소에 도착해 우리들의 환호가 이구동성으로 터져나왔다. 콘도라기에 흔히 연상되는 해변가 조그마한 모텔 수준의 숙소로 예상했으나, '레이크 메릿' 호숫가 22층에 위치한 특급 호텔을 무색케하는 너무나 황홀한 거처였다. 고마움과 황송함에 몸둘 바 모를 지경이었다.

짐을 풀고 잠시 쉰 뒤에 정은숙 시인이 안내하는 샌프란시스코 시내의 이탈리아 식당에서 저녁 식사를 하였다. 정은숙 시인의 배려로 이탈리아 음식을 맛있게 음미하고 일어서는데, 빗방울이 한두 방울 떨어지기 시작했다. 정은숙 시인의 말대로라면, 이곳 샌프란시스코에 온 30년 이래로 8월에 처음으로 비를 맞아본다고 했다. 우리의 여행은 그렇게 우연처럼, 행운처럼 시작되었다.

버클리문학과 만남

다음날 주변을 돌아보며 제자들은 서먹함, 긴장감을 푸느라 정신이 없었다. 다소 여유를 갖게 된 셋째 날(8월 6일), 버클리문학 회원들과의 만남이 예정되어 있었다. 내가 버클리문학회에 대하여 설명하여 알고는 있었지만, 실감이 나지 않는 터라 과연 어떤 분들일까, 제자들이 준비해 온 이야기가 그들에게 잘 전달될까, 약속 시간이 다가올수록 긴장이 맴돌았다. 약속시간인 월요일 오후 6시, 코리안 타임은 없었다. 김희봉 회장, 강학희 총무, 이종혁 선생 부부, 남상신 회원, 김종훈 회원, 정은숙 회원, 김경년 회원, 유봉희 회원, 안젤라 회원 등이 함께하였다. 너무나 풍성한 수라상을 받고, 기념 사진을 찍고 나서 〈버클리문학 특별강좌〉의 시간이 이어졌다.

제자들의 특강 순서는 강은미 시인의 "현대시조의 경향과 창작과정", 채영규 목사의 "나의 영성, 나의 어머니"라는 주제, 손원남 시인의 "다문화시대로 가는 한국사회"에 대한 소개 시간으로 이어졌다. 버클리문학 특별강좌의 마무리는 내가 맡아서 "한국문학 속의 버클리문학"이라는 제목으로 지금까지 걸어온 버클리문학이 한발 더 나아가기 위한 전망을 함께 모색해 보는 시간이었

버클리 문인들과 함께

다. 고국에서 온 소식에 나이를 잊은 듯한 눈빛으로 이러저러한 궁금증에 들뜬 버클리문학 회원들의 상기된 얼굴을 보면서 벅차오르는 감회에 젖을 수가 있었다. 그것은 채영규 목사가 태극기를 나눠 주면서 더욱 정점에 이르렀고, 우리가 지금 어디에 있는 것인지, 누가 고국을 떠나온 것인지 알 수 없는 동지애를 느낄 수 있는 시간이었다. 그 여세를 몰아 한국 축구에 기운을 부어줬을까. 마침 영국에서 열린 올림픽에서 한국 축구가 4강에 올랐다는 소식이 그 이튿날 달려왔다.

제자들은 회원들과 직접 만나며 버클리문학의 출발과 역사에 대해 들을 수 있었다. 그 역사의 중심에는 머나먼 타국에 와서 언어의 장벽, 인종에 대한 차별, 고향과 가족을 떠나온 외로움, 현실적 생활고에 맞서 싸우며 마침내 미지의 세계를 개척해 성공적인 삶을 일궈 낸 버클리문학회 회원들이 있었다. 그들의 가슴에는 한결같이 모국어에 대한 사랑과 문학에 대한 열정이 넘치고 있었다. 하지만 마른땅의 씨앗처럼 스스로 고개를 들기에는 역부족이라는 것을 절감하던 즈음, 버클리문학 회원들은 오랜 가뭄 끝에 단비가 내리듯 버클리문학 강좌를 만나게 되었다고 했다.

2009년 8월에 내가 버클리대로 연구년을 오면서 그 만남이 시작되었고,

유진 오닐의 기념관에서

2010년 1월부터 6개월 동안 격주에 한 번씩 문학강좌가 열렸다. 그것이 버클리문학 회원들에게는 문학에 대한 열정을 다시금 불사르게 하는 충분한 계기가 되었다고 했다. 2주일마다 열리는 특강 시간이 그들에게는 모국어를 마음껏 사용할 수 있는 안방 같은 역할을 해 주었다고 했다. "마치 어머니의 품 안에 있는 듯 편안함과 행복함은 말로 표현할 수 없었다"는 회원의 말 속에 이들이 얼마나 모국어에 애타는 향수를 가지고 있었는지 짐작할 수 있었다. 그렇게 그들의 모국어는 트였고, 30여 년 가슴 속에 묻어 두었던 이국에서 끝없는 자기와의 싸움으로, 먹어도 먹어도 허기진 것 같던 그 어떤 근원적인 결핍을 문학으로 풀어내기 시작했던 것이다.

나는 몇 차례 '공간의 크기가 의식의 크기를 좌우한다'고 강조하였다. 이들이 모국으로부터 떨어져 나온 거리만큼 그들에게는 그리움도 컸을 것이라 생각해 보았다. 또한 그리움의 분량만큼 문학의 그릇도 클 것이라는 것을 어렵지 않게 예측할 수 있었다.

제자들은 버클리문학 회원들과의 첫 만남에서 거리 또는 공간이 갖는 의미,

유진 오닐의 타오하우스

그것이 인간의 정서와 의식에 어떻게 관여하는지에 대한 궁금증과 더불어, 문학이라는 것이 그 모두를 담아낼 수 있는 가장 큰 그릇이라는 것을 확인했다고 하였다. 한국에서 글을 쓰는 시인이나 샌프란시스코에서 시를 쓰는 시인은 같은 언어를 쓴다는 것으로, 같은 어머니의 피를 물려받은 것처럼 공통의 정서를 갖고 있는 것이다. 그런 점에서 버클리문학은 어디에 소재하는가의 문제가 아니라 어떤 정서를 어떻게 노래하는가 하는 것일 터였다. 이 점에 대해 나는 "버클리문학은 한국문학입니다. 이제는 한국문학 속의 버클리문학을 얘기해야 합니다."라고 분명히 말했다. 버클리문학은 모국을 떠나온 이민자들만의 문학이 아니라는 것이었다.

내가 이야기한 또 하나의 핵심은 "이제는 버클리문학이 한국문학에 대한 수동적 입장에서 능동적 입장으로 전환하여 한국문학의 발전에 기여해야 할 때"라는 것이다. 지금까지의 버클리문학이 이민자로서의 고통과 외로움, 결핍을 호소하는 글쓰기에 머물렀다면 이제부터는 한걸음 박차고 나아가 한국문학의 발전에도 더 적극적으로 기여해야 한다고 말했다. 버클리문학은 이제부터 자기 안에 머무르거나 자기 안위적인 글이 아닌 자기 부정과 극복을 통해서 새로운 세계로 창조적인 진입을 시도할 필요가 있다는 것이다. 이는 단순히 버클리문학에 한정된 것이라기보다 글을 쓰는 사람이면 누구나 새겨들어야 할 내용이었다. 문학의 존재 이유는 자기 탐색과 부정과 극복을 통한 끊임없는 자기 창조, 그것이 아닐 수 없는 까닭이다.

『버클리문학』의 창간 제안

나는 버클리문학 회원들과의 만남이 익어갈 즈음 『버클리문학』 창간호를 만들어 보면 어떻겠는가 하는 논의로 이어갔다. 회원들의 충만한 의기투합과 문예지 『시와정신』 편집위원들의 도움으로 일단 시도해 보자고 의견을 모았다.

"이게 일이 너무 쉽게 풀리는 것 같아 갑자기 눈이 번쩍 뜨인다."는 이종혁 선생의 말처럼 『버클리문학』 창간호를 세상에 내놓기로 일순간 뜻을 모았다. 나의 긍정적인 전망을 제시하여 의지를 모으는 데 적중했던 것이었다.

《버클리문학협회》가 3년째 글로벌 문학을 지향하며 어떤 모습으로 발전할 것인지 모색하고 새로운 비전을 정립할 때가 되었다. 재미문학, 이민문학의 중심으로서 거점화와 초점화를 위하여 《버클리문학협회》와 한국의 『시와정신』이 협조하여 『버클리문학』을 창간하자는 취지였다.

『버클리문학』의 창간 목적은 ① 글로벌 시대를 바라보며 한국문학과 이민문학의 적극적인 교류 및 가교 역할, ② 버클리대학 방문학자와 대산 문화재단 버클리 레지던스에 참여한 한국 문인들과 버클리지역 교포 문인들과의 문학적 교류, ③ 교포 문인들의 작품 발표의 장을 넓히는 데 두자고 하였다.

나는 이제 재미문학도 한국문학에 대한 수동적인 입장에서 벗어나 더 적극적이고 능동적인 자세로 전환할 때가 되었다고 강조하였다. 미국에서 살아간다는 현실이 갖는 특수성을 더욱 강화해 나감으로써 한국문학이 놓인 한계를 벗어날 방법을 모색할 때가 되었다는 판단이었다.

그런 의미에서 《버클리문학협회》는 모국어로 글을 쓰는 버클리의 문인들, 버클리대학 동아시아 프로그램에 참여하는 한국의 유능한 인적자원, 버클리와 샌프란시스코 지역의 학문적·예술적 중심지로서의 특수성을 살려 세계 속의 새로운 한국문학 모델로 발전해 갈 가능성이 있다는 점에 큰 공감대를 형성하였다.

아, 버클리문학! 이제 번듯한 그 이름을 이 세상에 내놓게 되는 걸음마를 시작하는 것일까. 그 이름으로 모아지는 문학적 역량이 한국문학 발전에도 부응하리라는 것을 믿으며 우리는 앞으로의 활약을 기대하며 큰 박수로 마무리하였다.

유봉희 시인 출판기념회

8월 11일에는 버클리문학 회원들과 제자들이 함께 유진 오닐의 타오하우스를 둘러보고 디아블로 마운틴을 오른 후, 저녁에는 버클리문학 회원 유봉희 시인의 출판기념회에 참석하였다. 어쩌면 이번 여행의 하이라이트라고도 말할 수 있을 것이었다. 또한 버클리 문인들의 출판기념회를 제자들과 함께 경험할 수 있기에 기대가 되었다.

유봉희 시인의 출판기념회는 하종순 시인 댁에서 열렸다. 집주인 하종순 시인이 장소를 제공함은 물론 많은 음식을 준비하였고, 찾아오는 지인들도 한 가지씩 음식을 준비하여 풍성한 저녁 만찬을 마련하였다.

유봉희 시인의 3시집 출간을 축하하는 자리에는 회원과 가족들이 참석하여 성황을 이루었다. 시집에 수록된 작품 가운데는 「마중물」이란 시가 있다.

그대에게 드리고 싶은 것
예쁜 한 묶음 꽃도 아니고
새달 지근한 한 소절의 음악도 아닙니다

새벽 별 졸린 눈 아직 깜박일 때

출판기념회 축하 노래(합창)

유봉희 시인 출판기념회

발 적시며 차가운 숲을 지나
막 떠오르는 햇살에 새롭게 빛나는 이슬로
정갈한 물 한 그릇 담아 오렵니다
그래서 당신의 버거운 펌프질에
마중물 한 사발로 부어 드리고 싶습니다

온통 아픈 세상에 살면서
혼자만 아프지 않겠다면
참으로 죄짓는 일 같아서
그러하니 친구들이여
조금은 아프십시오
조금만 아프십시오
그리고 내일은
그대의 안부를 묻는 대신
지구별을 돌고도 남는다는 그대의 물길에
힘찬 소리를 들려주십시오

출판기념회는 김희봉 회장의 진행으로 두 시간 정도의 정말 따뜻하고 아름
다운 만남이었다. 버클리문학 회원인 김종훈 선생의 기타 연주로 '과수원길',
'스와니강', '연가' 등을 학창시절로 돌아간 듯 신이 나서 함께 불렀다. 각기

다른 음성이 빚어내는 하모니는 그 자체가 시라고 할 수도 있었다.

함께 어우러지며 마음을 여는 노래 시간을 마치고, 유봉희 시인의 시 가운데 함께 나누고 싶은 시를 낭독하는 시간을 가졌다. 세 번째 시집이라는 유봉희 시인의 이번 시집 제목은 『잠깐 시간의 발을 보았다』였다. 조용한 미소만 띄우는 유봉희 시인은 회원들이 한 편 한 편 낭송하는 시들에 짤막한 코멘트를 덧붙이기도 하였다.

그곳에 참여한 회원들은 30여 명이었다. 버클리문학과 인연을 맺은 분들이 대부분이었고, 유봉희 시인과 개인적으로 친분이 있는 사람도 몇이 있었다. 모두들 독특한 이력과 매력을 지니고 있었다. 김정수 한글사랑 회장 부부, 윤영숙 시인 부부, 김성철·김복숙 부부, 홍인숙 시인 부부 등 동반 참여자들도 꽤 많았다. 어느 한 분 빠짐없이 시를 낭독하는 깊은 시심을 읽을 수 있는 시간이었다. 또한 '눈으로 읽는 시가 귀로 듣는 시와 참 다르다'는 것을 실감하는 멋진 밤이기도 했다.

유봉희 시인의 출판기념회는 버클리문학 회원들의 깊은 배려와 정성, 끈끈한 인간애를 느낄 수 있어 정말 훈훈하였다. 그것은 아마도 이국 땅에 뿌리를 내리고 사는 이들만이 느끼는 한 형제 같은 애정일 수도 있고, 문학이라는 것이 맺어 준 동지애 같은 것이 아니었을까 생각해 보았다. 또한 한국문학이 싹을 틔우고 뿌리를 내리기에 악조건인 이국 땅에서 세 번째 시집을 냈다는 쾌거에 대한 축하와 존경의 의미였을 것이라고 짐작하였다. 유봉희 시인은 2002년에 등단해 이번이 세 번째 시집이니 시 창작으로는 매우 부지런한 행보라 할 수 있다. 적어도 3년에 한 권의 시집을 낸 셈인데, 지속적이고도 지칠 줄 모르는 창작태도에 큰 박수를 보냈다.

버클리문학 여행을 마치며

인천에서 샌프란시스코로 가고 오는 비행기 안의 시간을 빼면 8일간의 여

버클리문학 회원들과

행이었다. 제자들과 함께하는 미국 여행이라는 설렘으로 출발한 이번 일정은 '버클리문학'이라는, 태평양 너머에 그 지평을 확장하고 있는 한국문학의 현 주소를 확인하는 귀한 시간이었다. 한 제자가 여행 중에 자꾸 흥얼거리는 노래 한 소절이 있었다. "사막에 샘이 넘쳐 흐르리라. 사막에 꽃이 피어 향내 나리라~."였다. 이번 여행 기간 중 제자가 자꾸 이 노래를 흥얼거리는 것은 어떤 영감 혹은 계시 같은 것이 아니었을까. 마치 버클리문학이 사막에서 피어나는 꽃과 같다는 감동, 그 꽃을 피우기 위해서 하나같이 열정적으로 애정을 쏟는 회원들이 있다는 것, 또한 그 사막에 멀리서 물을 대는 호수가 있다는 것이 조화를 이루어 오늘의 버클리문학을 있게 한 것이 아닐까 하는 생각이 들었다.

이번 여행에는 감사할 일이 너무 많았다. 이종혁 선생은 숙소 제공만이 아니라 맛있는 저녁식사와 함께 미국의 역사, 미주이민 성공기, 독서운동에 이르는 귀한 내용까지 들려주었다. 특히 기억에 남은 것은 "아침 7시부터 독서모임을 했다"는 것이다. 책 읽기의 중요성을 누구보다 잘 알기에 바쁜 시간을 쪼개어 '상수리 독서클럽'을 만들어 꾸준히 책읽기 모임을 하고 있다고 하였다. "한 200권쯤 읽고 나니까 글을 써야겠다"는 생각이 들었다면서, 그렇게 해서 써낸 책이 『따로 또 같이』, 『우리가 사는 세상』이라는 두 권의 수필·칼럼 집이었다. 일흔을 넘긴 나이에도 일과 독서, 글쓰기로 건강한 삶을 일구고 있는 것에 큰 감명을 받았다.

버클리문학 김희봉 회장을 비롯해 강학희, 정은숙, 남상신, 김종훈, 그 외의 회원들에게도 감사의 말을 전하고 싶었다. "우리에게 글과 삶은 하나이다. 이민자의 삶 자체가 고통이며 아픔이다. 견디어내고 극복하고자 글을 쓴다."는 강학희 시인의 말이 기억에 남았다. "한국에 사는 사람보다 더 한국적이다. 우리는 1970년대 정서, 기억을 고스란히 간직하고 있다. 그때의 그 순수함으로 산다."며 수정 같은 눈을 동그랗게 뜨고 말하던 정은숙 시인의 깊은 눈빛이 생각났다. "글로 맺어진 인연은 아주 깊고 소중한 인연이라고 생각해요. 글 쓰는 사람은 누구보다 정열이 있어요. 저를 보세요. 11시만 넘으면 이렇게 되잖아요?" 와인 몇 잔으로 벌겋게 달아오른 김희봉 회장의 이 한마디가 주변의 모든 회원들을 큰 소리로 웃게 만들었다.

그렇다. 글로 맺어진 인연은 피로 맺여진 인연과는 또 다른 정신적 연대감이 있는 것이다. 그런 인연으로 태동한 버클리문학이기에 나날이 발전해 가면서 더욱 끈끈한 인연을 이어갈 것이라 믿었다. 지금은 태동하여 첫 걸음마를 떼는 시기이고, 좀 더 성숙한 단계로 나아가기 위해서 문학을 향한 거시적 포부를 잃지 말아야 할 것이다. 문학이 추구하는 바가 자기 위로나 치유 차원이 아닌, 예술적 승화를 통한 자기창조의 목표를 지니고 있다는 점, 그것이 바로 버클리문학이 앞으로 나아가야 할 방향이라고 생각하였다. 사실 이 말은 나를 향한 일침이기도 했다. 여독을 풀며 며칠 나태해진 나를 돌아보면서 샌프란시스코 야경에 쏟아지던 불빛과 귓불을 싸늘하게 하던 2012년 8월 샌프란시스코의 그 차가운 바닷바람을 오래도록 기억하려 하였다.

『버클리문학』 창간 기념식

『버클리문학』 창간 기념식(오클랜드《한국일보》커뮤니티홀)

한국에서 열린 기념식

2013년 6월 1일, 토요일, 『버클리문학』 창간 기념식은 오후 5시부터 대전 시청에서 열렸다. 20층 식장에 들어서면 사방의 창으로 대전의 풍취가 한눈에 들어온다. 벌써 식장엔 많은 문인들, 학생들, 축하객들로 그득했다. 나와 김희봉 회장의 인사가 있었고, 축사는 염홍철 대전 시장과 오세영 시인이 했다. 염홍철 시장은 시인으로서 한국과 미국에서 온 문학인들의 축제를 크게 축하해 주었다. 『버클리문학』의 편집고문인 오세영 시인은 축사에서 이렇게 말했다.

"미국은 하나의 나라가 아니다. 그곳은 세계다. 일부 젊은이들처럼 미국을 한 번도 가보지도 않고 비판만 하는 것은 편협한 일이다. 더군다나 그리고도 세계화를 외친다는 것은 설득력이 없는 일이다. 한국문학과 생경한 외국에서 이민을 통한 개척자의 삶을 살며 모국어로 지켜낸 이민문학과의 교류는 한국문학의 세계화에 활력을 주는 일이다."

출판기념식은 20여 명이 넘는 시낭송인들이 펼쳐보여 주었다. 시를 온몸으로 청중에게 전달하려는 낭송자의 퍼포먼스가 감동적이었다. 시와 수필을 두세 사람이 번갈아 암송하는 입체적 시도는 훨씬 정겹게 다가왔다. 김기택의 시를 낭송하는 것을 들으며 나는 혼잣말에 취한 흑인 모습을 떠올려 보았다.

거리를 지나가고 있는 나에게
그는 반갑게 웃으며 말을 붙여왔다.
흑인이었지만
너무나 친근한 표정이어서

창간기념식장에서(2013. 6. 1.)

내가 아는 사람이 아닌가 자세히 살펴보았다.
흑인의 얼굴과 잘 굴린 영어 발음에서
독한 이국의 향이 확 끼쳐왔다.
내가 지나가고 난 후에도 그는
내가 지나쳐온 공기를 향해 계속 말을 하고 있었다.
그는 제 말에 취해 있었다.
제 말에 혀가 꼬부라지고 있었다.
비틀거리며 방향도 없이 가는 말에 붙들려
혀에 달린 크고 튼튼한 팔다리가
순순히 끌려가고 있었다.
그 독한 말에 취한 혀를 깨워줄 귀는
어디에도 보이지 않았다.

_김기택, 「버클리에서」 전문

이어서 버클리의 7명 회원들은 단상에 올라가 인터뷰를 했다. 이민 문학의
현황과 『버클리문학』의 창간 목적에 대해 이야기하였다. 버클리문학의 창간

참석자 단체사진

목적은, 첫째, 글로벌 시대를 바라보며 한국문학과 이민문학의 적극적인 교류 및 가교 역할, 둘째, 버클리대학교 동아시아 프로그램으로 문학 연수에 참여한 한국 문인들과 버클리, 샌프란시스코, 산호세 지역 미주문인들과의 글을 통한 교류, 그리고 셋째, 동포 문인들의 발표의 장을 넓히는 데 있다고 피력하였다.

창간호 출간 기념식은 시낭송과 통기타 듀엣, 그리고 가곡 '10월의 어느 멋진 날에' 등의 순서로 막을 내렸다. 이어서 버클리문학협회에서 나에게는 공로패를, 송기한, 김홍진 교수에게는 감사패를 전달했다. 그리고 박송이 시인에게는 8월부터 열리는 버클리문학강좌에 초청장을 전달하였다. 대전시청 20층 '하늘마당'에서 한국과 이민 문학사에 단단한 이정표를 세운 초여름의 멋진 밤이 펼쳐지고 있었다.

참가자들이 하나로 뭉쳐 기념사진을 찍고 여기저기 환호성을 올리는 푸근한 밤이었다. 모두 뒤풀이 장소로 이동하였다. 우리는 '황금숙낙지마당'에서 축배를 들며 대전에서의 마지막 밤을 위하여 화이팅을 외쳤다.

미국에서 열린 기념식

한국에서 2013년 6월 1일에 열린 『버클리문학』 창간 기념식을 마치고, 7월 27일(토)에는 오클랜드 《한국일보》 커뮤니티홀에서 창간 기념회가 열렸다. 버클리문학협회에서 범교포적으로 『버클리문학』을 널리 알리고 홍보함으로써 향후 적극적인 활동을 모색하고자 했던 것이다.

버클리에서 편집자문인 나를 특별히 초청하여 버클리문학 신인상 시상식을 함께 열고자 하였다. 마침 미국여행 중이었던 송기한 교수 가족도 함께 참석하였다. 행사는 대성황을 이루었다. 그만큼 버클리 인근의 교포사회에 큰 관심을 불러일으킨 것이었다. 오클랜드 《한국일보》 손수락 편집위원은 "한인 이민문학의 새 지평 열었다"는 제하에 다음과 같이 소개하는 기사를 실었다.

버클리문학 창간호

　동포문인과 본국 문인들이 함께 뜻을 모아 출간한 『버클리문학』 창간호 출판기념회가 27일 본보 커뮤니티 홀에서 열렸다.

　150여 명이 넘는 참석자들로 홀을 가득 메운 가운데 열린 이날 행사는 김희봉 『버클리문학』 편집주간의 인사말을 시작으로 신인상 시상, 남성중창단 '좋은 이웃들'의 축가, 시와 수필 낭송 등 문학과 음악이 한데 어우러진 향연으로 이어졌다.

　김희봉 편집주간은 "『버클리문학』 창간은 2009년부터 4년여 동안 열리고 있는 버클리문학강좌의 결실"이라면서 "한국과 동포문인들의 글을 함께 실어 첫 선을 보인 이번 문학지로 한인들 이민문학의 새 지평을 열었다"고 말했다. '세계 속의 한국 문학'이라는 주제로 출간된 창간호에는 버클리를 거쳐 간 한국의 대표적 문인 20여 명과 동포 문인 26명이 쓴 시와 소설, 에세이 등이 실려 있다. 소설가 신예선 선생은 "글을 쓴다는 것은 살아있는 자가 갖는 특권"이라면서 문학적 재능과 글쓰기에 열정을 가진 이들의 노력으로 책이 나오게 된 것에 대해 격려의 뜻을 전했다.

　버클리문학강좌 출범에 기여한 김완하 교수(한남대 문창과)는 "버클리문학

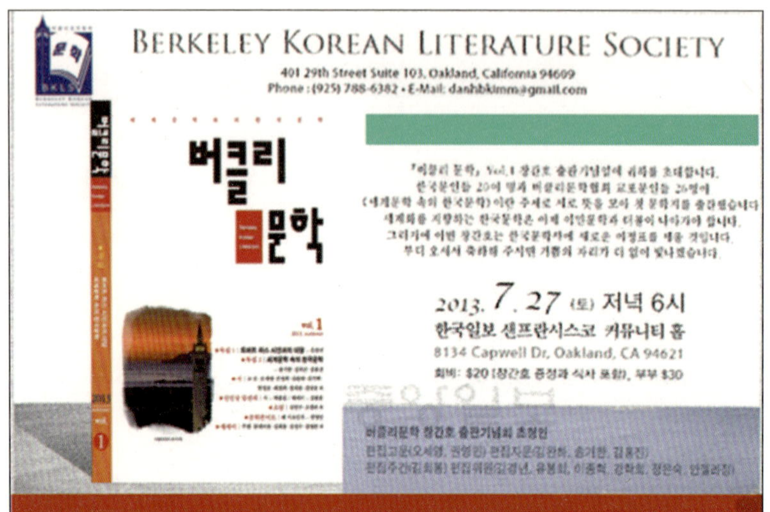

버클리문학 창간호 기념 안내문

은 세계 속의 한국문학을 모색하면서 글로벌시대에 한국문학의 방향을 새롭게 모색해 나아가는 장이 될 것”이라면서 큰 기대를 표시했다. 특히 이날 출판기념회에서는 버클리문학 제1회 신인상에 당선된 시 부문의 하종순 씨와 수필 부문의 김종훈 씨에게 상패를 수여했다. 또 이날 행사에는 고은과 오세영 시인 등의 창간호에 수록된 시와 수필 등의 작품을 낭송하는 시간도 가졌다. 버클리문학협회는 글을 사랑하는 이들의 순수한 모임이라고 밝히고 문학에 관심 있는 많은 분들의 참여를 바라고 있다.

(샌프란시스코《한국일보》 2013. 7. 29)

젊은 문화와 예술의 요람

『버클리문학』 회원들은 매달 초순에 함께 나들이를 하였다. 샌프란시스코 근교의 문학사적지를 탐방한 지도 수년째였다. 연전에 찾았던 『분노의 포도』와 『에덴의 동쪽』의 작가 존 스타인벡의 생가가 있는 살리나스 농원은 절기마다

버클리문학 창간호 출판기념회(2013. 7. 27. 한국일보 커뮤니티홀)

늘 새롭게 다가왔다. 노벨문학상 수상의 극작가 유진 오닐이 말년에 『밤으로의 긴 여로』 등 역작을 써낸 댄빌에 있는 타오하우스도 즐겨 찾았던 코스이다.

2013년 8월에는 『버클리문학』 창간호 발간을 기념하며 엔젤 아일랜드에도 갔다. 그곳은 샌프란시스코 만 속의 천연섬이다. 30여 명 버클리문학 회원들이 샌프란시스코 41번 부두에서 페리를 탔다. 멀리 보이는 버클리 대학의 새 더타워 첨탑이 펜처럼 수직으로 솟아 있었다. 스피커에서는 은은하게 팝송이 울려 퍼졌다. "샌프란시스코에 가면 머리에 꽃을 꽂으세요……" 스캇 멕킨지가 불러서 히피(hippie) 문화의 열풍을 일으켰던 바로 그 노래였다.

베트남 전쟁에 대한 반전 분위기가 한창이던 1960년대 말부터 1970년대 초의 젊은 히피들은 버클리로 몰려왔었다. 젊은이들은 지성과 반항을 상징하는 버클리 대학가 텔레그래프(Telegraph) 에비뉴로 물밀듯이 쏟아져 들어왔던 것이다.

비정상이 정상으로 통하는 현실에 거역해서
실재를 지시하지 못하는 언어에 절망해서
그들은 이곳으로 모인다.
미합중국 캘리포니아주 버클리 시 텔레그래프 애비뉴
지상의 전화국은 없지만
하늘에다 대고 전보를 치고
하늘에다 대고 전화를 걸고
또 하늘에다 대고 편지를 쓰는
히피, 호모, 알코홀릭, 나르코틱, 홈리스.
의 거리
텔레그래프,
그들은 오늘도 흐린 동공을 우러러
하늘에서 올 답신을 기다린다.
광기와 혼돈과
무위로 이룩된 천국의
입국비자를,
논리의 지배를

UC버클리 대학가 정문 앞 풍경

깨뜨리기 위하여
동성끼리 연애를 하고
이성의 폭력을 거부하기 위하여
마약을 상용하고
제도의 압제를 벗어나기 위하여
집을 뛰쳐나오고.
　_오세영,「텔레그래프」전문

　오세영 시인이 이 시에서 노래하고 있듯이 일상의 상투적인 삶을 거부하고 이에 도전하고자 하였던 것이다. 이렇듯이 텔레그래프 애비뉴는 바로 『버클리문학』이 태동한 곳이다. 그리고 30여 명 회원들이 매달 모여 버클리문학강좌를 연 곳이기도 하다. 그곳은 정확히 텔레그래프 애비뉴 2869번지였다. 정은숙 시인이 운영하는 〈수라〉 한식당의 별실에서 버클리문학이 시작되고 지속적으로 이어져 왔던 것이다.

다시 열린 버클리문학강좌

박송이 시인의 특강

2013년의 여름 버클리문학강좌에는 한국에서 온 30대 초반의 젊은 박송이 시인이 강사로 참여하였다. 그는 2011년 《한국일보》 신춘문예 시 당선자로 "젊은 세대의 언어감각과 상상력"이라는 주제로 7월 11일부터 8주간 특강을 이끌었다. 회원들은 국내의 젊은 시인의 시를 읽고 그들의 언어와 감성, 표현기법 등을 분석하며 강도 높은 창작실습을 경험하였다.

이는 버클리문학강좌를 그동안의 듣는 강의에서 이해와 실기 중심으로, 창작에 대한 감각을 몸소 체험케 하는 전기를 마련해 주었다. 매주 30여 명의 회원들이 참석하여 활기차게 수강을 하고 습작도 하였다. 종강이 있던 8월 5일에는 그동안 박송이 시인의 도움을 받아 썼던 작품들을 정리하여 전시를 하기도 하였다.

지난 4년 동안 버클리문학협회는 이민문학과 한국문학을 아우르는 교량 역할을 성실하게 해왔다. 올해 2013년은 『버클리문학』 창간의 큰 결실로 한국과 미국에서 출판기념회를 열었던 것이다. 또한 문학특강, 여름캠프 등으로 여러 프로그램들이 활발하게 진행되었다. 나는 이러한 활동들이 한국문학의 세계화를 위해 일조하는 데 소중한 경험이 되리라고 확신하였다. 앞으로도 이러한 비전 아래에서 행복한 문학과 삶을 추구하는 진지하고도 활기찬 『버클리문학』의 행보가 이어지기를 기대하였다.

버클리문학아카데미
– 두 번째 연구년

버클리문학아카데미 개강

다시 찾은 UC 버클리

　나는 5년 반 만에 다시 연구년으로 UC 버클리를 찾아왔다. 2009년 8월 6일에 샌프란시스코 공항에 도착하여 미국 생활 1년을 앞두고 서툴게 걸음을 내딛던 순간이 바로 엊그제 같은데 벌써 두 번째 연구년으로 이곳을 찾아온 것이다. 첫 번째 연구년으로 미국에 도착하고 정확히 1년이 지난 2010년 8월 6일 샌프란시스코 공항을 떠나는 나의 마음속에는 다음 번 연구년도 다시 이곳으로 오겠다는 다짐이 있었다. 그것은 이곳에서 보낸 1년의 시간 속에서 내가 받은 감동과 즐거움, 그리고 무엇보다도 이곳에서 접했던 버클리문학의 의미가 내 마음 속에 깊이 자리잡고 있었기 때문이었다.

내가 2010년 1월부터 '버클리문학강좌'를 열어서 강의를 하다 떠난 이후 송기한, 김홍진, 이용욱, 이은하 교수 등이 그것을 이어왔다. 2013년에는 『버클리문학』을 창간하여 대전과 버클리를 오가면서 창간기념회를 열었다. 그해 5월 말에 열었던 대전에서의 창간기념행사에는 버클리에서 10명의 문인이 한국을 찾아와 대전 시민과 함께 즐거운 시간을 보내고 돌아갔다. 그리고 2015년에는 『버클리문학』 2집을 내고 8월에 UC 버클리에서 기념행사를 열었다.

우리의 인연이란 새롭게 가꾸다 보면 더 넓고 깊은 세계로 나아갈 수 있다는 것을 깨달아온 시간이었다. 또한 문학적인 만남은 시간과 공간을 초월한다는 생각이 들기도 하였다. 2016년에는 버클리문학아카데미를 정기적으로 열고, 『버클리문학』 3집을 내서 다시 버클리대에서 기념식을 열고자 다짐하였다.

물의 상상력과 라피엣 레저보아

우리는 지금 2016년 3월 12일(토)에 라피엣(Lafayette)의 레저보아 (Reservoir) 옆에 모여 있다. 저수지란 물을 모아서 저장하는 곳이다. 우리나라에서도 삼한시대에 축조한 저수지로 김제의 벽골제, 제천의 의림지, 밀양의 수산제를 들고 있다. 그만큼 물은 우리의 삶에서 대단히 중요한 것이다.

물은 양가적 가치를 가지고 있다. 그런즉 물은 생성과 소멸, 탄생과 죽음 등으로 대별되는 양가적인 감정을 지니는 것이다. 물은 상징적으로 여성이자 모성으로서 생명의 원천이다. 물이 강으로 변신하면 이쪽과 저쪽으로의 공간적 단절로 시간적 거리를 만들기도 한다. 물은 더러운 것을 깨끗하게 하는 속성으로 정화와 순결을 상징하기도 하였다. 종교적 의식의 하나인 세례도 이러한 의미를 구체화한 것이다. 노아의 홍수 이전과 이후는 물을 통한 정화의 과정

버클리문학아카데미(2016. 3. 12.)

으로 이해할 수도 있다.

그런 의미에서 물은 문학의 중요한 소재이자 상상력의 원천으로 자리한다. 또한 서사시의 중요한 소재는 강으로 나타나는 경우가 많았다. 이점으로 볼때 물은 문학에서 상상력의 보고인 셈이다. 그런 의미에서 우리가 본격적으로 문학에 관심을 갖는다면 상상력의 원천인 저수지를 좀더 크고 깊게 축조할 필요가 있겠다. 문학을 하려면 자기만의 사유와 지적인 배경과 상상력과 감수성의 원천을 크게 마련할 필요가 있다는 것이다.

우리들은 저수지 옆에 오면 마음이 평온해진다. 그것은 물이 상징하는 모성의 품 안으로 다가섰기 때문일 것이다. 또한 저수지는 앞으로 흘러갈 먼 미래와 새로운 공간을 내다보고 있기 때문이기도 하다. 이제 우리에게는 힘차고 새로운 시작이 있기 때문이다. 바로 이러한 의미심장한 곳이 저수지이고 우리는 지금 이곳 라피엣 레저보아에 와 있는 것이다.

오늘 우리는 왜 여기에 모여 있는가. 우리는 봄이 시작되고 있는 즈음에 이곳 저수지 옆에 모여 있는 것이다. 우리가 모여 있는 이곳은 삭풍에 움츠러든 겨울도 아니고 만물이 태동하는 봄이다. 또한 사막이나 허허벌판이 아니라 생명의 원천인 저수지 옆인 것이다. 우리는 어떠한 꿈을 안고 이곳에 모여 있는 것인가. 지금의 여기, 버클리문학 여러분들의 가슴에 고인 기쁨이나 열정, 희망, 의지와 사랑처럼, 인류 문화의 발상지는 모두 강과 닿아 있었다.

앞으로 1년간 버클리에서 여러분들과 다시 새롭게 만나면서 활발한 문학의 장이 열리기를 기대한다. 여러분들에게도 저에게도 그건 바로 설렘을 가득 간직하고 모여 있는 이곳 레저보아의 물이 간직하는 꿈일 것이다. 바로 이곳의 상징은 버클리문학에게는 봄이고 상상력과 감수성의 저수지이며, 새로운 문학의 토양에 씨앗을 뿌리는 곳이다.

그런 의미에서 나는 앞으로 버클리문학이 어떠한 역할을 했으면 하는 바람을 가지고 있다. 물론 버클리문학은 어떤 상징으로서의 역할을 해야만 할 것이다. 그러나 그 상징은 열린 상징으로서의 역할이라고 생각한다. 나는 이곳에서 플랫폼이라는 단어가 가지고 있는 의미를 되새겨 볼 필요가 있다고 본다. 역이나 정거장에서 사람들이 차를 타고 내리는 곳, 무언가를 싣고 떠나는 곳이자 또한 뭔가를 가지고 돌아오는 곳이 바로 플랫폼이다. 그런 의미에서 내가 한국에서 여기에 와 내리고 나를 기다리던 여러분들을 만났다. 그리고 언젠가는 다시 이곳을 떠날 것이다. 그때 나는 다른 모습으로 여러분들과 작별할 것이다. 또한 여러분들도 내가 떠날 때는 반드시 오늘과는 다른 모습으로 바뀔 수 있어야 한다고 믿는다.

오늘 이 자리가 그러한 플랫폼의 역할을 함으로써 버클리문학은 한국문학을 밖으로 불러내서 세계 속으로 밀고 가는 능력을 발휘할 수 있었으면 하는 것이 나의 소망이다. 우리가 여기에 와 있는 오늘은 바로, 봄이자 저수지 옆이고 넓은 대지를 경작하기 시작하는 시간이다. 이러한 상징으로 시작하는 오늘, 여러분들을 만나는 순간은 나에게 축복이자 큰 기쁨이다. 또한 발전을 향한 새로운 시작이며 큰 기대감이기도 한 것이다. 여러분도 이러한 마음 자세

라피엣 레저보아(2016. 2.)

를 가지고 앞으로 버클리문학아카데미에서 역동적으로 만났으면 하는 것이 나의 큰 기대감이다.

1980년대와 나의 시

오늘 2016년 4월 12일(화)에 버클리문학아카데미 봄학기 강의를 시작하면서 누구에게나 있을 청년기의 문학적 토대에 대해서 이야기하고자 한다. 내 시의 습작기와 겹치는 한국 현대사의 격변기였던 저 1980년대를 돌아보는 감회는 누구라도 색다를 것이다. 그 시대적 배경이 나에게는 시의 토대를 구축하는 데 있어서 대단히 결정적인 계기가 되었을 것으로 이해한다.

내 시의 바탕에 깔려 있는 1980년대의 정서는 '고개' 이미지와 연관을 가지고 있다. 그런 점에서 나의 '고개의 시적 상상력'에는 시의 토대가 마련된 1980

년대의 사회적 배경이 짙게 깔려 있다고 하겠다. 1980년 광주에서 시작된 민주화의 움직임이 전국적으로 확산되면서 우리는 5.18을 맞이하게 되었다. 그날 전국적으로는 계엄령이 선포되고 대학가에는 휴교령이 내려지며 대학 정문에는 계엄군들이 탱크를 앞세우고 총을 들고 서 있었다. 대학생들은 집에서 리포트만 쓰면서 지내야 하는 숨 가쁜 시간을 맞이하게 되었다. 광주에서 전해져 오는 소식들은 내가 감당하기에는 너무나도 엄청난 것들이었다.

나는 짐을 싸 들고 산으로 들어가고자 했다. 금산의 진악산에 있는 보광사라는 절이었다. 그곳에는 이미 와 있는 고시 준비생 등 대학생 네 명이 있었다. 나는 그곳에서 엄격하게 일과를 정해 놓고 책을 읽고 산책을 하고 시를 쓰면서 스스로를 달래기에 여념이 없었다. 그렇게 해서야 나를 지탱할 수 있었다. 밤이면 산 아래로 저 멀리 내려다보이는 금산읍의 반짝이는 불빛들이 나를 유혹했지만, 나는 그곳에서 철저히 나 자신과의 싸움을 벌이고 있었다. 나를 고립 속에 가둠으로써 나를 추스를 수가 있었던 것이다.

그러다가 오일장이 열리는 날이면 금산읍으로 걸어 내려가 분주하게 흘러가는 장꾼들 틈에 끼어 서 있곤 하였다. 따가운 땡볕의 여름 장터에서 붐비는 사람들 속에 나를 한없이 부려 놓고 장터를 훑는 시간으로 나를 잊곤 하였다. 그러다가 파장이 되면 막걸리 한 잔을 걸치고 다시 터벅터벅 2시간이나 걸어서 산으로 돌아오곤 했다. 그때 산으로 오르는 비탈길은 너무 힘겹고 숨찬 것이어서 나는 어둠 속을 걸으면서 흠뻑 땀을 흘리곤 하였다. 그렇게 하고 나서야 어느 정도 나의 가슴 속 열기들이 사그라들고는 하였다. 그 어둠 속으로 돌아오면서 올려다보는 하늘의 별들은 눈부시게 반짝거리고 있었다. 마치 그 별들은 어둠 속에서 나 여기 이렇게 살아 있다고 외치는 듯했다. 다음의 시는 그 당시에 쓰여진 것이다.

음력 칠월, 보름장은 유난히 더웠다
삼방蔘房 골목으로

버클리문학아카데미(2016. 4. 12.)

흘러가는 장꾼들
지난 장 밑도는 시세 다툼
바람 한 줄기 돌지 않는다

웃음과 한숨 뒤엉켜 흐를 때
봉황천 물은 조심조심 기어내리고
우시장에선,
소 울음소리조차 들리지 않았다

쇠전다리 건너 찢어진 포장
튀밥 기계를 안고 있는 사내는
몇 줌 옥수수 거짓처럼 부풀리며
화덕의 불 목숨처럼 가꾼다

시든 햇살도 쓰러지고
진안행 막차가
먼지를 퍼붓고 떠난 후

어스름 장터,

쓴바귀 줄기 흰 물 맺히듯
돋아나는 별
무리져 내리는 별빛만
쉬지 않고 풀리는 샛강에
몸을 담근다
　_졸시,「금산장날」 전문

　그날 그렇게 금산장의 막차가 먼지를 퍼붓고 떠나면 나는 외롭게 파장의 어수선함 가운데 홀로 남아서, 또 다시 어디로 가야 할지 몰라 망연자실하게 한참씩 서 있던 때가 있었다. 그 밤 막차는 장꾼들을 가득 싣고는 어둠 속을 헤치면서 갔다. 아마 그 버스는 어느 마을 앞 비탈길을 털털거리면서 힘겹게 올라갔을 것이다. 제 몸뚱이 안에는 막걸리 냄새 풀풀 풍기는 시골 사람들을 가득하게 싣고서. 그리고는 한참을 지나 어느 마을 동구 밖에 한 무리의 사람들을 쏟아 놓았을 것이다.

　어느 날은 금산의 만악리에 시를 쓰는 친구의 집을 찾아갔던 적이 있었다. 바로 그날도 금산장날이었다. 나 스스로는 장꾼이 아니었지만 그들과 함께 털털거리는 막차에 몸을 싣고 가면서 무언가 한낮에 땀을 흘린 그들과 동류의식을 느끼며 현실의 중압감을 덜어내기도 하였다.

　비록 당시에 쓰여진 시에는 그 시대에 대한 분노나 고통이 직접적으로 표출되기보다 내면의 심정이 담담하게 묘사되어 있다. 그렇지만 돌아보매 당시의 삶은 힘겨운 고개를 따라 올라가는 벅찬 과정이었다. 이 시의 '밤길'은 자연적인 어둠이자 그 시대적 비유로서, 당시를 지배하는 나의 내면을 은유적으로 담고 있는 것이다.

　안개 속 낮게 기어온

진안행 막차가 산모롱이로 사라진다
깊은 어둠 구렁에 갇히는 발목,
금산장에서 돌아오는 사람들
허기진 하루
꾸러미에 묶여 돌아온다

촘촘한 발길에 끌려
초행길 어둠 뚫고 가면
산은 더 가까이 허리를 세운다
목에 감기는 안개 걷으며
골라 딛는 길 가운데 괴어 있는 빗물은
밤에도 깊이 잠들지 않는다

이따금 그어대는 성냥불 안으로
급히 얼굴을 디밀었다 사라지는 나무들
하루의 곤함도 잠겨 가고
잠시 침묵이 긋는 사이,
오리나무숲은 설친 잠을 추스른다

어둠에 익어 드러나는 길
홀로 떨어져 가면
삼밭에 널린 묵은 짚 썩어가는 위로
숨 가쁜 안개 무리져 몰린다

보리밭 머리에서 일행은 흩어지고
수군거리며 도랑을 건너고
황토고개 올라서면
폭포처럼 쏟아지는 빛줄기,
탱자나무 울타리 적셔 가면

마을 가득히 살아나는 숨결

＿졸시, 「밤길」 전문

　그날 밤에 친구를 찾아가면서 힘겹게 오르던 황토고개, 그런데 이상하리만
치 마을사람들은 그 가쁜 어둠 속에서도 익숙한 걸음으로 내 앞으로 힘차게
걸어가고 있었다. 나는 점차 그 어둠에 적응해 가면서 모퉁이를 돌고 숲을 지
나 마을에 도착하였다. 그때 친구는 너무나도 반갑게 맞이해 주었다. 그 밤에
도 나는 하늘의 별을 보았다. 그렇게 비탈을 따라서 고개를 올라가면 거기 마
을이 있고 내가 보고 싶은 사람들이 살고 있었던 것이다.

　그 긴 여름 동안 나는 산 속에 나를 가두고 지내야 했다. 그 여름 내내 장마
가 쓸고 가면 산에는 온통 물소리로 가득차곤 했다. 들끓던 벌레 울음소리도
사라지고 계곡으로 쏟아져 내리는 물소리만 이어지다가 서서히 잦아들고 나
면 맨 먼저 뻐꾹새가 울곤 하였다. 그 소리는 가파른 고개를 숨가쁘게 넘어와
내 가슴에 깊이깊이 박히곤 하였다. 그 울음소리를 받아먹고 산은 서서히 깨
어나곤 하였다. 그 소리가 힘겹게 넘어오던 비탈길은 아직도 나의 마음에 깊
숙이 각인되어 있다. 그때의 기억은 고된 시련을 딛고서도 나에게는 끝내 생
명의 움직임으로 이어지던 시간이기도 하였다.

　뻐꾹새 한 마리가
　쓰러진 산을 일으켜 깨울 때가 있다
　억수장마에 검게 타버린 솔숲
　둥치 부러진 오리목,
　칡덩굴 황토에 쓸리고
　계곡물 바위에 뒤엉킬 때

　산길 끊겨 오가는 이 하나 없는
　저 가파른 비탈길 쓰러지며 넘어와

온 산을 휘감았다 풀고
풀었다 다시 휘감는 뻐꾹새 울음

낭자하게 파헤쳐진 산의 심장에
생피를 토해내며
한 마리 젖은 뻐꾹새가
무너진 산을 추슬러
바로 세울 때가 있다

그 울음소리에
달맞이 꽃잎이 파르르 떨고
드러난 풀뿌리 흙내 맡을 때
소나무 가지에 한 점 뻐꾹새는
산의 심장에 자신을 묻는다
　　＿졸시,「뻐꾹새 한 마리 산을 깨울 때」전문

　비가 그치고 계곡의 물소리가 산을 휘감을 때는 비탈이 무너지고 시뻘건 황토가 속을 내보이고 있었다. 칡덩굴은 흙에 쓸려 내리고 소나무 숲은 더 짙은 빛으로 흠뻑 취해 있었다. 비가 그치고 잠시 후에 물소리가 조금 잦아들고 나면 가장 먼저 뻐꾹새가 울었다. 뻐꾹새는 그 울음소리로 산을 추스르고 있었다. 무너져 내린 황토 흙의 비탈과 파헤쳐진 칡밭을 서서히 뻐꾹새가 깨워 내며 산은 다시 생기를 되찾기 시작하였다. 그리고 산은 자신을 가다듬으면서 또 하나의 산으로 태어나고 있었다.

　그날의 뻐꾹새는 바로 어두운 그 시대를 일깨우는 시인이라는 생각이 들기도 하였다. 그리고 끝내 그 뻐꾹새는 산의 심장에 자신을 묻었다. 내 가슴 속에 누워 있는 그날의 고개에는 아직도 뜨겁게 뻐꾹새가 울고 있다. 그 울음소리는 가파른 비탈길을 힘겹게 넘어와서는 나를 더 뜨겁게 깨우면서 시인으로 거듭나기를 촉구하고 있는 것이다. 여름 장마에 녹초가 된 산의 황토고개를 쓰러지며 넘어와 온 산을 휘감았다 풀고 풀었다가 다시 휘감으며 쓰러진 산을 일으켜 깨우던 뻐꾹새의 울음소리. 나도 그렇게 무너진 시대를 조금이라도 일깨우는 시를 쓰고 싶었다.

미주기독문인협회 특강

기독문인협회 특강

2016년 5월 6일(금) 오전 10시 30분부터, 로스앤젤레스에 있는 제일침례 교회(First Baptist Church)에서 미주 한인기독문인협회 주최로 나를 초청하여 "기독교문학의 현재와 미래"라는 강연을 하였다.

기독교문학이란 무엇인가

기독교문학이란 무엇인가. 기독교문학은 기독교 신앙을 바탕으로 기독교 정신을 형상화한 문학을 지칭한다. 하나님을 칭송하고 많은 사람들에게 하나님을 전할 목적으로 생겨난 문학이라 할 수 있다. 그러므로 목적문학으로 나아갈 경우 문학과 종교의 문제점으로 이 둘이 서로 조화를 이루지 못하고 어느 한쪽에 예속되어 그 순수성을 잃을 수 있다. 문학과 종교는 다른데, 이 둘을 연결하는 접점은 무엇일까? 문학과 기독교를 관련시켜 논의한다는 것은 그리 간단한 문제가 아닌 것이다.

나는 기적이 대단한 일이 아니라고 생각한다. 그러므로 사소한 일이 다 기적이라고 할 수 있다. 5년 전 미주시인협회의 박송희 회장의 초청으로 LA의 문인들과 만났고, 오늘 다시 문학을 통한 만남을 이루게 되었다. 그러므로 현재는 과거와 미래가 한 흐름 속에 있는 것이다. 기독교문학의 현재와 미래도 우리가 가고자 하는 곳에 이미 와 있다고 말할 수 있다.

나 개인적으로는 어머니의 신앙을 통해 교회에 나가게 되었다. 흥미있게 말하기 위해서 시를 쓰는 일과 신앙생활의 공통점을 세 가지로 요약할 수 있다. 그 첫 번째로 시 쓰기와 신앙생활은 절대 남이 대신해 줄 수 없다는 것이다. 모두에게 시는 혼자서 쓰고 깨달아가는 과정이기 때문이다. 두 번째, 시와 신앙은 완성이 없다는 것이다. 인간의 삶은 유한하여 오늘의 시와 신앙의 수준이 언제라도 그대로 유지된다는 보장이 없다. 따라서 시와 성서에는 마침표가 없으며, 영원히 완성을 지향할 뿐이다. 셋째로는 한번 완성되었다고 그것이 끝까지 유지되는 것은 아니라는 점이다. 그러므로 항상 경계하고 점검해야 한다는 것이다.

기독교와 문학의 주된 주제는 생명과 사랑이다. 그러므로 생명과 사랑이라는 주제로 오늘의 이야기를 풀어 나가고자 한다. 그것에 대해서는 성서에서도 (고린도전서 13장 등) 잘 나타나 있다. 성서에는 문학적 비유로 감동을 주는 부분이 많다. 그렇듯이 지당한 말씀만으로는 문학이 될 수 없고 문학적 형상화를 통해서 감동을 주어야 문학이 되는 것이다. 문학은 허구적인 세계를 아우르는 상상력을 요구하기 때문이다.

기독문인협회 특강

　T. S. 엘리엇은 기독교인의 정신적 생활과 문학적 경험을 일치시키려고 노력했다. 그는 시가 어떤 목적을 두고 쓰이는 것을 철저히 배격하였다. 이는 칸트가 미학에서 말한 '무목적의 목적성'과 같은 것이다. 나는 기독교문학도 종교적 차원에서 상상력을 제한하기보다는 무한한 상상력을 확장시켜 가면서 형상화해야 한다고 생각한다.

기독교 시는 어떻게 쓰여야 하는가

　성서의 진리인 생명과 사랑의 주제가 압축된 텍스트에서 그것은 공백(Blank)과 틈(Gap)이라는 속성으로 나타나고 있다. 따라서 그것은 독자의 상상력과 감수성을 통해 채워짐으로써 문학의 감동으로 형성되는 것이다. 인류에게 가장 좋은 문학 작품이라고 보는 성서도 그러한 문학적 요소를 갖추고 암시와 교훈을 내장하고 있는 예술성을 지닌다.

기독교 시는 영혼이 담긴, 간절하고 참된 신앙인의 삶을 그대로 드러내야
한다. 나날이 부딪히는 현대인의 삶의 고뇌에 절망하지 않고 그것을 어떻게
극복해 나가는가 하는 것을 잘 드러내야 하는 것이다. 우리에게 가장 감동적
인 작품은 비극적인 구조를 갖고 있다. 그러므로 바람직한 기독교 시는 기독
교 사상이나 교리 등을 시적인 비유나 상징의 수사법을 활용하여 형상화해야
한다. 교리나 신앙을 단순히 전달하는 것을 목적으로 하지 말고, 시인의 체험
을 내면에서 자연스럽게 무의식적으로 표출할 때 훌륭한 종교시가 된다.

기독교 시는 일반적인 시와 똑같은 예술성에 신앙적 고뇌와 갈등 그리고 기
독교 의식이 담겨야 한다. 호교적으로 교리 전파 목적이나 생경한 교훈 중심
으로 치닫는다면 예술성이 상실되는 것이다. 성서의 소재를 진정한 신앙의 가
치와 예술성으로 승화시키려면 종교적 체험과 시적 체험이 공존해야 할 것이
다. 그러므로 기독교문학이 하나님이나 그리스도 삶의 모습만 제시한다면 신
학의 테두리에 머물고 말 것이다. 성서의 해석에 중점을 두는 신학보다 문학
은 우리를 어떤 구체적 삶의 현장으로 이끌어 보여 주어야 한다. 종교적 경험
과 미적 경험의 통합은 훌륭한 종교시에 있어서 불가분의 관계에 있는 것이
다.

기독교 시는 그 테마가 성경에 국한되는 것보다는, 시인이 하나님에 대한
무의식적 접근과 일상화의 일부로 생활화되었을 때 성공한다.

김주경 시인 등을 비롯하여 세미나에 참석한 몇몇 시인들의 질문이 이어졌
다. 기독교문학의 범주에 기독교인이 기독교 내용을 표현해야 하느냐, 혹은 비
기독교인도 기독교 내용을 썼을 때 기독교문학이라고 할 수 있느냐는 질문이
었다. 이에 대해서는 '신학'과 '신앙'은 다르다는 전제가 있었다. 그리고 기독교
인만을 위한 문학이 아니라 비기독교인도 폭넓게 수용하여 그들까지 다 아우
를 수 있는 문학이 되어야 할 것이다. 이렇게 될 때 진리와 문학의 예술성을 다
갖춘 작품으로 기독교 정신을 느끼게 하는 참다운 기독교문학 작품으로 남을

기독문인협회 임원들과

것이라는 결론이다.

실제로 시 읽기

기독교 시의 대표적인 작품으로는 윤동주, 김현승, 김남조, 이해인, 유재철 시인의 시를 들 수 있다. 시에서 기독교 정신과 문학적 비유와 상징들이 잘 어우러진 문학적 감동에 함께 공감할 수 있다.

윤동주의 시는 그의 삶과 신앙을 떼어놓고 말하기 어렵다. 독실한 기독교인이었던 윤동주는 그의 삶이 곧 신앙의 고백이며 시였다고 말할 수 있다.

하얗게 눈이 덮이었고
電信柱가 잉잉 울어
하나님 말씀이 들려온다
무슨 啓示일까,
빨리 봄이 오면

죄를 짓고
눈이
밝어
이브가 解産하는 수고를 다하면
無花果 잎사귀로 부끄런 데를 가리고
나는 이마에 땀을 흘려야겠다
　　_윤동주, 「또 太初의 아침」 전문

　김현승의 시는 해방 이후에 「가을의 시」, 「플라타너스」, 「가을의 기도」 등 가을을 소재로 한 자연의 시가 많았다. 그의 시세계는 이후 그의 '신'의 상실로 말미암아 '고독'의 세계로 치닫다가(「견고한 고독」, 「절대고독」) 그의 신앙적 성숙의 메타포로 시 '눈물'에서 그의 신중심주의를 잘 읽어 낼 수 있다. 시적 화자의 영혼이 담긴 이 시는 '간절한 기도의 언어가 시'임을 다시금 깨우쳐 주었다.

　더러는
沃土에 떨어지는 작은 생명이고저……

흠도 티도,
금가지 않은
나의 全體는 오직 이뿐

더욱 값진 것으로
드리라 하올제
나의 가장 나중 지니는 것도 오직 이뿐

아름다운 나무의 꽃이 시듦을 보시고
열매를 맺게 하신 당신은,

나의 웃음을 만드신 후에

기독문인협회 특강을 마치고

새로이 눈물을 지어 주시다

  _김현승, 「눈물」 전문

  유재철 시인(목사, 텍사스문협 회장)의 시는 한마디로 생명의 빛과 영혼의 빛이라고 요약할 수 있다. 그의 시 「꽃의 일생」은 언뜻 보기에는 단순한 듯하지만, 꽃의 일생을 통해 우리에게 온전히 전해 오는 의미가 우리의 삶을 요약하고 기독교적 생의 가치를 제시해 주었다.

  꽃은 꽃으로 살다가
  꽃으로 죽는다

  꽃으로 살 때는 향기가 되고
  꽃으로 죽을 때엔 열매가 된다

꽃으로 살지 않는 꽃은 향기가 없고
꽃으로 죽지 않는 꽃은 열매가 없다

꽃은 꽃봉오리를 터뜨려야만
향기를 풍긴다

꽃 중의 꽃은
꽃으로 살다가
꽃봉오리를 터뜨리고

꽃향기를 온누리에 날리다가
꽃으로 죽는다

오 아름다운 인생이여
한 송이 꽃이어라

　　_유재철, 「꽃의 일생」 전문

　마지막으로, 나의 시 「별 4」를 통해서 '기독교문학은 무엇인가', '바람직한 종교시는 어떻게 쓰여야 하는가'라는 오늘의 주된 내용을 정리해 보았다.

나의 별은 내가 볼 수 없구나
항시 나의 뒤편에서
나의 길을 비춰 주는 그대여,

고개 돌려 그를 보려 하여도
끝내 이를 수 없는 깊이
일생 동안 깨어 등을 밝혀 보아도
나는 바라볼 수가 없구나

우리가 삼천 번 더 눈떠 보아도

잠시, 희미한 그림자에 싸여
그을린 등피 아래 고개를 묻는 사이
이 세상 가장 먼 거리를 질러가는 빛이여

어느새 아침은 닳고,
진실로 나의 별은 나의 눈으로
볼 수가 없구나

_졸시, 「별 4」 전문

　존재론적인 사유를 담고 있는 이 시 「별 4」는 기독교 시라고 쉽게 단정지을 수는 없지만, 그러나 기독교 시로 읽어도 무방하다고 보았다. 그것은 이 시의 중심 내용이 하나님과 인간과의 거리를 암시한다고 볼 수 있기 때문이다.

　기독교 시는 그 테마가 성경에 국한되기보다는 시인이 신에 대한 무의식적 접근과 일상화의 일부로 생활화되었을 때 성공한다. 그것은 성서의 해석에 중점을 두는 신학보다 문학은 우리를 어떤 구체적인 삶의 현장으로 이끌어 보여 주어야 하기 때문이다. 나아가서 기독교적 경험과 미적 경험의 통합은 훌륭한 기독교시에 있어서 불가분의 관계에 있다. 앞으로 우리 기독교 시가 나아가야 할 방향이 무엇인가를 탐색해 보았다는 점에서 매우 뜻깊은 시간이었다.

버클리대에서 열린
『버클리문학』 3호 출간 기념식

『버클리문학』 3호 출간 기념식

버클리문학회는 2016년에 일곱 살이 되었다. 2009년 12월에 태동하여 이제 7년차가 되었던 것이다. 『버클리문학』은 2013년 5월에 창간이 되어, 2015년에 2호를 이었고 올해에 3호를 출간하게 된 것이다. 그간의 활동과 『버클리문학』 3호 출간으로 회원들의 문학적 역량과 저력을 다졌다.

한국에서는 연일 찜통더위라며 아우성치는 8월 13일, 샌프란시스코의 선선한 기후도 버클리에서 열리는 『버클리문학』 3호 출간 기념회를 축하해주었다. 지난해 제2호 기념회에 이어서 올해의 행사에도 많은 분들이 찾아와 자리를 메워주었다.

　버클리문학회는 2009년에 김희봉, 유봉희, 강학희, 정은숙 시인 등이 나와 함께 하여 비롯되었다. 이어서 2010년 2월부터 격주로 내가 문학강좌를 열고 창작특강을 시작하였다. 이후 꾸준히 버클리를 찾은 교수와 문인들이 이어왔던 것이다.

　그리고 2016년 2월에 내가 다시 버클리대로 연구년을 오게 되면서 본격적인 아카데미가 이루어졌던 것이다. 3월부터 6월까지 격주로 수강생 30명 이상이 참석하여 1학기 버클리문학아카데미를 성공적으로 마쳤다. 여름방학 중에는 매주 시창작 특강이 라피엣(Lafayette) 도서관에서 열렸다.

　『버클리문학』 제3호에는 버클리대와 인연을 맺은 한국의 대표 시인과 작가 20여 명과, 이곳의 동포 문인 35명이 함께 참여했다. 3호에는 "한류문화와 K팝과 드라마"라는 특집이 실려 있어 버클리문학의 "세계문학 속의 한국문학"이라는 표제에 걸맞는 모습을 보여주고 있다. 특히 LA, 뉴욕, 필라델피아 지역의 대표 문인들의 작품도 함께 실어서 버클리문학의 공간 확장에서도 큰 의미가 있었다.

　8월 13일 오후 6시에 시작된 기념회 1부 사회를 맡은 강학희 시인은 그동안 『버클리문학』이 빠른 시간 안에 성장할 수 있었던 이유를, 풍부한 경험과 헌신적인 노력과 추진력으로 문학강좌를 이끌어온 나와, 탁월한 리더십으로 단체를 보살펴온 김회봉 회장, 그리고 버클리문학협회원들의 문학에 대한 사랑과 열정의 3박자 덕분이었다고 하였다. 참석한 모든 분들에 대한 감사의 말과 도네이션을 해준 분들, 행사 장소를 허락해 준 버클리대 한국학센터 시니어 디렉터 클레어 유 선생에 대한 인사도 잊지 않았다.

『버클리문학』 3호 출간 기념식

　　김희봉 회장은 행복한 글쓰기를 강조하면서 버클리문학 회원들은 교수, 화가, 엔지니어, 자영업자 등 다양한 직종에 종사하는 사람들로, 어려운 여건 속에서도 『버클리문학』이라는 창작의 요람에서 한국과 미국의 독특한 체험을 문학세계로 이끌어내는 글을 써오고 있다고 했다. 이민자이자 생활인으로서의 사고와 감성, 경륜이 이민의 독특한 체험을 새로운 이민 문학으로 성장하도록 적극적으로 추구해온 것이 자랑스럽다고 했다. 『버클리문학』은 북가주 문인들이 동포문학사에 획을 긋는 일을 하고 있다고 자부하였다.

　　이어지는 축사에서 버클리대 한국학센터의 클레어 유 선생이 '환영한다', '축하한다', '감사한다'는 세 마디로 인사를 했다. 미국에서도 가장 먼저 한국어를 가르친 곳이 버클리대였고, 한국에서 온 많은 객원교수들이 커뮤니티와 연계하는 것을 환영하고, 마음껏 모국어로 창작활동하는 것을 축하하였다. 2000년대의 시대상을 담아내는 버클리 문인의 작품들은 시간이 지나면 역사 연구의 근간으로 자리하여 문화유산 전승에 기여할 것이기 때문에 깊이 감사한다고 했다.

신인상 시상식

다음으로 버클리문학 자문위원인 내가 『버클리문학』 3호의 발간 의미를 크게 평가해 주었다. 이어서 제3회 버클리문학 신인상 수상자 김중애 시인과 백인경 수필가에게 기념패를 증정하였다. 아울러 1회, 2회 수상자들도 일으켜 세워 참석자들에게 박수를 부탁하면서 칭찬과 격려를 아끼지 않았다.

이어진 2부에서는 정은숙 시인의 사회로 회원들의 시와 산문 낭독이 있었다. 김승희 시인의 시를 임남희가 낭독하였고, 김미라, 김복숙, 엔젤라 정, 김경년, 이임성, 강학희, 김종훈, 정은숙 등은 자신들의 작품을 낭독하였다. 모든 행사가 끝난 후에 음식을 나누며 함께 하는 즐거운 시간을 가졌다.

이날의 행사에 대해서는 손수락 기자가 《한국일보》에 다음과 같이 자세하게 소개하였다.

한국과 동포 문인들의 시와 수필 등 55명의 글을 수록한 『버클리문학』 제3호 출간기념회가 지난 8월 13일 오후 6시에 버클리대학 한국학센터에서 열렸다.

이날 버클리문학회 김희봉 회장은 "버클리문학이 한국문학의 변방이 아닌 세계화의 프론티어로 정체성을 세워가며 한국문학의 세계화에 미력이나마 도움이 되고자 한다"면서 "이러한 의미에서 버클리문학은 한국문학사에 새로운 이정표를 세워가게 될 것"이라고 말했다. 또한 김 회장은 이날 인사말에서 버클리문학회가 지난 2009년 창립된 이래 문학강좌와 창작 실습 등 꾸준한 활동을 통해 회원들이 "문학을 공부하는 창작의 요람이 되고 있다"고 덧붙였다.

이날 행사에 참석한 김완하 교수(『시와정신』 주간, 한남대 교수)도 "전반기의 버클리문학아카데미 특강에 이어 오는 9월부터 다시 아카데미를 시작하여 버클리문학회가 문학을 공부하는 동포들의 문예창작의 산실이 되도록 힘쓰겠다"고 강조했다. 김완하 교수는 지난 2009년 회원들과 만남을 가진 이래 올해에 다시 버클리대학으로 연구년을 와서 문학아카데미를 열고 있다.

강학희 시인의 사회로 열린 이날 행사에는 버클리문학 제3회 신인상 수상자로 시 부문에 김중애 씨의 「깊은 샘」 외 4편, 수필 부문에 백인경 씨의 「쉼표」 외 1편이 발표되었고 상패를 전달했다. 심사를 맡은 김완하 교수는 "어려운 여건에서도 문학을 향한 열정이 모여 오늘의 결과를 낳았다"면서 김중애의

UC 버클리 한국학연구소(2016. 8. 13.)

시는 "단순성 속에 살아 숨쉬는 시심", 백인경 씨의 수필은 "생을 향한 진정성 속에 삶의 지혜를 확인할 수 있었다"고 심사평을 통해 밝혔다.

정은숙 시인 사회의 2부 순서에서는 임남희 씨를 시작으로 김복숙, 강학희, 이임성 씨 등 회원들의 시와 수필 낭송시간도 가졌다.

(SF《한국일보》, 2016. 8. 17. 〈손수락 기자〉)

이민자로서 미국에서 경험한 다양하고도 이색적인 문화를 갈고 다듬어 문자로 꿰어내는 일은, 미국문화의 깊고 넓은 광맥을 캐내어 한국과 교류하는 일이라고 할 수 있다. 바쁜 가운데 좋아하는 일만 하고 살 수 없는 이민자들, 이들이 『버클리문학』에 참여한다는 것은 각자 무뎌지는 문학적 감각에 날을 세우고 글에 대한 열정이 식지 않도록 서로에게 격려하는 일이다. 한국 문화에 오래 길들여졌던 이민자들이 미국 환경과 관습이 다른 문화의 영향을 받으며, 어떻게 그것을 극복해 가는지 보여주는 일이기도 하다.

미국은 누구에게는 출발점, 또 누구에게는 종착역, 그리고 누구에게는 당장 떠나고 싶은 공간이기도 하다. 적응의 아픔과 소외, 행복, 보람 등 소소하지만 다양한 체험이 바로 『버클리문학』의 모습인 것이다. 말로는 다 설명하기 어려운 삶을 표현해 보려 몸부림치는 것이 이들의 글쓰기이다. 어쩌면 문화적으로 낯설고 정서적으로 결핍된 삶을 살아가며 문학을 추구하려는 욕구는 더 강해졌는지도 모른다. 『버클리문학』은 해가 갈수록 완성도 높은 작품으로 더욱 빛을 발하며 이민문학의 새 지평을 넓혀갈 것이다. 또한 문학을 통해 아름다운 삶과 사랑의 길로 안내하는 따스한 손길들이 될 것이다.

제13회 LA 민족시인 문학의 밤에서
– 한용운, 이상화, 이육사, 윤동주 시인

제13회 민족시인 문학의 밤(2016. 10. 8. LA 피라밋레익 RV리조트)

글로벌시대의 민족의식

우리는 21세기의 2016년 미국에서 민족시인의 밤을 열고 있다. 세계 도처에서 발생하는 테러와 사고, 사건 그리고 지진, 홍수, 화재 그리고 수많은 살인과 자살로 얼룩지는 세기에, 여기 세계의 중심이라 할 수 있는 미국의 캘리포니아 남가주 LA 부근에서 민족시인의 밤을 열고 이육사, 윤동주, 이상화 그리고 한용운 시인의 시를 함께 낭독하면서 그분들의 민족의식을 이야기하고 있다.

바로 내일은 한국의 국경일로 한글날이다. 한글날은 여러 해 동안 국경일에서 제외되었다가 2006년부터 다시 국경일이 되었고 2013년부터는 법정 공휴일이 되었다. 전 지구적 차원에서 본다면 지금이 한글날이다. 한국 시간으로 지금은 10월 9일 오전 10시 전후일 것이다. 한글이야말로 세종대왕의 위대한 업적이자 한국 사람으로서의 긍지와 자부심이 아니던가. 반면에 미국은 다음 달 8일 대통령을 뽑는 선거를 앞두고 민주당의 힐러리와 공화당의 트럼프가 격돌하고, 양당이 향후 미국사회를 이끌어갈 새로운 지도자를 세우기 위해서 몸살을 앓고 있다. 그래서 연일 신문 지상에 쏟아지는 기사들이 참으로 한국 시인으로서는 이해되지 않는 진풍경들을 연출하고 있다.

또한 미국 사회에 들끓고 있는 인종 간 갈등은 각 지역마다 산재해 있고, 특히 경찰들의 과잉진압으로 비난받는 흑인에 대한 총격을 두고 정당방위다 아니다 하며 매일마다 시끄럽다. 그런데도 이런 사건들은 눈만 뜨면 새로운 지역에서 줄지어 벌어지고 있다. 더욱이 미성년자들도 총기를 들고 묻지마식 살인행위를 벌이는데, 이는 한국의 시인이 보기에는 정말 이해가 되지 않는 황당한 일이기도 하였다.

그런데 오늘 우리는 세계의 중심이자 현장인 LA에 모여서 한국 민족시인의 밤을 여는 것이다. 그리고 민족의식에 대하여 이야기를 나누는 것이다. 그러면 왜, 어떻게, 무엇을, 또 얼마나 우리는 민족에 대하여, 민족의식에 대해서 이야기해야 하는 것인가. 앞으로 얼마나 더 이 민족시인 문학의 밤을 열어야 하는가. 이미 1세기 전에 태어났고, 또 1943년~1945년 사이에, 그것도 그토록 애타게 기다리던 조국의 광복을 보지 못한 채 이 세상을 떠난 분들에 대해서 그분들의 민족의식을 이야기하고 있으니 말이다.

한용운(1879~1944) 이상화(1901~1943)

이육사(1904~1944) 윤동주(1917~1945)

제13회 민족시인 문학의 밤(LA)에 모인 청중들

이분들은 모두 아쉽게도 해방 직전에 돌아가셨다. 내가 쓴 시 가운데 「동백꽃」이 있다. 거기에 "봄 오기 전 먼저 피어나 / 이 봄 가기 전 제 꽃잎 거두어 / 동백은 앞서 갑니다"라는 구절이 있는데 이는 바로 이분들을 두고 한 표현이었다. 또한 이분들은 사후에야 유고시집이 나왔다. 다만 이 중에서 한용운 시인만이 1926년에 『님의 침묵』을 냈을 뿐이다.

이미 이 세계는 글로벌 지구촌이라 하여 세계 공동체시대를 외치고 있다. 이제는 세계화라는 말조차 고루한, 한물간 것처럼 들리기도 하는 이때에, 우리는 아직도 다시 민족시인과 민족의식을 이야기하고 있는 것이다. 국가의 의미와 국경의 무용론을 주장하기도 하는 이 시대에 말이다.

그렇다. 이러한 글로벌 지구촌에서 세계화시대를 외치면 외칠수록 어쩌면 우리는 더 민족시인과 민족의식을 이야기해야 할지 모른다. 그렇다면 왜 그러한가. 그것은 민족이라는 카테고리 안에 그것을 가두어서 우리끼리만의 고답적인 의미로 새기기 위한 것이 절대 아니다. 그것은 하루가 다르게 변모하는 초고속 시대에 오래전 그 어떤 사실을 떠올리며 우리끼리 위로를 삼고자 그러는 것도 절대 아니다. 그러면 그 의미는 과연 무엇이겠는가. 과거는 가장 뛰어난 예언자라고 영국의 시인 바이런은 말했다. 좀더 가까이 E. H. 카아가 역사는 과거와 현재의 대화라고 하지 않았던가.

바로 이분들은 민족이나 민족시인 그리고 민족의식 속에 폐쇄적으로 갇혀 있었던 분들이 아니었다. 이분들이야말로 앞서서 글로벌화했던 분들이 아닌가 생각한다. 그래서 이분들의 민족의식은 오늘에도 우리에게 가치를 일깨워 주며 깊이 있게 다가오는 것이다. 바로 이러한 점이 여기서, 오늘 저녁 우리가 제13회 민족시인 문학의 밤을 열고 이분들의 민족의식을 생각해 보는 이유일 것이다. 오늘날에도 이분들의 시가 우리에게 감동적으로 다가오고 그것들이 가치를 갖는 것은 이분들의 민족의식은 우리 민족이나 한 국가적 차원에 갇히고 고립되었던 것이 아니었다. 그것은 글로벌하고 선구적인 개척자의 면모가 있었기 때문일 것이다. 바로 그것이다. 그렇다면 그게 무엇일까. 우리는 오늘 여기서 그것을 다시 생각해보고 함께 나누는 것이 중요하다고 생각한다.

21세기에 오회려 민족을 너무 강조하다 보면 폐쇄적일 수 있다. 이제 민족도 당연히 열린 민족이어야 할 것이다. 따라서 이 네 시인의 이해에서는 과거로 돌아가려는 과거지향이 아니라, 미래지향적으로 접근해 볼 필요가 반드시 있다고 믿는다. 그것이 오늘 우리가 여기에 모여서 이분들의 시를 함께 낭송하고 이분들의 삶을 다시 생각하는 이유인 것이다. 우리는 글로벌 시대에도 통할 수 있는, 나아가 이분들만의 삶의 가치라 할 만한 것이 무엇인지 간파해야 할 것이다. 그것은 글로벌 시대에서도 더 적극적으로 앞서 나아갈 수 있는 노력에 다름 아닌 것이다.

민족시인

한용운

먼저 한용운 시인을 생각해 본다. 현대시사에서 가장 사상적 깊이를 지니는 분이 바로 한용운이다. 그의 '님 사상'을 주목해야 한다. 그의 '님 사상'에 방점을 찍을 수 있는데, 그것을 먼저 우리가 되새겨보아야 한다. 그건 이미 많은 학자들이 연구하였고, 수없이 밝혀진 것이다. 어떤 이는 한용운의 '님'이 상징하는 것이 무엇인가를 규명하기도 했는데 아직도 그것은 다 밝혀지지 않았다 한다. 한 시인으로서 한용운의 정신적 경지와 영혼의 깊이는 그 바닥을 드러내지 않았다. 그러므로 한국 현대문학사에서 가장 높은 정신적 성취를 한 시인으로 한용운을 들기에 주저하지 않는 것이다. 그만큼 민족의식은 그의 시에 넓이와 높이와 깊이를 펼쳐놓았다.

그런데 그 '님 사상'은 다른 관점에서도 살필 수 있다. 그것은 오늘날 학문의 통섭이라는 개념으로 접근해 볼 수도 있겠다. 또한 다양한 문화와 과학에서 시도되고 있는 융복합적 사유와도 상통하는 개념으로 바라볼 수 있는 것이다. 그래서 '님 사상'의 '님' 자는 어디에라도 붙일 수가 있다는 것이다. 그리고 '님' 자를 붙이기만 하면 하나로 통합이 된다는 점이다. 가령 형님, 아우님, 이웃님 등 인간에 대한 것으로부터, 별님, 달님, 풀님, 빗님, 이슬님 등 자연에 대한 것으로, 나아가서는 부정적인 것에도 붙일 때 거지님, 도둑님으로 발전하여 그것들조차도 거부감을 넘어서 인류애로 전개되는 것을 볼 수 있다. 이것은 진정한 통합의 정신이라고 말할 수 있는 것이다.

그러므로 한용운 시인은 오늘날 학문의 통섭이나 과학의 융복합적 사유를 앞서 실천한 것으로 이해할 수 있다. 그는, 최근 우리가 추구하려는 시+과학, 문학+역사, 종교+예술 등으로 통합의 사상과 정신을 보여 주었던 것이다. 이

한용운

미 이러한 혜안을 한용운은 1세기 이전에 가지고 있었다는 점이다. 그것으로 그는 조국의 암흑을 넘어서 광복에 대한 비전을 보여 줄 수 있었던 것이다.

윤동주

이어서 윤동주 시인을 생각해 보자. 무엇보다 윤동주의 기독교정신을 살필 수 있다. 그는 순결한 마음으로 기독교정신에 입각하여 철저한 신앙을 바탕으로 그것을 삶으로 실천했던 분이다. 우리는 앞으로도 그만큼 순결한 영혼의 소유자를 다시 만날 수 없을 것이라고 생각한다. 그의 1941년 작 「서시」에 담긴 주제는 도덕적 청결주의와 균형 및 민족주체적 가치로 복원해 가기를 갈망하는 긴장된 정신을 감동적으로 나타내 보였던 것이다. 그리고 윤동주는 영원한 청년시인으로 남아 있다. 그는 스스로 속죄양의식을 통해서 우리 민족의 고통을 구원하려고 노력했다. 그에게는 자기 목숨을 통해서 민족 현실을 극복하려고 노력한 놀라운 순교정신을 발견할 수 있다.

죽는 날까지 하늘을 우러러
한 점 부끄럼이 없기를,
잎새에 이는 바람에도
나는 괴로워했다
별을 노래하는 마음으로
모든 죽어가는 것을 사랑해야지
그리고 나한테 주어진 길을
걸어가야겠다

오늘 밤에도 별이 바람에 스친다
_윤동주, 「서시」 전문

윤동주

이미, 이 시는 우리 입에 올리는 것조차 식상한 듯해 보인다. 물론 시는 많은 사람들의 사랑을 받아야 하고 인구에 회자되어야 하는 것이 마땅하지만, 우리 주변에서 이 시가 낭독되는 상황은 조금 아이러니하다. 이 시를 너무 안이하게 낭독하는 게 아닌가 한다. 우리는 먼저 목욕재계하고 온 정성으로 먹을 갈아, 한 치의 오점도 없는 화선지 위에 붓을 들어 이 시를 일점일획도 흐트러지거나 삐뚤어지지 않게 써 보아야 할 것이다. 그렇다면 누구라도 이 시를 대중 앞에서 쉽게 낭독하지는 못할 것이다. 그만큼 윤동주가 염원했던 삶은 육신의 경지를 뛰어넘는 정신세계와 형이상의 세계를 향해서 열린 것이었다. 우리는 바로 그러한 순결과 천명 의식 속에 담긴 윤동주의 민족의식을 살펴야 하는 것이다.

이육사

이제 이육사 시인을 생각해 보도록 하자. 먼저 그의 선비정신 속에 담긴 민족의식을 살펴야 할 것이다. 이육사 시인은 현실에서 변방으로 밀려난 자아의 비극적 운명과 그 환경에서 겪게 되는 소외와 고난의 감각을 통합시켜 나갔다. 그 과정에서 자아와 현실의 갈등은 더욱 비극적인 감각으로 부각되었다. 이렇듯 이육사 시인은 일제강점기에 비극적 세계관의 전형을 보여 준 것이다. 이와 관련하여 우리는 이육사의 도저한 상상력의 진폭을 발견할 수 있다.

이육사는 민족의 칠흑같은 어둠 속에서도 광야를 노래한 시인이었다. 시간과 공간 그리고 사람의 극대화된 모습을 통해서 고통스런 민족 현실을 훌쩍 뛰어

이육사

넘어섰다. 그는 「광야」라는 시에서 광야라는 무한대의 공간에서, 그리고 태초의 시간 위에서 초인을 노래했다. 이러한 거대한 상상력의 스펙트럼으로 현실의 문제는 아주 작은 사실로 축소될 수밖에 없었던 것이다. 그만큼 이육사의 의지는 호기롭고 크고 높은 것이었다. 그는 스스로를 고통의 극단으로 몰아붙이면서 현실의 문제를 넘어서는 대극적 아이러니를 보여 주었다. 이점은 그의 시 「절정」에서도 잘 드러나고 있다.

이육사의 시 「광야」의 시공간적 인식을 살피자. 그의 시간과 공간, 인간에 대한 넓고도 광대한 사유는 대단히 놀랍다. 그것은 한국적 상황을 능가하는 절대적이고 초월적인 공간 인식이기 때문이다. 그의 시에 나타나는 광야는 한국적 상황에서는 존재하지 않는 것이기 때문이다. 또한 시간도 태초의 시간으로 상정하고 있다. 그리고 "백마 타고 오는 초인이 있어"라는 구절에는 초인의 사상이 엿보인다. 이는 니체의 초인사상과 상통하는 맥락으로 확인할 수 있겠다. 좀 다른 맥락이겠지만 니체는 "우리의 과거는 잊으려고 해서 잊히는 것이 아니라, 미래에 대한 열정이 과거의 아픔을 능가할 때 자연스럽게 치유되는 것이다"라고 말한 바 있다. 이육사는 그렇게 하여 현실을 뛰어넘는 광대한 의지를 품을 수 있었던 것이다. 이러한 것은 이육사의 비극적 세계관의 정점에서 발휘되었던 놀라운 예지력인 것이다.

이상화

다음으로 이상화 시인을 생각하자. 조연현은 「빼앗긴 들에도 봄은 오는가」를 일제에 대한 일종의 저항의식의 발로로 볼 수 있으나, 여기서 이상화의 중요한 특성으로 격렬한 미적 욕구와 그 강렬한 낭만적 의욕을 지적하여 그의 문단 초기 활동인 〈백조〉 동인 활동, 즉 낭만주의적 경향에 주목했다. 이는 이상화 시인의 낭만과 열정을 떠올릴 수 있다는 것이다. 그의 이러한 시정신은 민족적 서정으로 발휘되었다. 그리고 이러한 정서는 1980년대의 신서정의 민중적 서정으로도 이어져 왔다고 할 수 있는 것이다. 그의 민족의식은 대단히 중요하며 그것이 대지에 대한 사랑으로 나타났다. 「빼앗긴 들에도 봄은 오는가」에 나타나는 서정의 힘과 그 의미를 가치 있게 파악해야 할 것이다. 삶의 터전으로서의 대지와 그 생명에 대한 지극한 신뢰는 조국의 현실에 대한 인식으로 연결되었다. 이때 대지는 조국의 실체이면서 생명의 무한한 실체였던 것이다.

이상화

김현은 1920년대 한국시의 두 가지 과제를 식민지 현실 직시와 새로운 시 형식의 모색이라 분석하며, 이에 대해 노력한 시인으로 김소월, 한용운, 이상화 세 사람을 꼽았었다. 그러면서 이상화의 현실 인식은 식민지 현실이 한국의 궁핍화에 지나지 않는다는 것을 직시하는 면에서 투철하였으며, 그 현실 인식이 현실 밖이라면 어디든 괜찮다는 극단적 탈출 욕구를 낳는다고 했다. 이로써 이상화의 시를 식민지 초기의 낭만주의적 성격의 한 상징으로 보았다. 우리는 이상화의 시에서 그러한 것을 발견할 수 있었다. 그의 민족의식은 구체적으로 '들'이라는 공간을 통해 실체화됨으로써 긍정적 가치와 사실성을 갖는다. 이러한 점은 아일랜드 시인 셰이머스 히니와 비교해 볼 때 매우 흥미롭기도 하다.[1] 윤동주는 그점에서 히니보다도 앞섰던 것이다.

별을 노래하는 마음으로

오늘 LA의 민족시인 문학의 밤에서 "별을 노래하는 마음으로"라는 윤동주의

---

1) 『시와정신』 58호(2016년 겨울호) 22쪽 참고.

「서시」 한 구절을 생각하였다. 그렇지만 그것은 단지 윤동주 시인에게만 국한되는 것이 아니었다. 우리가 어둠 속에 설 때 별은 더 잘 보인다. 그것은 어둠 속일지라도 절대로 빛을 잃지 않는 것이 별이기 때문이다. 앞에서 거론한 네 시인이 가장 중요하게 여긴 것은 바로 그러한 정신이었던 것이다. 21세기에도 우리 삶은 더 깊은 어둠을 전제할 수밖에 없을 것이다. 그러므로 별의 정신은 영원한 삶의 상징으로 읽을 수 있다는 것이다. 이분들이 지녔던 민족의식은 그런 의미에서 오늘의 우리에게도 더 깊게 다가오는 것이다.

그러나, 민족의 문제는 존엄한 가치로도 바라보아야 하지만 가장 현실적인 문제로도 이해를 해야 할 것이다. 지금의 한국인 출산율을 기준으로 한다면 2750년이 되면 한반도에서는 인구가 멸종될 것이라는 연구결과가 나왔다는 뉴스를 접했다. 물론 다른 많은 변수가 있겠지만, 그때가 되면 우리 민족은 이 지구상에서 사라질 것이라는 예측이었다. 이는 물론 기계적인 계산이고 가정을 전제한 것이다. 그리고 우리는 그 상황이 오기 전에 충분히 대안을 통해서 극복할 것이라고 믿는다. 그러나 세계 10위권의 경제력을 가진 한국, 다양한 방면에서도 세계적으로 두각을 나타내는 우리 민족이 처한 상대적 현실은 실로 경악을 금치 못하게 하는 것이다. OECD 국가 중에서 한국은 자살률이 제일 높은 나라가 아닌가. 이는 무엇보다도 불명예스러운 일이다. 한국의 경제적 위상이 대단히 높은데도 불구하고 국가적 품격은 대단히 낮다는 점, 이제 이러한 문제로도 좀 더 다가서도록 해야 할 것이다.

* 이 글은 2016년 10월 8일 LA 부근에서 열린 "제13회 민족시인 문학의 밤"에서 한용운, 이상화, 이육사, 윤동주 시인을 중심으로 했던 강연 내용을 정리한 것이다. 따라서 문학의 밤 현장에서 행한 강연으로 논문과는 다른 것이다.

시와정신국제화 시카고
문학 심포지엄

시카고 문학 심포지엄에서

시카고에 도착

　시와정신국제화센터 주관으로 2018년 8월 7일부터 8월 16일까지 열흘간의 미주문학 탐방이 있었다. 시카고에서 4박 5일 '시와정신국제화 시카고 문학 심포지엄'을 가졌다. 그리고 LA로 옮겨서 5박 6일간 미주문인협회에서 매년 열리고 있는 문학캠프에 참가하여 특강을 펼치는 일정이었다.

　계간 『시와정신』 주간이자 시와정신국제화센터 대표인 나는 시와정신회 회장을 맡고 있는 박광영 시인과 함께 인천공항에서 출발하였다. 인천공항에서

인천공항에서

한국 폭염의 나날로부터 탈출한다는 기쁨과 함께 이륙하였다. 시카고 오헤어 공항을 향할 때 한국은 폭염으로 이글이글 끓어오르는 한여름이었다.

13시간의 비행을 마치고 낯선 시카고 오헤어공항에 도착해서 입국심사를 마치고 나오니 우리 일행을 기다리는 분들이 있었다. 시카고에 거주하는 정용진 소설가와 보스턴에서 온 신영 작가였다. 특히 신영 작가는 2017년 시와정신국제화센터에서 주관했던 한국에서의 문학 심포지엄에도 참가하여 순천까지 문학기행을 함께 갔었다. 1년여 만에 다시 미국에서 만나게 되니 대단히 반가웠다. 흔한 말로 이역만리 떨어진 곳에서 아는 얼굴을 보게 된다는 것이 얼마나 감사한 일인지 하는 생각이 들었다. 공항 밖으로 나오니 아, 섭씨 24도 정도의 쾌청한 날씨가 우리를 반기고 있었다.

그런데 시카고의 일정이 바뀌어 있었다. 1박 2일간의 문학기행이 있고 8월 9일 저녁에 문학 심포지엄이 열릴 것이라고 알고 있었는데, 도착한 날 바로 저녁에 문학 심포지엄을 펼쳐야 한다는 것이다. 준비상황을 서둘러서 점검해야만 하였다. 당일 저녁 7시에 시카고 한인문화회관에서 '제2회 시와정신국

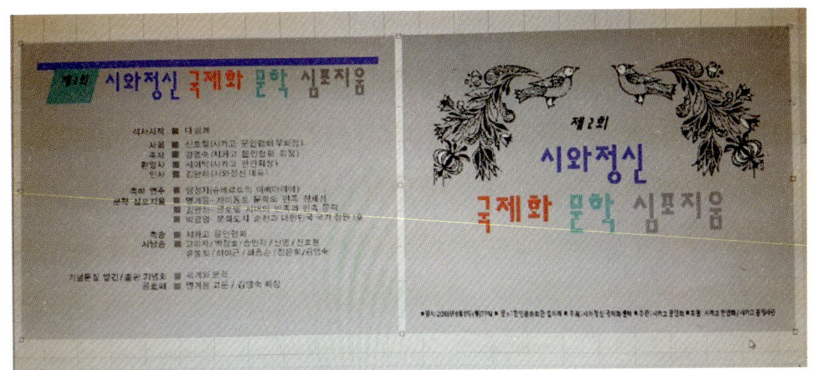

제2회 시와정신국제화 문학 심포지엄

제화 문학 심포지엄'이 열리게 된 것이었다.

서둘러서 점심을 먹고 호텔에 여장을 풀고 나니 시간이 좀 남아 있어서 미시간호수와 시카고 근교를 돌아보았다.

"미시간호수는 바다가 아니지만 수평선이 보인답니다. 제 친구는 여기가 바다가 아니라는 말에 손가락으로 물을 찍어 맛보고는 믿었지요." 시카고 문협 회원이 나에게 말했다.

"진짜네요. 교수님도 물 맛 한 번 보시지요? 물 맛 한 번 끝내주는데요." 박광영 시인의 청에 나는 손사래를 쳤다. 옥색 물빛의 호수와 더불어 주변 공원에서 조깅을 하고 산책하는 많은 사람들을 보면서 여기가 진짜 미국 시카고이구나 싶었다.

제2회 시와정신국제화 문학 심포지엄

행사가 시작되기 전에 시카고 한인문화회관에 도착했다. 건물 내부의 왼쪽에는 갤러리 그리고 오른쪽에는 도서관이 있었다. 규모는 우리나라의 작은도서관 정도였지만 전체적으로 잘 정리되어 있었고, 벽면에는 시카고 한인 문인들의 작품이 걸려 있었다. 시화전의 작품처럼 걸려 있는 액자들을 감상하면서 고국에 대한 그리움과 이민 초기에 이방인으로서 미국사회에 정착하기까지 그들이 부딪쳤을 수많은 난관에 대해 떠올려보았다.

행사 시간이 가까워지면서 많은 사람들이 도착했다. 시카고문인협회 김영숙 회장의 말을 빌리면, 미주에서 문학행사에 이렇게 많은 사람들이 모이기가 쉽지 않은 일이라고 했다. 행사장은 70여 명의 하객으로 가득차 있었다. 신호철 문인회 부회장의 차분한 사회로 김영숙 회장의 환영사, 시카고한인회 이진수 부회장의 축사에 이어서 양정자 시인의 아베마리아 축하 연주도 가히 일품이었다.

본격적인 문학심포지움에서는 명계웅 교수의 '재미동포 문학의 민족 정체성', 그리고 나의 '글로벌 시대의 민족과 민족문학'이라는 주제의 특강이 있었다. 이어서 박광영 시인도 참여하였다.

명계웅 교수는 미주 한인문학에 대해 한국에서 이른바 '디아스포라'라는 표현을 일부 사용하는 것에 대해, 디아스포라는 나라를 잃은 유대 민족을 일컫는

시카고 한인문화회관

단어인데 미주의 한인들은 나라를 잃은 민족이 아니므로 그 표현이 적절치 않다는 의견을 피력했다.

나는 윤동주, 한용운, 이육사, 이상화 등 한국문학에 있어서 국제적으로 내놓아도 손색이 없는 민족시인들의 예를 들면서, 미주 한인문인들에게 이민문학이 나아가야 할 방향을 제시하는 강연으로 많은 박수갈채를 받았다.

박광영 시인은 순천을 소개하려고 했으나 『세계와문학』에 실린 글로 대신하고, 비행기 안에서 보았던 두 편의 영화 「리틀 포레스트」와 세계적인 팝페라 가수 안드레아 보첼리의 성장기를 그린 「The Music of Silence」의 감상을 소개하면서, 두 영화에 나타나는 글을 쓰는 사람들의 심정이라는 내용을 이야기하였다.

이어진 기념문집 『세계와문학』 창간호 출판기념회 순서에서 명계웅 고문과 김영숙 회장에게 공로패를 전달하였다. 이어서 다양한 분야에서 활동 중인 신영 작가가 출간한 산문집 『자유로운 영혼의 노래를 부르며』의 출간소감으로 분위기는 더욱 후끈 달아올랐다.

심포지움 행사가 끝나고 뒷풀이 시간에 김영숙 회장은 시카고에서 '예지문

참석자 단체사진

학회'와 '문경문학회'가 열심히 활동하고 있으며 문학적인 발전을 이루기 위해 정기적으로 모여서 합평을 한다고 알려주었다. 미주 사회에서 문학활동을 하는 분들은 퇴직 이후에 시간을 내서, 미국 정착과정으로 바쁘게 살면서 미처 돌아볼 틈새를 얻지 못한 자신을 찾아가는 인문정신의 발현일지 모른다는 생각을 해보았다.

헤밍웨이 생가와 링컨 묘소

심포지움 행사가 끝나고 1박 2일간의 문학기행이 이어졌다. 시카고 지역에

헤밍웨이 생가(2018. 8. 8)

링컨의 코 부분이 반질반질하다

서 문학적 기념비가 될 만한 곳을 자동차로 돌아보는 여행에 12명이 참가했다. 명계웅 교수의 진행으로 가족 같은 분위기로 차 안에서는 나의 짧은 문학 특강과 참석한 문인들의 노래 경연이 이어졌다.

한국에서 글을 쓰는 사람들의 공통적인 관심사는 어떻게 하면 더 좋은 글을 쓸 수 있을까이다. 마찬가지로 미주 한인 문인들의 기본적인 욕구도 좋은 작품을 쓰기 원하며, 또한 고국인 한국에서 문학적으로 인정받기를 원한다는 강한 느낌을 받았다.

시와 산문 각 분야에서 여러 권의 작품집을 갖고 있는 문인들도 적지 않았다. 그러나 작품과 좋은 글쓰기에 대한 목마름을 미주에서는 쉽게 해소할 수 없기에 목마르지 않는 생수를 찾는 그들의 심정이 마음 깊이 다가왔다. 몇십 년간 개인적으로 시를 쓰는 분들도 있고 작품을 발표하고 싶은 마음이 강하지만, 지면이 허락되지 않아 많은 아쉬움을 토로하기도 했다.

다양한 이야기를 나누면서 문학기행 첫날에 먼저 찾은 곳은 헤밍웨이의 출생지(Hemingway Birthplace)였다. 대문호 헤밍웨이가 태어난 주택을 직접

보러 간다니 마음부터 설레었다. 어쩌면 관광차 미국에 왔더라면 그런 곳은 구경거리가 되지 못했을 것이다. 그런데 문인들이 함께하는 여행이라 소소하고 의미 있는 곳을 찾는다는 점에서 마음이 여유로웠다.

오크 파크(Oak Park) 가에 자리 잡고 있는 헤밍웨이 생가는 매우 소박했다. 그냥 지나치다 보면 헤밍웨이의 생가인지도 모른 채 지나갈 정도로 교외의 평범한 저택이었다. 정원에 헤밍웨이가 탄생한 곳이라는 푯말이 서 있고 저택의 출입문에 생가라는 표지가 붙어 있었다. 아쉬운 것은 당일 개방이 되었다면 내부를 관람할 수 있었을 텐데, 잠겨 있어 밖에서 창문을 통해 들여다 볼 수밖에 없었다. 나중에 들으니 입장료는 15달러인데 가이드가 아주 상세하게 설명을 해준다고 하였다. 헤밍웨이는 1890년대에 이 집에서 거주했으나 이후 1900년대 초에 이사한 후로는 집 주인이 여러 차례 바뀌었다고 했다. 저택에

링컨 묘지

링컨 대통령이 묻혀 있는 곳

들어가지 못해 대문호 헤밍웨이가 어떻게 문학에 관심을 갖게 되었고, 어떠한 소설을 쓰게 되었는지 등 궁금한 것은 아쉽게도 듣지 못했다.

최근에는 국내에서도 문인을 기념하는 문학관이 지역마다 계속 들어서고 있으니, 앞으로는 국내 관광의 추세도 문화와 관광이 접목되는 방향으로 급속하게 나아가지 않을까 하는 생각이 들었다. 헤밍웨이 생가는 주변 주택과 비교할 때 겉으로는 아무런 차이점을 찾을 수 없는 일반주택이란 점에서 미국의 실용주의를 엿볼 수 있는 대목이기도 하였다.

시카고는 일리노이 주에서 가장 큰 도시이지만 주도(州都)는 스프링필드였다. 오후에는 스프링필드에 있는 링컨 대통령 묘소를 찾았다. 스프링필드는 인구 10여만 정도의 작은 도시였는데 시카고에서 300Km 정도 떨어져 있는 곳으로 미국 제16대 대통령 에이브레험 링컨이 살았던 도시로 유명한 곳이었다. 링컨(Abraham Lincoln : 1809. 2. 12.~1865. 4. 15.)은 남북전쟁이라는 위기에서 나라를 이끌며 전쟁을 종식시키고 연방을 보존하였으며 노예제도 종식에

일리노이주 한국전쟁 참전기념비

도 기여함으로써, 미국인뿐 아니라 전세계 모든 사람들에게도 위인의 전형으로 남아 있다.

그는 켄터키에서 태어나 대통령이 되기 전에 이곳 스프링필드에 살면서 변호사로도 활동했다. 이곳 링컨 대통령의 묘지는 미국인들에게는 성지처럼 추앙받는 곳이기도 하였다.

우리 일행은 통로를 따라 링컨 묘소의 지하실로 들어갔다. 침침한 조명으로 엄숙한 분위기를 자아내는 통로를 따라가니 링컨이 누워 있는 관이 보였다. 사람은 언젠가는 죽을 수밖에 없는 존재이기에 어떻게 살고, 어떻게 죽느냐는 결국 그 사람의 선택에 달린 문제라는 생각이 들었다. 문학을 하는 것, 그게 어떤 의미를 가지고 있을까에 대해서도 잠시 숙고해 보았다.

링컨 묘소에서 단체 사진을 찍고 나자 차를 운전하는 안 목사가 한 곳을 더 보자고 제안하였다. 그것은 일리노이 주 출신으로 한국전쟁에 참전했다가 전사한 군인들을 위한 기념비가 있는 곳이라 하였다. 링컨 묘소에서 조금 떨어진 기념비를 찾아가니 일리노이 주정부에서 조성한 한국전쟁 참전 기념비와 베트남 전쟁 참전 기념비가 각각 서 있었고, 그곳에는 참전 용사들의 명단이 조각되어 있었다. 일리노이 주 출신의 젊은 청년들이 당시에는 어디에 있는지도 모르는 나라 코리아, 그 머나먼 한국 땅에서 총을 메고 참전했다는 것, 무엇보다 소중한 젊은 청춘들이 목숨을 이방의 땅 코리아를 위해 바쳤다고 생각하니 갑자기 목이 메었다. 기념비에는 일리노이 주 출신으로 인원 206,500명이 참전하여 1,741명이 전사하고 4,691명이 부상을 입었다고 기록되어 있었다. 고개를 들어 하늘을 보니 날이 흐려 있고 빗방울이 떨어질 것 같아 우리는 그곳에 오래 머무를 수 없었다.

미시시피강, 마크 트웨인의 유적을 찾아

다음날은 작품 『톰 소여의 모험』과 『허클베리 핀의 모험』으로 유명한 마크

미시시피강

미시시피강 앞에서

트웨인의 유적을 찾아갔다. 미시시피 강변에 위치한 한니발(Hannibal)이라는 마을은 마크 트웨인(Mark Twain)이 유년시절을 보낸 곳으로, 그는 그곳의 유년시절 경험을 토대로 소설을 썼다고 전해진다.

마을 전체는 마크 트웨인과 소설 속의 주인공을 기념하기 위해서 존재하고 있다는 느낌이 들 정도로 온통 마크 트웨인의 흔적으로 가득했다. 마을 중심에는 마크 트웨인이 살았던 주택이 박물관처럼 운영되고 있었다. 그곳에는 장난기 가득한 소년, 톰 소여가 펜스에 페인트를 칠하는 광경을 그대로 재현해 놓았다. 작품 속의 익숙한 풍경은 물론 그 저택 바로 맞은 편에는 톰 소여의 연인이었던 베키 대처의 집이라는 푯말을 붙여놓고 있었다.

마크 트웨인의 본명은 사무엘 랭혼 클라멘츠(Samuel Langhorne Clemens, 1835~1910)였다. 그는 한니발에서 30마일 정도 남쪽에 있는 플로리다(Florida)라는 소읍에서 태어나 4살 때 한니발로 이사를 했다고 하였다. 18세 때는 필라델피아, 뉴욕, 워싱턴을 여행하면서 여행기를 쓰기 시작했고 그러다가 배를 타고 남미까지 여행을 하며 어릴 적의 꿈인 배의 선장이 되었다고 한

마크트웨인 박물관에서

다. '마크 트웨인(Mark Twain)'이란 필명은 안전수심이 두 길이라는 뜻으로 입항할 때 부두에 있는 사람들이 외치는 소리였다고 하였다.

우리 일행은 한니발 마을 근처에 있는 맥두걸 동굴을 관람했다. 이 동굴은 톰 소여가 베키와 함께 그 안에서 길을 잃고 헤매던 이야기의 배경이 되는 곳인

마크트웨인 박물관에서

마크트웨인 박물관에서

데, 갈래갈래 복잡하게 얽혀 있는 곳마다 소설 주요 대목들을 상기시켜 주는 푯말을 매달아놓았다.

　마지막으로 미시시피 강을 오르내리는 기선을 재현한 유람선을 타는 것으로 마크 트웨인을 찾는 문학기행의 마지막을 장식하였다. 미시시피 강의 물은 그리 깨끗하게 보이지는 않았다. 흙탕물은 아니었지만 흐린 빛깔은 오히려 검은색에 가까웠다. 부두에서 출발하여 천천히 미시시피 강을 따라 내려갔다가 되짚어 올라오는 1시간여의 코스에서 한니발이라는 마을을 바라보았다. 마크 트웨인의 유머와 위트가 어디에서 나왔을까를 생각해 보았다. 미시시피강의 길고 유장한 흐름과 그 여유에서 나온 것이 아닐까 추측해 보았다.

　우리 일행은 이틀간의 문학기행을 모두 마치고 시카고로 향했다. 달리는 차 안에서 돌아가며 불렀던 노래들이 아직도 귓가에 남아 있다. '목포의 눈물'을 간드러지게 불렀던 고미자 시인, 보스턴 황진이라며 노래보다 춤에 자신 있다는 신영 수필가, 소설가 정종진 부부가 문학기행에 동행했었는데 시카고 일정 중에도 늘 함께해 주었다. 차 안에서 삼행시 백일장을 실시하여 영예의 장원으

로 뽑힌 팔방미인 송인자 시인, 이틀 동안 안전운전을 해 준 안영배 목사 등 시
카고에서 만난 분들과의 인연은 오래도록 잊지 못할 것 같았다. 특히 명계웅 선
생, 시카고문인협회 김영숙 회장은 시카고에 체류하는 동안 나에게 여러 가지
로 불편함이 없도록 신경을 써 주었기에 이 자리를 통해서라도 감사를 전하려
한다.

버클리문학 10년을 돌아보며

버클리문학 특강을 마치고

다시 버클리에 와서

2018년 12월 27일(목)의 샌프란시스코 공항 날씨는 한국과 달리 대단히 포근했다. 그동안 2년을 이곳에서 연구년으로 보냈지만, 12월 말경에 공항에 도착한 것은 이번이 처음이었다. 버클리에 올 때는 주로 한여름에 이곳에 도착하곤 했었는데 그때와는 사뭇 다른 느낌이었다. 맨 처음 이곳에 오던 2009년 8월 6일로부터 9년 5개월 가까이 지난 시점이었다. 그래도 언제나 샌프란시스코에 닿으면 가슴은 설렘으로 차고 넘친다. 그것은 미국 하면 제일 먼저 샌프란시스코가 떠오르고, 샌프란시스코 하면 금방 금문교를 연상하는 습관화된 반응에서 오는 것일지도 모르겠다.

4월 말부터 시작되는 건기에 말랐던 풀들이 10월경에 시작된 우기로 파릇파릇한 풀빛을 쏟아내고 있었다. 둥그런 힐을 타고 오르는 풀빛은 언제나 바라볼 때마다 어머니의 마음을 연상하게 하였다. 비탈마다 작고 노오란 꽃들이 뿌려지면서 그 색상의 대조로 인하여 그것은 내게 버클리의 가장 강렬한 모습으로 간직되어 있다.

2009년에 처음 버클리에 와서 설레던 순간들이 주마등처럼 스쳐 지나갔다. 8월 초 건기의 중심에 닿아 있던 버클리는 이미 다 말라버린 풀들로 모래언덕 같이 조금은 황량한 모습이었다. 가족들과 이곳에서 1년을 살기 위해 정착으로 바쁜 날들이 지나가고 10월에 이르러 비가 내리면서 힐에는 조금씩 풀이 돋아나기 시작하였다. 그리고 12월에 이어서 1월, 2월로 가며 그 풀빛은 절정을 이루었다. 둥글둥글한 힐마다 짙게 번져가던 풀빛은 나에게 이곳 풍경의 상징으로 다가왔다.

새파랗게 돋아난 힐 안에는 무엇이 서로의 손을 잡아주며 일어서는 것 같아요 푸른빛 더해 가는 가슴을 보면 침묵의 맹렬한 눈빛으로 겨울 칼날도 무색하게 하지요

버클리에 봄이 오는 이유를 이제야 알겠어요 나 벌써 와 머무는 그대 큰 눈망울을 보았어요 어느새 초록빛을 힘차게 굴려 올리며 봄으로, 봄으로 옮겨 가는 힐의 튼튼한 종아리들, 겨울 속에서도 이미 완연한 봄을 실어 또 다른 기다림에 흠뻑 빠져 있어요

나는 더 큰 울림을 차비하였지요 버클리 힐을 뒤덮어 펼친 것은 초록이 아니라, 그 안에 싹트는 진정한 사랑인 것을 나 이미 봄이라 하는데 버클리 사람들 굳이 겨울이라 하네요

버클리의 봄

　사랑의 진정한 얼굴은 무엇인가요 여기까지 버클리 힐을 파랗게 물들여
놓은 그대 초록빛 가슴을 보았어요
　_졸시, 「버클리 사랑」 전문

　나의 시에도 스미어 있듯이, 버클리는 언제나 내게는 봄의 절실한 풀빛으로
다가왔다 멀어져 간다. 그것은 내 마음 속에도 더 깊게 스미어 있을 것이다.
2017년 2월 1일 귀국하였다가 1개월 적은 2년 만에 다시 오는 이곳이지만,
언제라도 힐의 풀빛을 보면 고향의 어떤 푸근함 같은 것을 느낄 수가 있다.

버클리문학 특강 – 반가운 만남

　버클리에는 언제나 따뜻하게 나를 맞이해 주는 분들이 있기에 더욱 정겹다.
버클리문학협회의 김희봉 회장을 비롯하여 회원들은 바쁜 생활 속에서도 모
국어의 감수성을 잃지 않으려 노력하며, 고국에 대한 사랑을 시와 산문으로

버클리문학 특강(2018. 12. 29. 캘리포니아 라피엣 라스모아)

담아내며 고군분투하고 있었다. 그 마음을 헤아리면 매우 애틋하고 더 정답기도 하였다. 한분 한분 악수를 나누고 자리에 앉으니 2010년 2월부터 오클랜드 〈수라〉에서 펼치던 '버클리문학강좌'가 떠올랐다. 〈수라〉의 다락방에는 언제나 오늘처럼 열기가 차오르곤 했었다.

'버클리문학강좌'를 마치던 날이 떠올라 입가에 미소를 지어 보았다. 2010년 6월 말에 특강을 마치며 서운함 반, 후련한 마음 반으로 서로를 돌아볼 때였다. 평소에는 한 번도 빠지지 않고 열심히 참석하였던 두 사람이 보이지 않았다. 모두들 궁금해하고 있던 차에 두 사람이 땀을 흘리며 나타났다. 두 사람의 가슴에는 주변의 여러 곳을 뒤져서 모은 '별'처럼 생긴 과자 박스가 안겨 있었다. 평소에 버클리에서는 내 시에 많이 나타나는 '별' 이미지를 따서 나를 '별 시인'이라고 불러 주곤 하였다. 그래서 두 사람은 나의 종강을 기념하기 위해 '별' 모양의 과자를 구해왔던 것이다.

반가움을 잠시 뒤로 하고 두 가지 내용으로 특강을 하였다. 첫 번째의 특강으로 시를 쓰는 데 있어서 상상력의 역할과 상상력의 중요성을 강조하였다. 그리

시집에 사인하는 모습

고 2018년 《동아일보》 신춘문예에 당선된 제자 변선우의 시 「복도」를 함께 읽으면서 이 시에서 상상력이 어떻게 전개되는가를 살펴보았다.

버클리문학 회원들은 언제나 진지하였다. 라스모어라는 곳에서 진행한 특강에는, 인근은 물론이고 산호세 등에서 두세 시간을 운전하여 온 분을 포함하여 30여 명이 모였다. 나는 연초에 나의 제6시집 『집 우물』을 기념으로 전달하였다. 특히 이번 시집은 2016년에 UC 버클리에서 두 번째 연구년을 보내면서 정리한 원고들이 많아서 더욱 현장감을 주기도 하였다.

아버지와 새로운 만남 – 『집 우물』

두 번째 특강은 나의 6시집에 관한 것이었다. 나의 시집 『집 우물』(천년의시작, 2018)은 내게 시의 길을 알려 주신 아버지에게 바치는 시집이라 할 수 있었다. 오늘 다시 이곳에 와서 여기서 정리한 시집을 버클리문학 회원들과 함께 읽을 수 있게 되어서 매우 기뻤다.

나는 아일랜드의 시인 셰이머스 히니(Seamus Heaney, 1939~2013)에게 많은 열등의식을 가지고 있었다. 아니, 내가 아일랜드 시인으로 1995년의 노벨문학상 수상자이자, 예이츠 이후 가장 위대한 시인으로 알려진 그에게 열등의식을 가지고 있다니! 그것이 가당키나 한 말인가. 그러나 그것은 시인의 입장이라기보다는 그가 보여 준 아버지와 할아버지에 대한 애정과 그리고 농촌의 삶에 대한 자부심이라는 측면에서 말하는 것이다. 히니는 북아일랜드에서 아홉 형제 중에 첫째로 태어났다. 그는 농업과 목축업에 종사한 친가와 방직 공장의 노동자였던 외가의 영향으로 아일랜드의 전통과 산업혁명의 흔적을 두루 경험하였다. 이렇게 그에게 형성된 상이한 두 문화 사이의 긴장은 이후 그의 시 세계에 중요한 요소로 자리하게 되었던 것이다. 아일랜드는 오랫동안 영국의 지배를 받았지만 그것에 대한 적개심은 그리 크지 않은 듯하다.

히니에게서 내가 놀라워하는 것은 그의 할아버지와 아버지의 노동에 대한 동경과 존경심이었다. 왜냐하면 농촌에서 태어나 자란 나는 농촌에 대한 기억이 그렇게 좋았던 것만은 아니었던 까닭이다. 그 당시 우리의 농촌에는 노동의 힘겨움, 환경의 열악함이 있었기 때문이다. 그러나 셰이머스 히니의 시에서 농촌의 삶은 너무나 즐겁고 행복한 추억으로 형상화되어 있었다. 그에게 할아버지와 아버지의 삽질은 노동을 넘어 예술의 극치에 닿아 있는 듯해 보였다. 그래서 자신도 어른이 되면 삽을 쥐고 노동을 하며 밭을 일구겠다고 했는데, 어느 날 자신의 손에는 펜이 쥐어져 있었기에 그것으로 글을 쓴다고 하였다.

그러한 열정과 사랑으로 히니는 그가 경험한 삶의 터전에서 얻은 전통과 토속성을 친밀한 필체로 형상화했던 것이다. 그는 아일랜드의 정치적 상황에서 비롯된 투쟁과 갈등을 매우 섬세하고도 사실적으로 표현하였다. 이로 인해 그는 서정적인 아름다움과 윤리적인 깊이를 갖추어 일상의 기적과 살아 있는 과거를 고양시키는 작품을 썼다는 평을 얻었던 것이다.

나는 2016년 2월부터 1년간 버클리대에서 두 번째 연구년을 보내며, 이곳에서 고향과 아버지에 대한 시를 쓰겠다는 계획을 가지고 왔었다. 우리 가족은 버클리대에서 30분 거리의 라피엣(Lafayette)에 머물며 그곳에서 시를 쓰고 또 정리하였다. 특히 주말이면 라피엣 도서관에 가서 지난 시간을 회상하며 시를 쓰고 유년의 아버지에 대해 돌아보았는데, 그 시간은 정말 의미 있고 기쁜 순간들이었다.

새벽은 숫돌에서 푸르게 날이 섰다
어둠 속에서 낫을 미시는 아버지 어깨가
두꺼운 어둠 벽을 무너뜨렸다
새벽 들길에 이슬 한 짐 지고 오셨다

내 아침잠에서 깨어날 즈음
안마당에 부리시던 아버지 지게
어둠 속에서도 점점 부풀어 올랐다
아버지 뒷동산을 지고 일어서셨다

마당에 가득 풀들이 튀어 올랐다
고요한 뜰 위로 생기를 불어넣으며
집 안은 온통 풀 내음에 출렁거렸다
하루가 새 길을 트고 있었다

종아리에 묻은 풀씨 쓸어내리며
아버지 베잠방이 주머니에서
샛노란 참외 두 개를 내놓으셨다
삼베옷에 쓱쓱 문질러 낫으로 깎아주시면

달고 시원한 맛 속으로 하루가 힘차게 달려갔다

　_졸시,「새벽의 꿈」전문

　그 중에서 제일 먼저 쓰게 된 시가 바로「새벽의 꿈」이었다. 이 시는 유년의 기억과 사실을 바탕으로 형상화한 것이다. 그런데 이 시를 쓰고 나니 아버지가 내게 한층 더 다정다감한 분으로 다가오시는 것이 느껴졌다. 언어의 힘과 시의 치유 효과라고나 할까. 아버지의 성실한 삶과 활력으로 나의 유년도 아주 밝게 빛이 나는 것이었다. 나는 이후로 참외를 볼 때마다 그날 아침 아버지께서 내게 깎아 주셨던 노오란 참외의 향기와 시원한 맛을 떠올리게 되었다.

　농사일이 끝나면 마을 어른들은 연못에 물 퍼내는 축제를 펼쳤다 둠벙 안의 물이 줄어들면 우리들 가슴은 벅찬 설렘으로 차오르기 시작했다 물이 줄어 바닥이 느껴지면 가슴은 더 두근대곤 했다 구름은 흐름을 멈추었다 너른 들녘도 침묵을 풀지 않았다

제6시집『집 우물』

바닥까지 물이 줄자 파다닥 땅을 치며 들녘이 요동치고 뒤척였다 나는 연
못 깊이 살고 있는 신비한 물고기를 기다렸다 가물치 미꾸라지 뱀장어 붕어
새우 구구락지, 내게는 시시한 것들을 잡으려 동네 사람들 모두 손뼉 치며
이리 뛰고 저리 뛰기 바빴다 둠벙 하나에 마을이 통째로 빠져 있었다

연못이 다 잦아들고 온종일 진흙 속을 뒤져도 내가 찾는 물고기는 없었다
텅 빈 바닥에 바람이 와 누웠을 뿐이다 한 아름의 자배기에 고기를 안은 아
버지 뒤를 따라 집으로 돌아왔다

그때는 사람들이 작은 연못에 그토록 주력하는 것을 통 이해할 수 없었다
늦게야 그것이 마을 사람과 논을 키우는 첫 농사라는 것을 알았다 물이 차
츰 줄어들어 거기 비친 하늘이 사라진 뒤에야 마을 사람들은 연못에서 풀려
나 집으로 돌아오곤 했다

봄이면 아버지는 다시 연못의 물을 끌어 논에 대기 시작했다 그러면 연못
속에서 커갈 신비한 물고기 따라 내 꿈도 점점 더 깊어져 가는 것이었다
　＿졸시, 「연못치기」 전문

이 시도 연구년을 보내는 중에 구상이 되었다. 2016년의 11월경을 넘어 한
국에서는 박근혜 대통령의 탄핵으로 온 나라가 시끄러웠고, 내가 미국에 머물
면서 한국을 바라보는 심사는 자못 안타깝기 짝이 없었다. 그때 내게는 문득
'아버지'와 '연못'과 '하늘'의 이미지가 동시에 연결되어 떠올랐다. 그래서 유
년의 추억이 환기되며 이 한 편의 시가 탄생되었던 것이다.
이 시는 4연의 후반에 "물이 차츰 줄어들어 거기 비친 하늘이 사라진 뒤에야
마을 사람들은 연못에서 풀려나 집으로 돌아가곤 했다"라는 부분에 방점을 두
었다. '하늘의 사라짐'이라는 상황에 한국의 정치적 상황을 비유적으로 담고 싶
었을 것이다. 시를 구상하고 쓰다 보면 애초의 생각과는 많이 달라지기도 한다.
이 시도 그랬던 것으로 기억되었다. 어린 날 우리 마을 어른들은 가을 추수가

끝나고 나면 들녘 한가운데 있는 연못의 물을 퍼서 그 안의 물고기를 잡곤 하였다. 그것은 내게 흥겨운 축제와도 같았다. 그 한가로운 모습 속에 아버지가 등장하여 마을 사람들과 연못에 물이 줄어들어 거기에 비치던 하늘이 모두 사라진 뒤에야 집으로 돌아오던 순간의 기억이 왜 그때 미국에서 떠올랐으며, 그것이 한국의 정치적 상황과 맞물려 상기되었는지는 나도 잘 모르겠다.

이 시를 쓰면서 아버지는 내게 어둠과 시련을 밝혀 주고 새로운 길을 열어 주시던 분으로 다가왔다. 아버지가 살아계실 때는 왜소해 보이던 그분의 어깨가 넓게 떠오르며 나를 목마 태우고 힘차게 걸어가시는 것이었다. 그것은 이제 나도 20대 후반과 중반의 두 아들을 두었던 아버지이고 아들들에게 나는 어떤 모습의 아버지일까를 되돌아보는 즈음의 정서와 겹쳐지기도 했다.

새벽어둠을 가르는
자전거 급브레이크
안마당으로 툭 하고 떨어지던 한국일보
아버지 주섬주섬 일어나서
어둠 속에서 신문을 건져 올리셨다
호롱불 앞에 바다처럼 펼치셨다

확 풍기는 기름 냄새가
코에 와 닿으면
어시장 생선처럼 뛰어 오르던 활자
아버지 펼치신 신문 속 세상은 내게 멀고
아릿한 달빛 별빛 꿈결 속으로
나의 유년도 함께 달려갔다

중학생이 된 어느 날,
신문이 눈에 들어오고
시가 다가왔다
내가 먹고 자랄 꿈이 거기 돋아나 있었다

신문 한편에 실려 오는 시를 읽으며
가슴이 마구 뛰었다

이제 아버지 떠나신 빈자리
시가 내게 남았다
　　　_졸시, 「새벽 신문을 펼치며」 전문

　그동안 나는 아버지에 대한 시는 거의 쓰지 못했었다. 가령 1992년에 나의 첫 시집 『길은 마을에 닿는다』(문학사상사)를 낼 때에는 사실 아버지에 대한 시가 단 1편도 없었다. 할아버지와 할머니, 어머니와 아내 등이 등장하는 시가 있었음에도 불구하고 아버지는 전혀 나타나지 않았다. 그래서 아버지에게 죄송하다는 생각으로 시집에 수록한 시를 그때의 아버지 연세에 맞추어 72편으로 정리했던 일이 있다. 그러다가 근년에 들어서며 아버지에 대한 시를 몇 편 썼었다. 그리고 이번의 6시집 『집 우물』(천년의시작)에는 위에 제시한 시 이외에도 아버지와 관계된 「새끼 새 같던 날」, 「거울 속의 고요」 등의 시편이 더 있는 것이다.

　아버지는 이미 20여 년 전에 돌아가셨고 이제 내게는 아버지도 이미지로만 남았다. 어린 날의 아버지는 한 가정의 가장으로서 현실에 만족하기보다 늘 새로운 세계를 내다보시는 것 같았다. 현실에 안주하고 기대기보다는 무언가 늘 조금 부족한 것을 채우려 애를 쓰셨다. 그러나 그 간극을 넘어서려는 아버지의 의지는 쉽게 이루어지지 않았고, 그것을 고민하시던 아버지 모습으로 내게는 강하게 남아 있었다.

　그리고 보면 나에게 시는 아버지로부터 비롯되었다고 말할 수가 있었다. 나에게 시는 아버지가 보시던 《한국일보》로부터 시작되었다고 말할 수 있겠으니 말이다. 나는 지금도 그때를 아주 생생하게 기억하고 있다. 어두컴컴한 새벽이면 바깥마당에서 자전거의 급브레이크 소리가 들려왔다. 그리고는 안마당으로 던져진 신문이 툭, 하고 떨어지는 소리가 나곤 했다. 그때면 아버지는 일어나서 주섬주섬 옷을 챙기고 밖으로 나가 《한국일보》를 들고 들어오셨다. 그때 방안으로는 신문지에서 확 풍기는 기름 냄새가 가득 차며 내 콧등을 쓸고 지나갔다. 어느 날 그 신문 한 귀퉁이에 시가 실려 오는 것을 발견하였다. 내가 중학교에 들어간 즈음부터 나는 그 시를 읽기 시작했다. 내게는 거기에 실린 시를 읽으며 그때 시의 싹이 자랐을 것이다. 그 시들을 오려서 작은 봉투에 담아 보관하기도 하였다. 그리고 시간이 지나서 아버지는 떠나가셨고 이제 시만이 내게 오롯이 남아 있다. 그리고 이제 나는 아버지와의 일들을 시에 담게 되었던 것이다.

그렇다. 저 어린 날, 나의 아침을 힘차게 열어 주고 아버지께서 읽으시던 《한국일보》. 거기에는 내가 가야 할 시의 길들이 이어져 있었던 것이다. 그것을 읽고 나도 점차 시인의 DNA를 품게 되었을 것이다. 그러므로 아버지께서는 나에게 시의 씨앗을 심어주신 것이었다. 그런 까닭으로 이번 시집『집 우물』에는 이전의 시집보다 아버지에 관한 시편들이 많다. 이제 나도 철이 좀 든 것이라 말할 수 있겠다. 시에 나타난 나의 아버지는 정말 내게 새벽을 밝혀 넓

라피엣의 '만리장성'(2018. 12. 29.)

은 길을 열어 주셨고 그 길로 달려갈 수 있게 힘을 북돋아 주셨던 분이라는 것을 깨닫게 되었던 것이다. 그래서 나도 이제는 세이머스 히니에 대해 느끼던 열등감에서 조금은 벗어날 수가 있게 되었던 것이다.

특강을 마치면서 함께 모여 단체 사진을 찍었다. 이곳 분들은 언제라도 함께하면 새로운 힘이 솟았다. 이렇게 2018년의 마지막을 함께 장식하면서 뜻깊은 시간을 나누고 보니 지난 10여 년의 시간이 실로 감격스럽기도 하였다.
특강이 끝나고 일행은 모두 라피엣의 '만리장성'이라는 중국음식점으로 자리를 옮겨 저녁식사를 하며 정담을 나누었다.

오클랜드 평창순두부 – 창작의 현장

오클랜드는 버클리와 인접한 도시이다. 한때는 코리아타운을 조성하려고 추진하다가 멈춘 곳이라고 했다. 그래서 이곳에는 한국 식당도 많고 한국 마켓도 있어서 장을 보기 위해서도 자주 들르곤 했었다. 처음에 그곳으로 가면 길가를 따라 전개되는 한국 식당들을 보고 대단히 정감을 느끼며 흥미롭게 여기던 순간이 있었다.
나에게는 그곳에서 썼던 「평창순두부」라는 시가 있었다.

버클리대에서 텔레그래피 에비뉴*를 따라
오클랜드 다운타운을 향해 남쪽으로 달리면
제일 먼저 정답게 맞아주는 곳

평창순두부

뒤를 이어서,

전골하우스 산마루
강남월남국수
서울곰탕
깡통돼지
포장마차 단성사
삼원식당 고기타임

평창의 안부가 궁금하면 달려와
순두부 한 그릇 먹고 간다

일찍이 세계 속에 깃발을 세운 평창이
2018년 평창 동계올림픽으로
세계인을 불러들여 큰 잔치 벌인다

흥겨운 한마당 축제를 생각하면
가슴 가득 차오르는 기쁨
뜨끈한 순두부 한 그릇 후딱 먹고
평창의 힘으로 달려간다

_졸시, 「평창순두부」 전문

* 텔레그래피 에비뉴(Telegraphy Avenue) : 버클리대에서 오클랜드로 가는 큰 도로.

　이 작품에는 창작과정의 에피소드가 있다. 버클리대로 연구년을 와 있던 2016년 4월경에 강원도에서 발간되는 『시와소금』에서 평창 동계올림픽을 기념하기 위해 '평창시집'을 내겠다며 나에게 원고청탁을 해왔다. 청탁을 받고 딱히 '평창'에 대한 소재가 떠오르지 않아서 여러 날을 고심하던 중에 오클랜드에 있는 '평창순두부'가 생각났다. 그래서 그곳에 가서 점심을 먹고 주인에게 평창에서 언제 이곳으로 와서 식당을 열었는지, 평창과의 연관성 등을 물어보며 한 편의 시를 쓰겠다는 생각을 가지고 그곳으로 갔었다.

　내가 그곳의 '평창'이 강원도의 '평창'일 것이라고 일방적으로 판단한 데는 이

평창 순두부

유가 있었다. 순두부의 원료는 콩일 것이고 강원도 '평창'에는 콩이 많이 생산될 것이니까, '평창'은 당연히 강원도의 '평창'이리라 판단했었던 것이다. 음식을 주문하고 식당이 사람들로 붐비는 통에 주인과의 대화가 불가능하였다. 그래서 차후에 전화로 물어보아야겠다고 생각하며 돌아왔는데 몇 차례 전화를 해도 통화가 되지 않았다. 원고 마감일이 다가와서 기일 안에 그냥 원고를 보냈다. 그리고 그 일은 잠시 잊고 있었다.

그 후 6개월 정도가 지난 뒤에 누구에겐가 들은 내용은 그곳이 서울 평창동의 평창이라는 것이었다. 아뿔싸. 사실과 진실은 다른 것이라고나 해야 할까. 아무튼 원고를 보내기 전에 그 사실을 알았더라면 어땠을까 생각하면, 차라리 모르고 보낸 것이 잘 되었다고 판단하였다. 이러한 이야기를 특강 시간에 버클리 문인들에게 들려주며 「평창순두부」라는 시를 함께 읽었다. 그러면서 서로들 큰 소리를 내어 웃었다.

SF《한국일보》 – 한국문화 지킴이

버클리문학 회원 가운데 한 분이 주선하여 12월 31일(월) 낮에는 오클랜드 '평창순두부' 식당에 가서 몇 사람이 점심식사를 함께했다. 특강 때 읽었던 나의 시「평창순두부」가 계기가 되었던 것이었다. 버클리문학 김희봉 회장과 네 명의 회원 그리고 SF《한국일보》 손수락 기자와 함께 7명이었다. 당연히 그곳에서 제일 손꼽히는 메뉴로 순두부를 시켰다. 맛있게 점심을 먹고 일행 중 한 분이 주인을 불러 내 시집의「평창순두부」라는 시를 보여주었다. 그랬더니 주인은 너무 좋아하면서 선뜻 그날 7명의 점심식사 비용을 받지 않는 선심을 베풀어 주었다. 주변에서는 박수와 환호성이 터져나왔다.「평창순두부」시 한 편이 일곱 명의 점심값을 대신했던 것이다.

그리고 그곳에서 새로운 사실 한 가지도 더 확인할 수 있었다. 지금의 주인은 첫째, 둘째 주인에 이어서 세 번째로 식당을 경영하는 것이라고 했다. 그런데 애초의 명칭은 '순창순두부'였던 것을 둘째 주인이 '평창순두부'로 바꾸었다는 것이었다. 우리는 다시 한 번 모두 유쾌하게 웃을 수 있었다. 그러나 내 시「평창순두부」속에서 이곳은 영원히 강원도의 '평창'으로 규정되어버린 것이다.

우리가 그날 '평창순두부'에서 만났던 내용은 손수락 기자에 의해 며칠 뒤에 샌프란시스코《한국일보》(2019. 1. 3)에 기사로 소개되었다.

버클리문학 특강으로 샌프란시스코 지역 한인들과 9년째 인연을 맺어오고 있는 김완하 시인(한남대학교 국어국문창작학과 교수)이 6시집『집 우물』을 내놓았다.

김완하 시인의 여섯 번째 시집인 이 책에는 경기도 안성의 자신이 유년시절을 보냈던 고향과 시인의 길로 인도해 준 아버지의 사랑과 정을 시로 표현하고 있다.

특히 2부에는 지난 2009년에 UC 버클리의 방문학자로 온 이래 그동안 보고 느낀「금문교」,「내 사랑 버클리」,「평창순두부」,「라피엣에서」 등 베이 지역 소재의 시도 실려 있다.

서울 '천년의시작'에서 출판한 이 시집은 5부로 구성되어 있으며 송기한 문

평창순두부에서 손수락 기자와 함께

손수락 기자가 이곳에서 일어나는 한국문학이나 문화와 관련한 일들을 하나하나 취재하여 SF《한국일보》에 소개하고 주변의 관심을 불러일으키고자 노력하는 모습은 내게 감동을 넘어서 어떤 사명감처럼 여겨지는 것이었다.

그날 평창순두부 식당에서 버클리문학 회원들과 함께 점심식사를 하며 새해를 맞이하는 시간은 비록 조촐하였으나, 매우 즐겁고도 유익한 것이었다.

버클리에서 금문교를 바라보며

버클리에 와서 며칠만에 2018년을 보내고 새해를 맞이하였다. 그리고 2019년 1월 2일은 버클리 마리나로 갔다. 1월 3일에는 둘째 아들과 함께 로스앤젤레스로 떠나야 하기 때문에 버클리에서의 마지막 일정이기도 하였다.

시쟈 샤베츠 공원의 힐은 더 짙은 풀빛으로 덮여 장관을 이루고 있었다. 지금이 겨울이라 하지만 나는 이미 그 안에서 봄을 예감할 수 있었다. 서쪽으로 탁 트여 멀리 내다보이는 금문교가 또렷하게 한눈에 들어왔다. 그것은 태평양과 샌프란시스코 만을 가로지르는 위용으로 한결 산뜻하게 다가왔다. 힐(hill)의 푸른 풀빛을 배경으로 서서 바라보니 그 모습이 한층 희망과 새로운 빛의 상징으로 펼쳐졌다. 내 가슴 속으로도 태평양을 가로질러 온 바람 한 자락이 시원하게 훑고 지나갔다.

2008년 8월 6일에 우리 가족이 도착했던 샌프란시스코 공항, 이곳에서 1년을 살기 위해 가져온 이민 가방 8개와 캐리어를 끌고 네 가족이 도착장을 막 빠져나와 두리번거리고 있을 때, 멕시코인이 다가와 어디에 가느냐 물었다. "Walnut Ckeek." 내가 짧게 대답했다. 자기가 운전하는 벤을 이용하지 않겠느냐 묻는 그에게 나는 가격을 묻고, "Can you give me a discount?"라고 했다. 멕시코인은 잠시 생각을 하더니 10불을 깎아주겠다고 하였다.

지금 생각해 보아도, 그때 내가 외국인과 나누었던 첫 대화치고는 좀 생뚱맞다는 느낌을 지울 수 없다. 그렇게 새로운 세계에서의 첫 경험은 의외의 방향으로 전개되기도 하였던 것이다. 그러나 내게 버클리문학과의 만남은 미리 예정되어 있던 것처럼 여겨지기도 하였다. 2009년의 만남 이후 2018년 말에 이곳을 다시 찾고 해를 넘겨 2019년까지 계속 머물고 있으니 말이다. 내게 '인연'이라는 말에 힘을 주었던 어느 분이 생각났다. 그분은 만남은 '인'인데 그것은 씨앗일 뿐, 그것을 잘 가꾸고 키우려는 노력이 '연'이라 하였다. 그래서 '연'이 있어야 만남의 의미가 성장한다고 항상 강조하곤 하였다.

2009년 12월 하순에 이곳 분들과 버클리문학회를 결성하고 2010년 1월부터 '버클리문학강좌'를 열었다. 2010년 8월 귀국하기까지 30여 명이 모여 문

학의 장을 새롭게 열고자 노력하였다. 이후 송기한 교수(2011)와 김홍진 교수(2012)가 이었다. 그리고 2012년 여름 내가 버클리를 찾아 특강을 하며 『버클리문학』 창간을 제의했다. 그 결과 2013년에 한국과 버클리 문인들이 참여하는 『버클리문학』을 창간하였다. 그리고 5월은 한국에서, 8월은 버클리에서 창간 기념식을 열었다. 5월 한국 행사에 버클리의 문인 10명이 방문했다. 그후 2015년에는 『버클리문학』 2호를 냈다.

이어서 2016년 2월 1일에 나는 두 번째 연구년으로 버클리를 다시 찾은 것이다. 그리고 '버클리문학아카데미'를 전후로 나누어 열었다. 그해 8월에 『버클리문학』 3호를 발간해 버클리대에서 출간 기념식을 가졌다. '버클리문학아카데미'를 통하여 5명이 시집을 내기도 하였다. 나는 그렇게 활발한 1년의 성과를 안고 귀국하였다.

그리고 2017년 2월 1일에 귀국하여 '시와정신국제화센터'를 구상하였다. 그것은 버클리문학과의 인연으로 시작된 문학의 국제적 교류를 위해 이제 새로운 플랫폼이 필요하다고 절실히 깨달았기 때문이다. 그해 9월 한국에서 열린 '시와정신국제화센터' 오픈 행사는 3박 4일 일정으로 미국에서 23명의 문인이 한국을 찾아와 함께하였다. 샌프란시스코, 로스앤젤레스, 라스베이거스, 보스톤, 시카고 등에서 달려온 분들이 모두 즐겁고 유익한 시간을 보냈다. 이를 통해 국제화에 대한 관심은 한 걸음 더 진전을 이룰 수 있었다.

그리고 이어 2018년 8월 6일부터 시카고에서 4박 5일 동안 '제2회 시와정신국제화 문학심포지움'을 가졌다. 시카고를 중심으로 국제화를 위한 우리 문학의 세계적 시각에 대하여 공감하였다. 70명의 문인들이 모여 행사를 하였는데, 이 규모는 시카고에서 모처럼의 큰 성과라 했다. 해외 행사는 참여 인원에 대한 언급이 중요한데, 그만큼 해외 한인들 환경이 녹록지 않기 때문이다. 또한 2박 3일 동안 이어진 문학기행에 20명이 동행하여 링컨기념관, 헤밍웨

시자 샤베츠 공원에서 바라본 UC 버클리 새더 타워

이 생가, 미시시피강을 따라 여행하였다. 특히 『허클베리 핀의 모험』과 『톰 소여의 모험』 창작 현장을 둘러본 것은 의미 있는 시간이었다. 그리고 2019년 행사는 다시 한국에서 갖기로 하고 미주의 많은 문인들을 초청하기로 결정하였다.

2019년 한국에서 이루어지는 '제3회 시와정신국제화 문학심포지움'은, 2년 전 행사에서 대전의 근교와 순천만과 조정래 문학관 등을 방문한 것과 달리, 내륙으로 여행하며 정지용문학관, 오장환문학관, 박두진문학관, 조병화문학관 등을 돌아보고 그분들의 문학세계에 대하여 세계문학의 시각에서 접근하는 심포지움을 펼칠 예정이다. 뿐만 아니라 다양한 프로그램을 통해 한국문학의 세계화에 대하여 함께 모색하자고 하였다.

그동안 10여 년에 걸쳐 이루어진 버클리문학 활동은 버클리대와의 인연, 버클리 문인들과의 인연으로 맺어진 『버클리문학』의 시간으로 집약되는 것이었다. 버클리문학은 10년을 넘어서며 이제 새로운 단계로 나아가야 한다고 믿는다. 2019년에 『버클리문학』 5호가 나오고 '시와정신국제화센터' 행사에도 많은 분들이 고국을 방문하게 될 것이라 믿었다.

2019년은 세계가 좀더 힘차게 소통하며 함께 나아가는 해가 되었으면 했다. 샌프란시스코만의 저 많은 물처럼, 그 물의 정신처럼 막힌 곳이 없이 함께 공유하기를 기대하였다. 물의 처약부쟁(處弱否爭)하는 속성처럼 모든 것이 스스로 먼저 낮은 곳으로 자리하여 상대를 깊이 받아들이기를 바란다. 그리고 또한 그 위를 가로지르는 금문교처럼 활짝 열리기도 희망하였다. 금문교를 바라보며 우리의 문학도 우리의 문화도 세계를 향하여 더 크게 열려 있다는 것을 깨달았다. 나는 그동안 버클리문학 속에서 그 큰 희망과 빛의 씨앗을 보았던 것이다.

제1회·제2회
시와정신해외문학상 시상식

제1회 시와정신 해외문학상 시상식

2022년 가을 『시와정신』은 창간 20주년을 맞이하게 되었다. 그동안 『시와 정신』이 펼쳐왔던 해외 문학에 대한 관심과 성과를 돌아보며, 지구촌 시대에 공간을 넘어 한국문학이 세계 속으로 더 힘차게 뻗어가기를 진심으로 기대하고 있다. 시와정신국제센터에서는 2022년 8월 1일부터 11일까지 제1회, 제2회 시와정신해외문학상 시상식을 미국에서 열었다. 한국에서는 김완하 한남대 교수(시인, 시와정신국제센터 대표), 손혁건 시인(국제시사랑협회 대표), 김규나 시인(『시와정신』 편집차장), 하미숙 시인(대전북포럼 대표)이 참석하였다.

8월 1일 밤 8시에 인천공항을 출발하여 샌프란시스코에 8월 1일(미국시간)

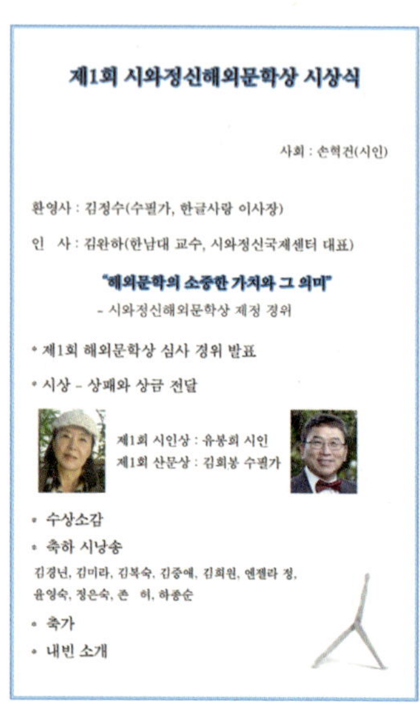

오후 2시에 도착하였다. 샌프란시스코의 일정은 제1회 시와정신해외문학상 시상식을 중심으로 4박 5일간(8. 1 ~ 8. 5) 진행되었다. 그리고 제2회 시와정신해외문학상 시상식은 로스앤젤레스에서 5박 6일간(8. 5 ~ 8. 10) 진행되었다.

2009년부터 『시와정신』은 해외 한인문학에 대한 관심과 열정을 가지고 샌프란시스코와 버클리, 로스엔젤레스, 시카고와 텍사스, 라스베이거스, 워싱턴과 보스턴 등으로 문학의 장을 넓히고자 노력해왔다. 이는 한국 문학의 외연으로서 해외 문학에 대한 사랑과 관심으로부터 출발했던 것이었다. 2017년에는 〈시와정신국제센터〉를 오픈하면서 제1회 국제문학 심포지움을 가진 바 있다. 그리고 시와정신해외문학상(시인상, 산문상)을 제정하여 제1회(2018년), 제2회(2019년), 제3회(2022년) 수상자를 선정하기에 이르렀다.

__시와정신해외문학상 제정 경위

제1회 시와정신해외문학상 시상식

　제1회 시와정신해외문학상 수상자는 2018년 버클리문학협회에서 활동하는 '유봉희 시인'과 '김희봉 수필가'로 선정하였다.

　유봉희 시인은 수원에서 출생하여 1972년에 도미하여 지금까지 샌프란시스코 부근에 살면서 버클리문학협회에서 활동하고 있다. 2002년에 『문학과 창작』 신인상으로 등단하여 시집으로 『소금화석』, 『몇 만년의 걸음』, 『잠깐 시간의 발을 보았다』, 『세상의 맨발이 지나간다』 등을 냈으며, 2014년에는 한국에서 시인들이 뽑는 시인상을 수상하였다.

　김희봉 수필가는 서울에서 출생하여 1980년대에 도미하여 지금은 샌프란시스코 부근에 살면서 버클리문학협회 회장으로 활동하고 있다. 그는 1997년 『현대수필』 신인상에 당선하였고, 2011년에는 『시와정신』 포에세이 신인상

제1회 시와정신해외문학상(유봉희 시인)

제1회 시와정신해외문학상 시상식(2022. 8. 2 샌프란시스코 라스모어 달러하우스)

에 추천되었다. 수필집으로 『불타는 숲』, 『안개천국』을 냈으며, 1995년부터 샌프란시스코 《한국일보》에 〈환경과 삶〉 칼럼을 연재해오고 있다.

시상식장에는 〈버클리문학협회〉 회원들이 모여, 서로의 안부를 묻고 축하하는 분위기로 정감이 넘치고 있었다. 사회는 한국의 국제시사랑협회 대표인 손혁건 시인이 맡아서 진행하였다.

환영사는 김정수 수필가(한글사랑 이사장)가 해 주었다. 미주에서 한글사랑의 일환으로 진행해온 활동을 중심으로 소개하면서, 그 핵심은 창작적 글쓰기라는 점을 강조하였다. 그리고 이를 격려하고자 하는 시와정신해외문학상의 의미가 매우 크다는 내용의 환영사를 마쳤다.

이어진 인사말에서 나(시와정신국제센터 대표)는 "해외문학의 소중한 가치와 그 의미"에 대해 강조하였다. 나는 삶의 아름다움을 찾아서 떠남은 진실로 돌아오기 위한 길이다. 공간의 크기가 의식의 크기이다. 또 의식의 크기는 상

제1회 시와정신해외문학상 시상식 단체사진

상력의 크기이기도 하다. 샌프란시스코 만의 물이 어디에서 비롯되었을까. 뜬봄샘의 한국 물이 금강으로 흘러서 이곳까지 왔다. 그러므로 우리도 공간, 시간, 언어, 의식, 상상력의 벽을 넘어서야 한다. 해외문학의 가치는 사실의 확장을 통해서 진실의 확대를 추구해가는 과정이다. 해외 문학을 보는 새로운 관점이 필요하다. 2002년 가을 『시와정신』 창간, 2013년 『버클리문학』 창간, 2017년 시와정신국제화센터 오픈, 2018년 시와정신해외문학상이 제정되었다. 그리고 이번의 시상식은 세계 속에서 한국문학의 관심과 감수성을 일깨우고자 하는 것이다. 앞으로도 지속적인 노력을 하겠다고 했다.

이어서 유봉희 시인과 김희봉 수필가에게 상패와 상금이 전달되었다. 그리고 수상소감과 수상을 축하하는 버클리문학협회 회원들의 시낭송 및 축가가 뒤를 이었다. 회원들 10명의 시낭송과 윤영숙 회원의 축가는 한층 따뜻한 분위기를 연출하였다. 또한 사회를 본 손혁건 시인의 매끄럽고 재치 있는 입담으로 진행된 시상식은 친교의 장으로서도 손색이 없었다.

수상자들은 제1회 시와정신해외문학상 수상소감과 앞으로의 계획, 그리고 해외에서 한국 문학을 하면서 어려웠던 내용을 다음과 같이 피력하였다.

수상자 김희봉 수필가

수상 소감

2018년에 『시와정신』이 해외문학상을 제정했습니다. 그리고 〈버클리문학협회〉의 부족한 저와 유봉희 시인을 첫 수상자로 결정했습니다. 그동안 코로나 펜데믹으로 시상을 미뤄오다 한국에서 김완하 교수와 관계자들이 와서 축하자리를 마련해 주신 점에 대해 진심으로 감사드립니다.

『시와정신』은 "한국 문학의 세계화"를 위해 해외문학상을 제정했다고 밝혔습니다. 한국 작가들의 작품을 세계에 알릴 뿐만 아니라, 지구촌 곳곳에 사는 한국 이민자들의 문학을 재조명하고 그들의 디아스포라 문학이 세계 속으로 뻗어나가길 바라는 기획임을 천명하고 있습니다. 그리고 『버클리문학』은 한국 문학이 세계화로 가는 길목에 있습니다. 13년 전에 이곳 북가주 재미 문학인 1세들이 버클리대학에서 연구년을 보내는 문학교수, 작가들과 함께 〈버클리문학협회〉를 만들고 창작활동을 꾸준히 이어오고 있습니다. 그동안 40여 명 회원이 다수의 시집, 수필집 등을 출간하고 공동으로 『버클리문학』까지 발간했습니다.

최근 이민 1세들이 키운 2세들이 한국문학을 세계화하는 놀라운 일이 벌어지고 있습니다. 천만 독자를 감동시킨 『파친코』의 작가 이민진이 한 예입니다. 그녀는 우리 이민 1세들의 자식입니다. 열악했던 이민 1세들의 삶과 역사는 유능한 2세 작가들을 통해 온 세계에 알려지기 시작했고, 세계인들은 한국 문화와 역사, 예술과 문학에 감동하고 있습니다. 이것이 거시적으로 진정한 한국 문학의 세계화라 믿습니다. 비록 이민 1세들의 삶이 핍절했고, 문학적 성취가 미흡했지만 우리의 경험과 경륜을 문학으로 승화시키려는 노력은 치열했습니다. 또 2세, 3세들에게 우리들의 삶을 통해 한국 문화와 정신을 전수하고, 문학적 감수성을 일깨워 주려는 노력은 지금도 계속되고 있습니다. 이런 과정이 우리 1세 문학인들의 정체성이고 자부심입니다.

디아스포라 문학적 가치를 일찍부터 알고, 지난 13년간 꾸준히 노력해 오신 『시와정신』과 주간 김완하 교수님께 깊이 감사드립니다.

앞으로의 계획

버클리문학협회의 구호는 "평생 글 친구!"입니다. 우리는 문학을 사랑하는 사람들이 함께 모여 글을 쓰고 격려할 뿐 아니라, 삶을 나누는 평생 친구들입니다. 우리 회원들은 대개 10~20년 문정과 우정을 나눈 돈독한 식구들과 같습니다.

앞으로도 매월 유능한 국내외 문학 교수들을 초빙해, Zoom으로 문학 강좌를 열고 새 문학사조를 접하며 창작활동을 계속할 것입니다. 또한 회원들의 등단과 책 발간 등을 돕고, 『버클리문학』을 발간할 것입니다. 또한 이에 못지않게 삶을 나누는 일도 중요한 부분입니다. 환우들을 위해 기도하고 돌보며 건강을 위한 산행, 재능 기부 등 "평생 글 친구!"로 살아갈 것입니다.

이민 1세들의 삶과 역사를 소재로 이민진, 이창래와 같은 유능한 2세 작가들이 한국문학을 세계적으로 알리는 것은 해외 문학의 밝은 미래입니다. 그런데 비록 2중 문화권에서 살아온 이민 1세들이지만 이곳에서 태어난 2세들과 함께 소통하고 한 동아리에서 창작활동을 하는 데는 한계가 있습니다. 세대 간 문화적 차이 때문일 것입니다. 버클리문학협회 회원들의 자녀 중에 미국에서 등단한 시인과 문학을 전공한 문인도 있습니다. 앞으로는 그들과도 협력해서 한국문학의 세계화에 일조하는 방편을 구상하고 있습니다. 그 방향에 대한 중지를 모으는 중입니다.

(수상자 유봉희 시인은 사정상 관련 내용을 싣지 못하였다.)

제2회 시와정신해외문학상 시상식

시와정신국제센터 일행은 버클리문학협회 회원들의 환대 속에 4박 5일을 보내고, 8월 5일 샌프란시스코 공항을 떠나서 로스엔젤레스에 도착하였다. 로스앤젤레스에서는 8월 6일 제2회 시와정신해외문학상 시상식과 아울러 5박 6일의 일정이 진행되었다.

제2회 시와정신해외문학상 수상자는 2019년에 로스앤젤레스에서 활동하

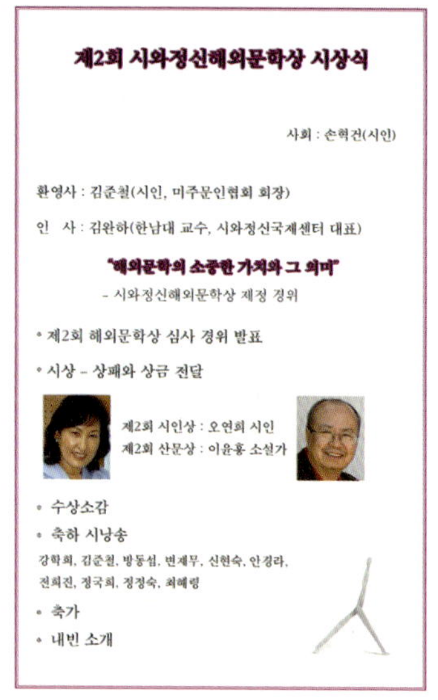

고 있는 오연희 시인과 이윤홍 소설가가 선정되었다.

오연희 시인은 1980년대에 미주에 이민해 살면서 지금은 로스앤젤레스에 머물고 있다. 2004년에 월간지 『심상』에 시로 등단하였으며 재미문학의 발전을 위해 활동해오고 있다. 그동안 시집으로 『호흡하는 것들은 모두 빛이다』, 『꽃』을 출간했으며 미주 한국문인협회 회장을 역임하였다. 지금은 로스앤젤레스에서 창작 강좌를 진행하고 있다.

이윤홍 소설가는 시인, 번역가로도 활동하고 있다. 1980년대 미주 이민으로 로스앤젤레스에 거주하고 있다. 2002년 《미주한국일보》 시 당선, 2012년 《미주한국일보》 소설 당선으로 활동을 시작하였다. 해외풀꽃문학상을 수상하였으며, 미주한국문인협회장, 가톨릭문인협회장을 역임하였다. 지금은 로스앤젤레스에서 시 소설 창작교실 운영과 문학통신을 발행하고 있다.

시상식은 손혁건 시인의 사회로 시작되었는데, 로스앤젤레스의 많은 문인들이 참석하여 축하하고 함께 기뻐하여 한껏 분위기가 고조되었다.

환영사는 김준철 시인(미주문인협회 회장)이 로스앤젤레스 문인들을 대신하여 시와정신국제센터에 감사하는 분위기로 시작되었다. 환영사의 주된 내용은 시와정신해외문학상이 미주지역의 문학 발전에 크게 기여하리라는 의미를 담고 있었다. 김준철 회장이 이끄는 미주한국문인협회는 회원들의 숫자가 4백 50여 명에 이르는 큰 모임이었다.

이어진 인사말에서 나는 "해외문학의 소중한 가치와 그 의미"에 대해 강조하며, 시와정신해외문학상의 제정 경위에 대해 소개하였다. 나는 미국 체험 중에서 받았던 많은 감동적 순간도 설명하였다. 오클랜드에서 특강을 시작하던 때의 설렘. 프리웨이를 운전하며 달릴 때 상상력이 폭발하던 경험. 나는 아직도 나의 문학과 글로벌의 관계는 진행 중이라고 하였다. 버클리에서 연구년을 보낼 때 문학의 현장과 심리적 이해, 두 문화의 충돌 속에서 겪은 일 등으로 나는 앞으로 그 경험들이 더 깊고 풍부해지고 넓어질 것이라고 말했다. 아

제2회 시와정신 해외문학상 시상식(2022. 8. 6 용궁 The Dragon)

직도 방대한 미국 대륙을 달리며 이어지는 나의 사유는 계속 확장되고 있다고 했다. 문학에서 사실은 필요조건이지만 진실은 충분조건이다. 필요조건은 문학적 소재로서의 배경, 사실을 바탕으로 이루어지는 문학적 형상화의 과정에서 이루어지는 것이다. 이민문학은 사실의 확대를 통해서 진실의 확장을 이루어가는 과정의 문학이다. 그리고 떠남은 진실로 돌아오기 위한 길이라는 관점에서 해외문학의 가치와 의미를 강조하며 인사말을 마쳤다.

이어서 제2회 시와정신해외문학상 심사 경위 발표와 상패와 상금이 전달되었다. 수상자들의 환한 얼굴과 축하객들의 박수 소리가 식장을 가득 메우고 있었다. 축가에는 조만철 박사의 연주와 노래가 있었고, 특히 이날 사회를 본 손혁건 시인의 아들 손우진이 텍사스 달라스에서 4시간을 비행으로 날아와 축가를 해서 더 큰 박수를 받았다. 젊은 열정과 재치, 노래 실력이 겸비되어 시상식 분위기는 한층 고조되었다. 시상식 후에 이어진 만찬에서는 즐겁게 서로의 안부를 나누며 환담이 계속되었다.

김완하 교수의 인사말

다음은 제2회 시와정신해외문학상 수상자의 소감과 앞으로의 계획, 그리고 해외에서 한국 문학을 하면서 어려웠던 내용을 소개한다.

수상자 오연희 시인

수상 소감

제가 글 쓰는 세계에 발을 들여놓은 후, 글을 통해 저 자신과 주변을 조금 더 깊이 들여다보게 되었어요. 하지만 생각과 느낌을 언어로 옮기는 작업은 참으로 서툴고도 어려웠고 아마 계속 서툴 거예요. 이렇게 글을 쓰는 것이 늘 새롭고 난감하기도 하지만, 몰입의 즐거움을 누리는, 제가 가장 좋아하는 일 이라는 것을 알게 되었어요. 그 사실을 깨닫고 나니 이 길이 정말 내 길일까 하는 갈등이 사라지고 부족한대로 자신감이 생기기 시작했어요. 시를 쓰는 맛

수상자들과 함께

과 시를 읽는 맛 그 어느 쪽이든 시에 맛이 들수록 깊은 맛에 대한 갈급함이 더해졌지만, 이것이 창작하는 사람의 운명이 아닐까 싶어요. 그런 점에서 문학상을 받는다는 것은 내가 글 쓰는 분야에 물이 완전히 들었구나, 하는 소속감과 글과 삶을 통해 좋은 영향을 끼치는 사람이 되어야겠구나, 하는 책임감을 동반하는 것 같아요. 『시와정신』의 시정신과 시인이라는 호칭과 또한 저만 아는 저 자신에게 부끄럽지 않은 시인, 그리고 그러한 사람이 되도록 새롭게 다짐하는 계기로 삼겠습니다.

앞으로의 계획

글 쓰는 사람에게는 좋은 글을 쓰는 것이 가장 하고 싶은 계획이 되겠지요. 좋은 글을 쓰기 위해 저는 저 자신을 사랑하는 것을 첫째로 삼으려 합니다. 괜찮은 내가 되기 위해 저를 개발시키는 거예요. 그것을 위한 일환으로 내 속의 열정을 끌어내는 작업을 하려고 합니다. 의식이 깨어있는 사람, 고정관념을 버리고 주변을 품으며 소통하는 사람, 정말 좋은 글은 제 마음의 변화에서 시

제2회 시와정신해외문학상 시상식 단체사진

작될 것 같아요. 저는 코로나가 꼬리를 내리는 시점이라 여긴 올해 초부터 제가 사는 지역에서 대면 글 강의를 시작했습니다. 또한 저는 미공인세무사로 2018년부터 자원봉사해 온 '굿핸즈 재단'의 강의 요청으로 이번 달 말부터 시 창작 강의 일정이 잡혀 있어요. 가르치는 일은 배우는 일이기에 충실하게 해내며 저 자신을 채워나가고 싶어요. 무엇보다 세상을 바라보는 제 시야가 넓어지고 제 시가 좀 더 깊어지기를 바라며, 그 작은 행복을 향해 증진해 나아가려고 합니다.

해외에서 문학을 하며 어려운 점

지난 20여 년 동안 한국말에 빠져 있다 보니 안 그래도 부족한 영어가 점점 더 뒷전이 되어 가고 있어요. 몸은 미국, 정신은 한국. 아쉬움과 고마움이 함께 한다고나 할까요. 캘리포니아 특히 LA는 한국의 한 도시쯤으로 여겨질 만큼 왕래가 쉬워져 한국에서도 뵙기 어렵다는 저명한 교수 혹은 작가들이 많이 오시는 편이에요. 코로나로 인한 줌 강의 활성화로 좋은 강의를 들을 기회는 더 많아졌어요. 한국문학을 하면서 한국 문단과 이어져 있다는 것은 물론 든든하지요. 하지만 출판한 책은 작가인 우리들끼리 주고받는 정도를 벗어나지 못하고 있어요. 작가와 독자와의 가교 역할을 할 수 있는 북 포럼 같은 것이 이루어지는 분위기, 이민 사회라는 특수 상황을 고려한 문화 콘텐츠 개발이 절실해집니다.

수상자 이윤홍 소설가

수상 소감

『시와정신』을 통하여 산문 문학상을 받게 된 것을 커다란 기쁨으로 생각합니다. 왜냐하면 올해 시와정신해외문학상 산문문학상을 시작으로 저에게는 많은 상복이 터졌기 때문입니다.

아마도 이렇게 문학의 결실을 주시려고 『시와정신』에서 코로나 기간 동안 오래 기다렸다가 미국 LA까지 오셔서 저에게 커다란 상을 주시지 않았나 하는 생각을 했습니다.

『시와정신』의 김완하 교수님에게 진심으로 감사의 말씀을 드리고 이번에 함께 오셨던 손혁건 전 대전문인협회 회장님, 대전북포럼 하미숙 대표님, 김규나 시와정신 편집차장님께도 감사를 드립니다.

앞으로의 계획

그동안 써 놓았던 산문들과 소설들, 시를 아마존에 모두 올릴 계획을 갖고 있습니다. 『시와정신』과 시와정신국제화 포럼이 보다 더 크게 미주 내에 알려지고 이곳 많은 미주 문인들과 교류를 확대해 나갈 수 있도록 힘을 보태고 노력을 함께할 생각입니다.

해외에서 문학을 하며 어려운 점

커다란 어려움은 없었던 것 같습니다. 한국문학은 나의 모국어이기 때문에
떼려고 해도 뗄 수 없는 핏줄 같은 것으로 한국의 문학을 통하여 새로운 기력
을 끊임없이 충당해야 하는 것은 당연할 것입니다. 그러나 이곳은 이곳 나름
의 문학 활동 범위가 있는데, 그것은 바로 영어를 통하여 우리 문학을 소개하
고 알리는 일입니다. 이곳에서 한글로 글을 쓰는 분들의 작품을 영어권에 소
개하는 일과 영어권의 문학을 이곳에 소개하는 일 사이에서 새로운 문학이 태
동할 수 있다고 생각하고 있습니다.

시와정신해외문학상 모든 일정을 마치면서(LA, 2022. 8. 10.)

버클리문학 14년과 함께

버클리문학 회원들과 함께

버클리문학 송년 모임

2023년을 보내며 12월 26일 미국에서 열린 버클리문학 송년모임에 함께하였다. 올해는 버클리문학이 창립된 지 14년이 되는 해이다. 버클리문학 회원들과 함께하니 14년 전이 생각났다. 2009년 12월 중순의 크리스마스 분위기가 넘쳐나는 샌프란시스코 이태리 식당에서 버클리 지역의 문인 4명과 만나 의기투합하여 '버클리문학회'를 결성하였다. 그리고 2010년 초부터 버클리문학강좌를 열기로 의지를 모으고, 샌프란시스코 야경을 배경삼아 환호성을 지

버클리문학 특강

르며 기념사진을 찍었다. 그리고 힘차게 쉬지 않고 달려왔다.

그 사이에 벌써 14년의 시간이 훌쩍 지나갔다. 여러 명의 교수들이 버클리

버클리문학 14주년 행사

버클리문학 14주년 행사

대학으로 연구년을 와서 특강에 참여하였고, 2013년에 『버클리문학』을 창간해 6집에까지 이르렀다. 그동안 한국과 버클리를 오가며 펼쳤던 문학행사가

산호세에서

10차례에 이르고 있다.

　12월 26일 오후 4시에 김희원 회원의 집에서 열린 송년모임에는 30여 명의 회원들이 함께했다. 지난 1년을 돌아보며 새해를 맞이할 준비를 하는 것이 모임의 취지였다. 그동안도 버클리문학회 회원들은 연말에 내가 이곳을 찾아오게 되면 언제라도 기쁘게 맞이해 주곤 하였다.

　2010년 2월 오클랜드 한식당 〈수라〉에서 열었던 버클리문학강좌도 떠올랐다. 2층 옥탑방에서 독립운동을 하는 것처럼 강좌가 진행되어 회원들의 열기가 대단했다. 강좌를 대부분 처음 접하는 분들로 두 시간 이상 달려와야 하는데도 빠짐없이 참석하였다. 14년이 지나는 동안에 함께 했던 분들 가운데 이제는 고인이 된 분들도 여럿이 있다. 특히 2022년 9월 30일에 타계한 유봉희 시인의 부재는 버클리문학의 큰 상실이기도 했다.

　2013년 『버클리문학』의 창간과 그해 5월 말 대전의 기념 행사와 8월 샌프란시스코의 행사는 새로운 계기가 되었다. 『버클리문학』에는 신인상 제도를 두어서 6집에 이르기까지 시와 에세이 부문에 여러 명의 등단자를 내기도 했다. 이는 내가 버클리문학의 주체성을 강조한 것으로, 이들이 한국의 문단에 기대지 않고 자체적으로 활동할 수 있도록 기회를 부여했던 것이다.

　그동안 버클리문학 회원들 가운데는 다섯 명이 시집을 내기도 하였다. 김경련 시인, 김복숙 시인, 엔젤라 정 시인, 윤영숙 시인 등이 첫 시집을 냈고, 유봉희 시인은 네 번째와 다섯 번째 시집을 냈다. 유봉희 시인은 아쉽게 타계하여 시집 다섯 권을 모은 전집을 구상 중에 있다. 요즈음 버클리문학의 회원 숫자는 예전의 반 정도로 줄었고 활력도 다소 떨어진 듯하다. 이는 버클리문학만의 상황이 아니라, 해외에서 이루어지는 한인문학의 전반적인 상황이기도 할 것이다.

　돌아보면 2009년부터 이어온 14년의 행보가 해외문학의 상징처럼 여겨지기도 하였다. 그것은 한국문학의 외연뿐만 아니라, 어쩌면 한류의 첨병으로서의 역할을 해온 것인지도 모르기 때문이다. 그러기에 작은 흐름이지만 그것은 반드시 이어가야만 할 물길이기도 하다. 또한 해외 한인문학은 문학을 넘어서는 가치가 있다고 생각한다. 그것은 기록으로서의 의미가 있으며, 역사적 차원에서도 가치가 큰 것이기 때문이다. 그것은 해외 한인들 삶의 일부이면서 역사적 기록이라는 사료적 가치도 충분하기 때문이다. 2024년은 버클리문학이 창립된 지 15년이 되는 해이다. 그즈음에는 그간 15년의 성과를 돌아보고 정리하는 행사를 펼쳐야겠다는 생각을 모아 보았다.

　　그동안 『시와정신』의 활동은 샌프란시스코와 버클리를 넘어서 로스앤젤레스, 시카고, 텍사스로 나아가며 미국의 다른 지역으로도 넓게 확장되어 갔던 것이다.

아들이 대학원에 유학한 산호세 주립대에서

로스엔젤레스 문인들과의 만남

버클리문학 회원들과의 만남을 마치고 산호세에서 유학 중인 아들을 만나 그가 대학원에 다녔던 산호세주립대를 방문하였다. 그리고 2024년 1월 4일 (목) 산호세에서 아들의 차를 몰고 아내와 함께 로스앤젤레스로 갔다. 제일 먼저 강학희 시인, 전희진 시인, 정국희 시인, 정정숙 시인이 시간을 내주었다. 우리는 서로 반가운 얼굴로 격려와 박수를 아끼지 않았다. 이들은 모두 『시와정신』으로 등단한 문인들로 문학적 열정을 나누었다. 나는 조만간 LA에서 『시와정신』 창간 기념회를 열 수 있도록 노력하자고 제안하여 모두의 공감대를 형성하였다. 아마 2025년 가을경에는 제23회 『시와정신』 창간 기념식 및 해외문학상 시상식을 LA에서 열 수 있을 것이라고 하였다.

이어서 방동섭 시인과 정지윤 시인을 만났다. 이들은 두 개의 미주 기독문협단체 회장들이었다. 최근에 '미주기독문인협회'와 '미주크리스찬문인협회'

미주기독문인협회 회원들과

아들이 유학한 UCLA 교정에서

가 '미주기독문인협회'로 통합하여 운영하기로 했다는 소식을 들었다. 문학지는 『미주크리스찬문학』으로 통합 발행하기로 결정했다고 하였다. 그동안 각자가 따로 걸어왔던 영역을 열어서 하나로 통합하는 것은 결코 쉽지 않은 일이었을 것이다. 그것을 이뤄낸 회장 두 분을 만나서 크게 박수를 쳐 주었다. 미주에서 문학하는 단체의 회원들이 초고령화되어 가면서 기독교 쪽의 경우 두 단체가 유지됨으로써 동력을 잃어가던 차에 통합은 새로운 활력으로 작용할 것이 확실한 것이었다. 그러기에 미주기독문인협회의 앞으로의 활동에 큰 기대를 가져 보기로 하였다. 해외이민문학 속에 차지하는 기독교의 위상이 매우 큰 까닭이다.

LA의 미주시조시인협회는 시와정신사에서 『미주시조』를 창간호부터 내고 있다. 이러한 관계로 안규복 회장이 특별한 시간을 내서 함께하게 되었다. 새해를 맞이하는 안부를 나누며 앞으로 해외문학에서 시조의 역할과 그 중요성을 이야기했다. 나는 연전의 버클리대 연구년으로 라피엣에 있을 때 시조의 중요성을 절감했던 순간을 떠올리며 시조 부흥의 새해 소망을 품기도 하였다.

시와정신 글로벌센터

김호길 시인 초청

LA의 김호길 시인 초청

2024년 7월 10일(수)에는 제5회 시와정신해외문학상 '시인상' 수상자 '김호길 시인'을 초청하여 시와정신아카데미홀에서 창작포럼을 개최하였다. 오전 10시부터 2시간 동안 진행한 창작포럼의 제목은 "로스엔젤레스에서 40년 문학하기"였다. 김호길 시인은 LA에서 40년 동안 한국문학을 지켜 온 시조 시인으로, 재미 한인문단 활성화를 위해 힘을 보태 온 공로를 크게 인정받는 시인이다. 미주에서 40년 동안 문학을 해온 김호길 시인의 육성으로 그의 문학론을 듣고 참가자들이 질문하고 시인과 대화하는 뜻깊은 시간을 보냈다.

김호길 시인은 한국에서 대한항공(KAL) 근무 당시 보잉 747, 707 항공기 기장으로 8년 1개월간 근무한 후 1987년 3월 미국으로 건너갔다. 당시 김호길 시인의 나이는 37세였다고 하였다. 그는 서울 화곡동에 마련했던 신축 주택을 매도하여 준비한 3만 불을 가지고 온 가족이 함께 그곳으로 갔다는 것이다. 그는 큰 기업의 지사장을 맡게 되어 주재원으로 간 미국에서 하루에 투잡도 마다하지 않았다고 하였다. 당시 첫 직장에서 퇴직하게 되는 어려움이 있었지만, 시인은 귀국하지 않고 미국에서 답을 찾기 위해 노력했다. 그것은 자녀들이 숙제 부담이 적은 미국 생활에 만족했고, 그 기대에 부응하는 아버지가 되기 위해 노력했던 것이다.

그 결과 미국 《중앙일보》 기자로 취직하여 매일 칼럼을 작성하고 교정을 보는 등 업무에 매진하며 오전 9시부터 오후 5시까지 신문사에서 일한 후, 오후 5시부터 밤 12시까지는 세븐일레븐에서 일하며 미국 생활에 적응해 갔다. 그러는 사이 시인은 직무 관련 포트폴리오를 작성하여 지인인 변호사의 도움으

김호길 시인 초청 강연

시와정신해외문학상 수상자와 정지용문학관에서   김호길 시인

로 1983년 말에서 1984년 1월 사이에 영주권을 받게 되었다고 하였다.

김호길 시인은 농장을 인수하고 농장 일을 전업으로 하며 멕시코 바하 캘리포니아 사막으로 들어가 맨손으로 국제농업경영회사를 일구기까지 30여 년 고행의 결과, 현재의 경제적 여유를 이룰 수 있었다고 한다.

김 시인은 이민자의 고된 삶 속에서도 문인으로서 책을 읽고 시를 쓰고 명상하는 삶을 조화롭게 지속하며 자기 돌봄의 시간을 보낸 것을 아주 잘한 일이라 생각한다고 말했다. 그가 바쁜 중에도 멈추지 않고 문학을 한 일, 이것이 김 시인에게는 가문의 영광이라고도 했다. 시인의 저서로는 『사막시편』, 『모든 길이 꽃길이었네』, 『지상의 커피 한 잔』, 『그리운 나라』 등의 시와 시조 작품집이 있다. 그의 이러한 성과에 힘입어 시와정신해외문학상, 유심작품상, 팔봉문학상 등 다수의 문학상도 수상하였다.

질의응답 시간에는 김호길 시인의 특강 참석자가 시인의 대표 시를 추천해 달라는 요청에 이번 시와정신해외문학상 수상작인 「딱다구리」와 「환희歡喜」를 소개해 주었다. 이에 더해 2025년 중 출간할 계획인 본인의 자서전 『멀고 먼 파라다이스』에 대해서도 소개하였다. 그것은 김호길 시인의 미국과 멕시코에서 펼친 45년 삶의 역정과 문학의 향기를 담을 것이라 했다.

향토음식점에서   정지용문학관 풍경

창작포럼을 마친 후 김호길 시인과 함께 옥천으로 갔다. 여기에는 시와정신 편집부 멤버들이 동행하였다. 옥천에는 정지용 시인의 생가와 시인을 기념하는 '정지용문학관'이 있기 때문이었다. 마침 김호길 시인이 아직 못 가 본 곳이라 하여 동행하는 마음이 한껏 기뻤다. 시인의 생가에서 시인의 삶과 당시의 생활양식, 소품 등을 둘러본 뒤에 문학관에 입장해 정지용 시인의 작품세계, 시인 및 작품 연구 자료, 문학 관련 텍스트들을 감상하며 전시관을 둘러보았다. 정지용문학관은 최근에 새로운 콘텐츠를 보강하여 한결 볼거리가 풍부하였다.

관람을 마친 후에 근처 향토음식점(옥천 소재)에 들러 비 오는 한낮의 점심으로 파전에 동동주, 도토리 수제비를 함께 나누었다. 무엇보다 토속적인 음식의 맛은 정갈했으며 감칠맛이 좋았다. 비록 길지 않은 일정이었지만 매우 흥미롭고도 알찬 시간으로 마무리한 하루였다. 김호길 시인과는 다음을 기약하면서 아쉬운 마음으로 인사를 나누었다.

시카고 문인 초청

시카고 문인 10명이 국제펜문학 대회를 즈음하여 한국을 방문하여 시와정신

김완하 시인의 별 시 낭송 기념 사진

아카데미를 찾았다. 2024년 10월 25일(금)은 오후 5시에 〈한국시와 소리마당〉
이 주최한 '김완하의 「별」 시 낭송과 공연' 행사에 함께하였다. 시카고문협 박
창호 회장의 오카리나 연주가 서두를 열면서 「별」 시 12편의 낭송과 퍼포먼스
의 장을 한층 즐겁고 역동적으로 몰아가게 해주었다. 행사는 「별」 시 12편을
출연자들이 각자 낭송하고 다양한 춤과 퍼포먼스로 다채롭게 연출하여 볼거
리와 재미를 제공하였다.

이어지는 대담에서는 나에게 몇 가지 질문이 제시되었다. 나는 지난해 가을
에 정년퇴임을 한 후 펼치고 있는 시와정신아카데미 활동을 중심으로 향후의
계획을 소개했다. 그리고 앞으로 더 열심히 시를 쓰겠다는 포부를 밝히면서
별을 소재로 시를 쓰게 된 동기도 설명했다. 나는 문학은 너무 화려하거나 밝
은 곳에 서면 현실감이 떨어지고 어두운 곳에서 빛을 향해 나아가는 정신으로
임해야 한다고 강조했다. 바로 그때 지니게 되는 정신이 별의 마음이라고 했
다. 그렇게 별을 간직하고 어둠을 극복하려 노력하면 반드시 내일의 빛이 찾
아온다고 말했다.

10월 26일 오전에 시카고 문인들은 공주 나태주 풀꽃문학관을 방문하여 즐
거운 시간을 가졌다. 특히 나태주 시인이 직접 풍금을 치면서 함께 합창한 노

시카고문인 문학기행 – 나태주 풀꽃문학관(2024. 10. 26.)

래는 모든 피로감을 풀어주기에 충분한 것이었다. 노시인이 가꾸어 놓은 풀꽃문학관의 풀과 꽃내음을 맡으며 고향에 온 듯한 포근함을 느꼈다.

오후에는 영동으로 달려가서 영동문학의 훈훈함을 맛보았다. 마침 그곳에서는 영국사 은행나무와 관련된 시제의 행사가 진행되고 있어서 흥겨운 시간도 함께하였다. 영동의 국악과 금강의 풍광이 어우러진 영동문학관에 전시되어 있는 문인들의 작품을 둘러보았다. 때를 맞추어 열고 있는 기획 행사의 시와 그림의 조화로운 만남도 풍성한 볼거리였다.

시카고문인 문학기행 – 영동문학관(2024. 10. 26.)

시카고문인 문학기행 – 신석정 시인 고택 '비사벌초사'(2024. 10. 27.)

　이어 전주로 이동하여 저녁식사를 한 후 야간에는 덕진공원의 신석정 시비를 찾아보았다. 덕진공원에는 야간에도 산책하는 사람들이 많았으며 불빛은 야경 위에 수를 놓고 있었다. 다음날은 전주 한옥마을에 가서 최명희문학관을 관람하였다. 최명희 작가의 『혼불』에 쏟았던 열정과 작가정신을 오롯이 느낄 수가 있었다. 또한 전주 시내에 있는 신석정 가옥을 방문하여 시인의 손길이 어린 정원에서 시인의 체취를 흠뻑 느끼는 시간을 가졌다. 신석정 시인은 목가적 세계를 노래한 시인이었다. 그의 어머니에 대한 간절한 사랑은 자연과 대지에 대한 애정으로 표출되었다. 그의 정원에는 그러한 정신이 집약적으로 조화롭게 조형미를 갖추고 있었다.

　11월 2일(토)에는 '시와정신 창간 22주년 기념 및 시상식'이 열렸다. 이날 행사에는 〈미국 시카고 문인 환영 및 협약식〉도 있었다. 시카고문협의 박창호 회장을 비롯해 10명의 회원들이 참석하여 박수를 치며, 앞으로 『시와정신』과 『시카고문학』이 함께 할 행보를 축하하였다. 이어진 제5회 시와정신해외문학상 시상식에는 김호길 시인(LA)과 이현숙 수필가(LA)가 참석하지 못해 영상으로 수상소감을 대신했다.

제5회해외문학시상식 단체사진(2024. 11. 2. 태화장)

그동안 『시와정신』이 해외문학과 펼쳐온 성과는 대단히 크다. 해외에서 문학을 하는 문인들이 고국을 방문하여 국내문학의 흐름과 방향을 확인하는 것은 또 다른 의미가 있을 것이다. 또한 시와정신도 해외로 나가서 그곳의 문인들과 교류하면서 상호간에 도움을 주고 받는 것은 글로벌 시대에 바람직한 일이기도 하다. 그러므로 앞으로도 시와정신 글로벌센터에서는 해외문학과의 다양한 교류를 통해 한국문학이 해외로 나아가는 플랫폼 역할을 성실히 해나갈 것이다.

시와정신 글로벌센터가 오늘에 이르게 된 것은 내가 2009년 8월 6일 UC 버클리로 연구년을 가면서 시작된 미주문학에 대한 관심으로부터 비롯되었다. 그 과정에서 나는 문학이 공간의 벽, 시간의 벽, 의식의 벽, 상상력의 벽 그리고 언어의 벽을 과감하게 넘어서야 한다는 것을 깨닫게 되었다. 그것이 진정한 글로벌 시대의 한국문학이 나아가야 할 길이며, 그 길 위에 『시와정신』과 시와정신 글로벌센터는 서 있는 것이다.

그렇다, 떠남은 진실로 돌아오기 위한 길이다.

김완하의 버클리 통신 주요 연보

2009. 8. 6. ~ 현재

2009. 8. 6.　인천국제공항을 떠나 아시아나 항공으로 샌프란시스코에 도착.

2009. 8. 7.　연구년으로 1년간 미국 캘리포니아대학교 버클리 캠퍼스(UC 버클리) 객원교수.

2009. 9. 16.　UC 버클리의 한국학연구소(Center for Korean Studies) 30주년 행사 참석.

2009. 9. 27.　한글사랑회 모임에 초대되어 문학 특강.

2009. 10. 9.　버클리에서 제563회 한글날을 맞이함.

2009. 10. 11.　동성애 정치인 '하비 밀크' 기념일 제정에 캘리포니아 주지사 서명.

2009. 11. 23.　가족들과 땡스기빙데이(Thanksgiving Day)에 미국 서부 요세미티, 라스베이거스, 그랜드캐니언, 로스앤젤레스 등으로 여행.

2009. 12. 16.　샌프란시스코 송년 문학모임에 초대되어 문학 특강. 김희봉 유봉희 강학희 정은숙과 버클리문학 활동의 필요성에 공감.

2010. 1. 18.　댄빌에 있는 노벨문학상 수상작가 유진 오닐(Eugene Gladstone O' Nell)의 타오 하우스(Tao House) 방문.

2010. 1. 25.　버클리문학회를 창립하고 한글사랑과 글마을의 공동주최로 버클리문학강좌 개설. 오클랜드 한식당 수라에서 강의.

2010. 2. 13.　새크라멘토(Sacramento) 한국학교 입학식에 참석.

2010. 3. 11.　제28회 샌프란시스코 국제 아시안 아메리칸 영화제(28th San Francisco International Asian American Film Festival, SFIAAFF)가 개막. UC 버클리 PFA(Pacific Film Archive)에

서 한국 홍상수 감독의 영화 〈잘 알지도 못하면서〉를 비롯해 외
국 영화 여러 편 감상.

2010. 4. 15.　　가족들과 스프링 브레이크(Spring Break)에 미국 동부 워싱
턴 디시, 백악관, 국회의사당, 링컨기념관, 나이아가라, 뉴욕
등으로 여행.

2010. 5. 8.　　골든게이트 공원(Golden Gate Park)에서 열린 재미 한국학교
북가주협의회 주최 백일장 심사.
오클랜드에서 '제15회 시와정신 시상식 문학의 밤' 행사 개최.

2010. 6. 2.　　버클리문학 회원들과 몬트레이에 있는 노벨문학상 수상작가 존
스타인 벡(John Steinbeck)의 박물관 방문.

2010. 6. 20.　　김경년 시인의 첫 시집 『달팽이가 그어놓은 작은 점선』의 출
판기념회.

2010. 6. 22.　　가족들과 알래스카를 여행.

2010. 6. 30.　　재미한국학교 북가주교사협의회가 주최한 한국 교사집중연수
회에서 특강.

2010. 7. 6.　　가족들과 캐나다 벤쿠버와 로키산맥 등으로 여행.

2010. 7. 17.　　로스앤젤레스 재미시인협회 여름 문학축제에 초청되어 문학 강
연. 회원들과 데스밸리(Death Valley)를 여행.

2010. 7. 26.　　버클리문학강좌 종강.

2010. 8. 6.　　UC 버클리를 떠나 아시아나 항공으로 인천국제공항에 도착.

2012. 8. 4.　　한남대학교 대학원생들과 미국 캘리포니아 버클리로 버클리문
학회 방문. 문학 특강과 『버클리문학』의 창간 필요성을 제기해
회원들과 공감.

2012. 8. 11.　　유봉희 시인 3시집 『잠깐 시간의 발을 보았다』의 출판기념회.

2013. 6. 1.　　『버클리문학』 창간. 버클리문학 회원들을 한국으로 초청해 대
전시청에서 창간 기념콘서트 개최.

2013. 7. 11. 박송이 시인이 버클리에 가서 버클리문학강좌를 다시 펼침.

2013. 7. 27. 샌프란시스코에서 『버클리문학』 창간 기념식 개최.

2014. 8. 9. 버클리문학 회원들에게 김완하, 송기한, 김윤정 교수 특강.

2015. 8. 1. 『버클리문학』 2호 출간.

2015. 8. 13. 미국 UC 버클리에서 열린 『버클리문학』 2호 출판기념회 문학 특강.

2015. 8. 15. 버클리문학 회원들과 소설가 잭 런던(Jack London)의 생가 방문.

2016. 2. 1. 인천국제공항을 떠나 아시아나 항공으로 샌프란시스코에 도착.

2016. 2. 2. 연구년으로 1년간 미국 캘리포니아대학교 버클리 캠퍼스(UC 버클리) 객원교수.

2016. 2. 20. UC 버클리 한국시의 밤 행사에 참석.

2016. 3. 12. 버클리문학회 봄 아카데미에서 "물의 상상력과 봄의 상징"에 대해 특강.

2016. 4. 12. 버클리문학아카데미 봄학기 개강.

2016. 5. 6. 미주한인기독문인협회 초청으로 LA에 가서 "기독교문학의 현재와 미래"에 대해 특강.

2016. 5. 12. 샌프란시스코 한인박물관 행사에 참석.

2016. 6. 21. 버클리문학아카데미 1기 종강.

2016. 8. 1. 『버클리문학』 3호 발간.

2016. 8. 13. UC 버클리에서 『버클리문학』 3집 출판기념회 개최.

2016. 9. 8. 버클리문학아카데미 가을학기 개강.

2016. 9. 24. 버클리문학 회원 김복숙 시인의 첫 시집 출판기념회.

2016. 10. 8. LA에서 열린 '제13회 민족시인 문학의 밤'에 초청되어 "윤동주 이상화 이육사 한용운의 민족 의식"에 대해 특강.

2016. 11. 5. 버클리문학 회원 엔젤라 정 시인의 첫 시집 출판기념회.

2017. 1. 14.   버클리문학 회원 윤영숙 시인의 첫 시집 출판기념회.

2017. 1. 22.   버클리문학회 주최로 김완하 교수 환송 행사.

2017. 2. 1.   UC 버클리를 떠나 아시아나 항공으로 인천국제공항에 도착.

2017. 3. 1.   『시와정신』 59호를 미주의 문인 필자로만 발간.

2017. 9. 1.   『버클리문학』 4호 발간.

2017. 9. 22.   시와정신국제화센터를 열고 대전에서 국제행사 개최. 제1회 시와정신국제문학심포지움을 개최하고 미주의 10개 문학단체의 후원과 문인 30여 명이 행사에 참석.

2018. 8. 7.   시카고에서 제2회 시와정신국제문학심포지움 개최. 『세계와문학』 창간, 시카고 문인들과 헤밍웨이 생가, 링컨묘지, 허클베리핀의 창작 공간, 미시시피강을 따라 여행.

2018. 8. 12.   회원들과 요세미티로 여행. 미주문인협회의 초청으로 LA에서 문학 특강.

2018. 12. 1.   제1회 시와정신해외문학상 시인상 발표 유봉희 시인.

2018. 12. 29.   버클리문학 송년모임에 참석하여 문학 특강.

2019. 6. 1.   제1회 시와정신해외문학상 산문상 발표 김희봉 수필가.

2019. 9. 27.   시카고문인 초청 대전 행사 개최.

2019. 12. 1.   제2회 시와정신해외문학상 발표 오연희 시인, 이윤홍 소설가

2019. 12. 28.   버클리에서 열린 '버클리문학 10주년 행사'에서 문학 특강.

2020. 1. 3.   텍사스에서 열린 '텍사스문협 창립식'에 참석하여 문학 특강. 텍사스의 심송무 시인 등단 기념식.

2020. 1. 5.   LA에서 열린 미주기독문협 신년행사에 참석하여 문학 특강.

2022. 2. 25.   버클리문학 봄 아카데미에 Zoom으로 문학 강의.

2022. 6. 1.   제3회 시와정신해외문학상 발표 김영숙 시인, 명계웅 비평가.

2022. 8. 2.   제1회 시와정신해외문학상 시상식(샌프란시스코).

2022. 8. 6.   제2회 시와정신해외문학상 시상식(로스엔젤레스).

2022. 10. 29. 시와정신 창간 20주년 기념식. 제3회 해외문학상 시상식과 해
           외 문인 초청.

2023. 6. 1.   제4회 시와정신해외문학상 발표 유재철 시인, 김외숙 소설가.

2023. 11. 10. '김완하 교수 정년퇴임 및 『시와정신』 창간 21주년 기념식'에 '제
           4회 해외문학상' 수상자 초청.

2023. 12. 26. 버클리에서 열린 '버클리문학 송년모임'에서 문학 특강.

2024. 1. 4.   LA에 가서 미주문협, 미주기독문협 방문.

2024. 4. 1.   시와정신글로벌센터 활동을 위해 시와정신문학방송 시작.

2024. 6. 1.   제5회 시와정신해외문학상 발표 김호길 시인, 이현숙 수필가.

2024. 7. 10. 제5회 시와정신해외문학상 수상자 김호길 시인 초청 특강.

2024. 10. 25. 시카고문인 초청 '별'시 낭송과 공연 행사.

2024. 11. 2. 『시와정신』 창간 22주년 기념 및 시와정신해외문학상 시상식.
           시카고문인회 회원 초청.

2025. 6. 1.   제6회 시와정신해외문학상 발표 정국희 시인, 정종진 소설가.
           기독문학상 신설 방동섭 시인(목사).

2025. 6. 28. 버클리문학 여름 아카데미에 Zoom으로 문학 강의.

2025. 11. 1. 16년간의 해외문학 활동을 결산한 『김완하의 버클리 통신』 발
           간.

2025. 11. 15. LA에서 '『시와정신』 창간 23주년 기념 및 제6회 시와정신해외
           문학상 시상식' 개최.

시와정신
글로벌신서
_001

김완하의 버클리 통신

ⓒ김완하, 2025

발 행 일 | 2025년 11월 1일
지 은 이 | 김완하
펴 낸 곳 | 시와정신사
　　　　　　대전광역시 대덕구 대전로1019번길 28-7 (34445)
전　　　화 | (042) 320-7845
전　　　송 | 0504-018-1010
홈페이지 | www.siwajeongsin.com
전자우편 | siwajeongsin@hanmail.net

공 급 처 | (주)북센 (031) 955-6777
　　　　　　경기 파주시 문발로 77(문발동)(10881)
전　　　화 | 031-955-6777
전　　　송 | 080-250-2580
홈페이지 | www.booxen.com

값 23,000원

ISBN 979-11-89282-81-3　　　03810